天魔劍葉傳

천마검섭전

임준후 新무협 판타지 소설　FANTASTIC ORIENTAL HEROES

천마검엽전 5
임준후 新무협 판타지 소설

초판 1쇄 찍은 날 § 2010년 1월 27일
초판 1쇄 펴낸 날 § 2010년 2월 3일

지은이 § 임준후
펴낸이 § 서경석

편집장 § 문혜영
편집책임 § 정서진
편집 § 주소영

펴낸곳 § 도서출판 청어람
등록번호 § 제1081-1-89호
등록일자 § 1999. 5. 31
어람번호 § 제2-1879호

주소 § 경기도 부천시 원미구 심곡2동 163-2 서경B/D 3F (우) 420-822
전화 § 032-656-4452 팩스 § 032-656-4453
http://www.chungeoram.com
E-mail § eoram99@chollian.net

ⓒ 임준후, 2009

ISBN 978-89-251-2072-0 04810
ISBN 978-89-251-1954-0 (세트)

※ 파본은 구입하신 서점에서 교환하여 드립니다.
※ 저자와 협의하여 인지를 붙이지 않습니다.
※ 이 책은 도서출판 청어람과 저작자의 계약에 의해 출판된 것이므로,
  무단 전재 및 유포·공유를 금합니다.

一天魔劒葉傳一

천마검엽전

임준후 新무협 판타지 소설

FANTASTIC ORIENTAL HEROES

철혈무정로 1부

⑤

第一章	7
第二章	43
第三章	67
第四章	89
第五章	119
第六章	143
第七章	169
第八章	193
第九章	217
第十章	239
第十一章	261
第十二章	283
第十三章	311
第十四章	335

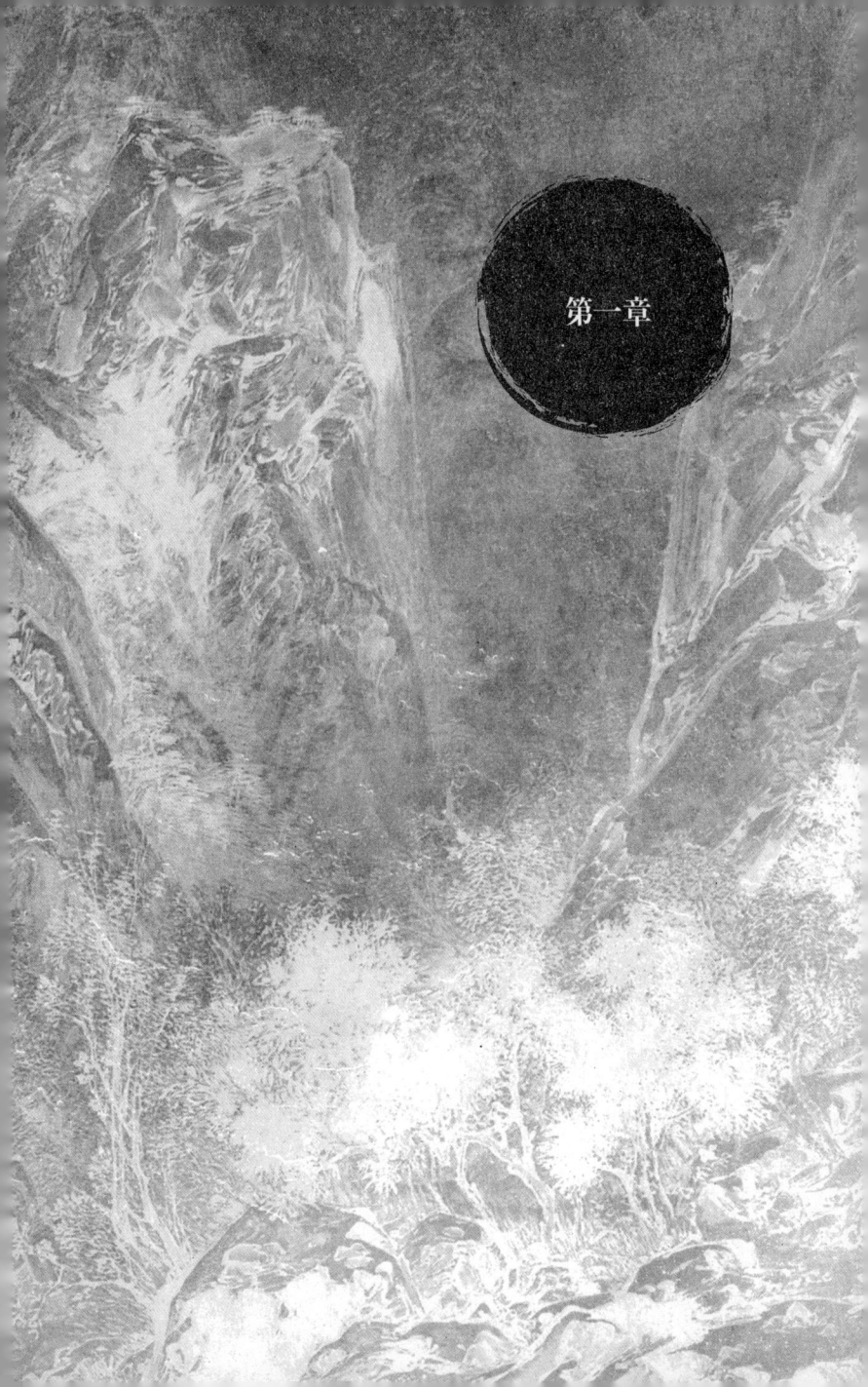

칠흑 같은 어둠이 장악한 석실.

사내는 반쯤 넋을 잃은 채 자신의 다리 사이를 내려다보았다.

그곳엔 수북이 쌓인 채 악취를 풍기며 굳어 있는 한 무더기의 분비물이 있었다.

사내의 눈에 광기가 떠올랐다.

"으아아아아아아아아아아!"

비명과도 같은 일말의 외침이 사내의 입술 사이를 비집고 터져 나왔다.

자신에게 언제 이런 날이 오리라 상상이라도 한 적이 있었던가.

반 각이 넘도록 석실을 울리던 처절한 외침이 잦아들 무렵.

저벅저벅.

일정한 발자국 소리가 석실을 울렸다.

발자국 소리의 주인이 누구인지 살이 떨릴 정도로 잘 아는 사내의 움직임이 격렬해졌다.

그와 함께 그의 양팔과 두 다리의 뼈를 관통하고 벽에 연결된 쇠사슬이 미친 듯이 출렁였다.

철렁철렁.

우뚝.

발자국 소리는 사내의 앞에서 멈췄다.

하지만 사내는 발자국 소리의 주인을 볼 수 없었다.

지난날의 그였다면 어둠 따위는 하등의 장애물이 될 수 없었을 것이다. 별빛 한 점 없는 날에도 그는 수백 장 밖의 개미를 볼 수 있는 안력을 소유했었던 사람이었다.

그러나 그는 능력을 봉인당했다.

그가 이를 갈며 소리쳤다.

"대체… 대체… 왜 이런 짓을 하는 것이냐! 수천 년을 이어온 선대의 명예와 자부심을 개 먹이로 주고서! 이러고도 네가……."

사내의 말은 더 이상 이어지지 않았다.

"갈!"

나직한 일갈. 그러나 그 안에 실린 공력은 가공스러운 것이었다. 사내의 오장육부가 단숨에 뒤틀렸다.

"울컥!"

한 덩이의 피를 토해낸 사내는 원독 어린 눈으로 어둠을 쏘아 보았다.

"후후후후, 아직도 눈빛은 살아 있구먼. 십방의 한 곳을 지배했던 자다워. 하지만 내 마음에 들지는 않네."

철썩.

사슬에 사지가 꼬치처럼 꿰인 채 벽에 매달려 있던 사내의 얼굴이 사정없이 돌아가며 피가 튀었다.

사내가 돌아간 얼굴을 다시 정면으로 향했을 때 그는 자신의 단전으로 다가서는 무언가를 느꼈다.

그의 눈에 절망의 기색이 뚜렷하게 떠올랐다.

그리고 잠시 후 그의 입술 사이로 석실을 떨어 울리는 처참한 비명이 쉴 새 없이 흘러나오기 시작했다.

"으아아아아아아아악!"

"너무 비참해하지는 마시게. 그대는 그래도 두 번째 사람이 아닌가. 육 년 후, 먼저 간 사람을 만날 수 있을 걸세."

귀기마저 느껴지는 음산한 음성이 사내의 비명 사이를 무심하게 파고들었다.

* * *

절강성 항주.
대륙무맹.

금일 무맹 정문 경비를 맡은 화신단 제오대 소속 무사 황병의 눈살에 주름이 잡혔다.

교대 시간이 올 때까지 한 시진 동안은 하늘이 무너져도 머리카락 한 올 움직이면 안 되는 것이 규정이라 고개를 돌리지 못한 채 슬그머니 눈동자만 돌린 그의 눈에 긴 그림자 하나가 들어와 있었다.

'허구한 날 청승이네. 일개 대의 대주라는 사람이 대체 왜 저러는 거야? 가혹하다고 소문난 회계산의 수련을 마치고 돌아오고 나서 벌써 닷새나 저러고 있으니, 대원들이 불쌍하다. 쯧쯧쯧.'

그림자의 주인은 피처럼 붉은 적포를 입은 수려한 미장부(?), 운려였다.

그녀는 척천산장의 상징인 척천검의 검집을 지면에 지팡이처럼 박고 두 손으로 검병을 잡은 모습으로 무맹 정면을 뚫어져라 바라보고 있었다.

시선은 정면을 향하고 있지만 초점이 맞지 않는 그녀의 눈은 정면 너머 어느 곳인가를 보고 있는 듯했다.

바람에 머리카락과 옷깃을 나부끼며 장승처럼 서 있는 그녀의 모습은 망부석을 연상케 했다.

무맹 주변은 무맹에 연고를 갖고 있거나 무맹의 무사들을 대상으로 장사를 하는 사람들로 인해 자연스럽게 시진이 형성되어 있었다.

대륙무맹은 대륙의 동서부를 장악한 초거대 무력 집단이면서 대륙십대상단 중 척천산장의 호남상단과 철기문의 절강상단, 구양세가의 복건상단 등의 삼대상단을 거느린 상업 집단이기도 했다.

상단의 움직임을 차치하고라도 무맹에 거주하는 사람들이 매일 소비하는 물품의 규모는 어마어마하다. 당연히 매일 들고나는 물동량의 크기야 두말이 필요없을 정도였다.

그렇게 삼십여 년에 걸쳐 성장해 온 곳이 무맹이다. 당연히 무맹 주변에 형성된 시진의 크기도 작지 않다. 거대하다는 항주의 오분지 일 규모. 그리고 규모에 걸맞게 대부분의 큰 길은 매끈한 백색의 돌로 이루어져 있다.

무맹의 정문은 폭 오 장에 높이 이 장에 달한다.

백석대로를 따라 매일 정문을 오가는 사람의 수는 적을 때 삼천, 많을 때는 칠천이 넘는다.

그런 사람들이 지나갈 때마다 하나같이 고개를 갸웃하며 운려를 보았다.

운려의 소맷자락에는 철혼단 소속 무사임을 증명하는 자수가 놓여져 있었고, 그 자수의 문양은 그녀가 철혼단 소속이면서 일 개 대를 책임지고 있는 사람임을 나타내고 있었다.

철혼단의 대주라면, 고수와 고위직이 발에 차이는 돌멩이처럼 흔한 무맹 내부에서야 크게 대접받을 위치가 아니지만 무맹 밖이라면 사정이 다르다.

항주의 어지간한 지역 유지 저리 가라 할 위세를 부릴 수 있는 자리가 무맹오단의 대주가 갖고 있는 대외적인 위치다.

그런 사람이 며칠째 할 일 없이 정문에 못 박힌 것처럼 서 있기만 하고 무맹에서는 간섭을 하지 않으니 소문이 나지 않을 수 없었다. 누구라도 궁금해할 일이었다.

사정을 모르기는 정문 경비를 책임진 무사들도 다른 사람들과 마찬가지였다.

그녀의 정체가 승룡일대주 척천소패왕 소운려라는 건 모르지 않았다. 하지만 그녀가 하루 종일 망부석처럼 정문에 서 있는 이유와 그런 그녀를 그녀의 상부자들이 왜 그냥 내버려 두는지는 알지 못했다.

늘 표정이 풍부하던 운려가 아니었다.

무슨 생각을 하는지 알기 어려운 무표정이 그녀의 얼굴 전체를 장악하고 있었다.

하지만 눈썰미있는 사람이라면 그녀의 무표정 뒤에 숨어 있는 불안과 두려움을 읽어낼 수 있을 터였다.

'약속한 날이 닷새나 지났어. 엽아, 어디 있는 거야? 왜 돌아오지 않는 거니…….'

운려는 침을 삼키려 하다가 포기했다.

가슴부터 입 안까지 물기가 전혀 없었다.

탈 대로 타들어간 속 때문에 몸 안의 수분이 남아나지 않은 것이다.

회계산의 수련 과정을 끝내고 무맹으로 복귀한 지도 벌써 오일이 되었다.

그녀는 당연히 검엽이 자신을 기다리고 있으리라 생각했다.

하지만 검엽의 모습은 무맹 어디에서도 찾을 수 없었다.

그리고 들리는 소문.

소문을 떠올린 운려의 눈동자가 확연히 보일 정도로 크게 흔들렸다.

'정무총련과 군림성이 너 때문에 뒤숭숭하다는 등 군림성과 본 맹이 전쟁을 하게 될 거라는 등 말이 무성해…… 하지만 오단의 단주님들조차 뭐가 어떻게 돌아가고 있는지 제대로 알고 있지 못한 것 같아. 수뇌 분들도 숙의를 거듭하고 있을 뿐. 정확한 정보를 아래로 하달하지 않아. 네가 돌아와야 해. 너, 나하고 떨어져 있는 동안 도대체 무슨 짓을 하고 다닌 거냐고…….'

운려의 꾹 다물어져 있던 입술이 벌어지며 긴 한숨이 흘러나왔다.

 무맹에 도착한 이후 며칠 동안 그녀가 겪은 일들은 생각지도 못했던 것들이었다.

 검엽의 모습은 보이지 않았고, 그로 인해 구주삼패세 사이에 긴장이 높아지고 있다는, 그녀로서는 도저히 상상이 가지 않는 이야기들이 주변을 하루 종일 떠돌았다.

 그러면서도 검엽과 같은, 신분상으로는 무맹의 일개 하위무사에 불과한 사람 때문에 구주삼패세가 서로에게 날을 세우게 되었는지에 대한 자세한 경위는 전혀 알려지지 않았다.

 운려는 검엽이 어디에 있는지, 그가 무슨 짓을 했는지 알아내기 위해 백방으로 손을 썼지만 소문 이상의 정보를 얻는 데는 실패했다. 척천산장의 배경으로도 정보를 얻을 수 없다는 건 무맹 수뇌부에서 정보를 통제하고 있다는 뜻이었다.

 그녀가 할 수 있는 일은 검엽을 기다리는 일뿐이었다.

 그래서 그녀는 이렇게 정문 앞에 나와 있는 것이다.

 검엽을 기다리면서.

 길 너머에 하염없이 시선을 주며 검엽을 생각하던 그녀는 누군가 뒤로 다가서는 것을 느꼈다.

 "다리 아프지 않아? 앉아서 기다려."

 막힌 데가 없고 낭랑한데다 정감이 가득해서 귀를 즐겁게 하는 사내의 음성.

 고개를 돌린 그녀의 눈에 각목을 몇 개 잇고 천을 대 급조한 나무를 한 손에 든 단목린이 들어왔다.

단목린은 부드럽게 웃으며 의자를 운려의 발꿈치 뒤에 놓았다.
"괜찮아요."
"앉아서 좀 쉬어. 일대주와 그의 관계를 아니까 나도 참고 있는 거라고."
그는 주변을 슬쩍 훑어본 후 언성을 낮추었다.
"세상 어느 남자가 좋아하는 여자가 다른 남자를 그렇게 절절하게 기다리는 걸 눈 뜨고 보겠어."
운려는 피식 웃었다.
"오빠도 농담을 할 줄 아네."
단목린이 오른쪽 눈을 찡긋했다.
"평소에는 목석이라고 비꼬는 거 같은걸. 자, 앉아. 그래야 내 맘이 조금은 편해질 것 같다고."
운려는 고개를 가볍게 저으며 의자에 앉았다.
더 이상 거절하는 건 단목린에 대한 예의가 아니었다. 그녀와 단목린은 서로에게 감정을 서슴없이 표현할 정도로 가까워져 있었다.
시작은 쉽지 않았다.
그녀보다는 단목린 때문이었다.
단목린은 전형적인 명가의 자제다. 그는 감정을 자유롭게 표현하는 것보다 드러내지 않는 것에 익숙했다. 하지만 그가 수많은 날을 고민한 후 자신의 감정을 운려에게 드러낸 다음부터는 그가 놀랄 정도로 두 사람은 가까워졌다.
운려는 검엽을 당황하게 만들 정도로 솔직한 여인이다.
단목린은 명가의 기품 이면에 다정다감함과 넓은 가슴을 감추고 있는 사내여서 운려의 여인 같지 않은 성격을 그대로 받아들이고 아껴주었다.

지금까지 그녀 주변에 있던 사내들은 그녀를 어렵게 대하는 사람이 전부라 할 수 있었다. 검엽 외에는.

성정이 사내 같다고 어찌 운려가 사내일 수 있으랴.

그녀도 여자였고, 사랑을 할 나이가 되었다.

그런 그녀가 단목린을 만난 것이다.

그녀는 단목린처럼 감정을 숨기려 하지 않았다.

그 후로는 일사천리였다.

하지만 아직 두 사람은 자신들의 관계를 공식화하지 않았다. 단목린이 운려를 배려하는 걸 알아차린 사람들도 있었지만 그들도 두 사람의 감정이 어떤지에 대해서는 알지 못했다.

어쩌면 무맹 오대세력 중 두 세력의 차기 주인이 될지도 모르는 후계자들의 만남이었다.

소문이 나면 여파가 만만치 않을 일이었다.

의자에 앉은 후에도 운려는 땅에 내리꽂듯이 세운 검을 거두지 않았다. 검병을 쥐고 그 너머를 보는 그녀의 눈가에 다시 그늘이 졌다.

그녀의 옆으로 다가온 단목린이 뒷짐을 지고 섰다.

"우리가 회계산에 있는 동안 그는… 군림성과 충돌한 거 같더군."

운려의 고개가 자석에 끌린 쇠붙이처럼 단목린에게 돌아갔다. 그녀도 이제는 정남 지부에서 이루어졌던 싸움을 안다. 그 결과도. 그래서 단목린이 말하는 충돌은 정남의 싸움일 수 없었다.

"정남의 싸움 말고 또 말인가요?"

"그런 것 같아. 맹주님의 엄명으로 사실을 알고 있는 분들이 말을 하지 않으려고 해서서 이걸 알아내는 것도 쉽지는 않았어. 하지만 충돌이 있었던 건 분명한 거 같아. 이렇게 불확실하게 얘기하는 건 나도 좋아하지 않는데… 현재는 이렇게 말할 수 있는 것보다 많은 정보를 얻기가 어려워."

그늘졌던 운려의 두 눈이 별처럼 번뜩였다. 그녀도 호남제일기재 소리를 듣는 천재다.

"검엽이 싸운 상대가 군림성의 거물이었나 보군요."

단목린은 조금 굳은 얼굴로 고개를 끄덕였다.

"그런 거 같아. 내게 슬쩍 언질을 주신 분의 말씀으로는 지금 군림성의 무사들은 언제든 십만대산을 뛰쳐나올 수 있는 만반의 준비를 갖추고 비상 대기 중이라고 하더군."

운려는 어이가 없다는 얼굴로 어깨를 늘어뜨렸다.

"이 자식… 대관절 누굴 잡았기에?"

"확실한 건 상대가 누구든지 간에 그가 이겼다는 거야."

운려는 눈살을 찌푸리며 한숨을 내쉬었다.

"상대는 아무 생각 없는 것 같은 검엽의 얼굴에 속았을 거예요. 싸울 때는 수라로 변하는 자식이지만… 알 리가 없었을 테니까요. 사람을 이렇게 걱정시키고… 오기만 하면 그냥… 으드득!"

검병을 잡은 손에 힘을 주며 이를 부드득 갈던 운려의 움직임이 벼락 맞은 사람처럼 딱딱하게 굳었다.

대로의 끝, 사람들의 물결 사이로 훌쩍 솟은 머리가 무맹을 향해 규칙적인 속도로 다가오고 있었다.

오가는 사람들보다 세 치는 더 큰 장신.

칠흑처럼 검은 숱이 많은 머리, 가운데 가르마를 탄 머리카락에 가려 두 치가량만 드러난 희고 투명한 이마와 준령처럼 솟은 콧날, 피를 머금은 것처럼 붉은 입술.

먼지가 쌓여 회색으로 보이지만 본래는 머리카락만큼 검었을 흑의.

규칙적이지만 어딘지 느슨하게 느껴지는 걸음.

대로가 조금씩 침묵에 잠겨갔다.

사람들은 걸음을 늦추며 선미에 갈라지는 파도처럼 길을 내주고 있었다.

흑의인의 얼굴은 전체적인 윤곽이 드러나지 않아서 미남인지 아닌지 구분이 어려웠다. 사람들이 길을 내주는 건 흑의인의 외모 탓이 아니라 기세 때문이었다.

말로 형용할 수 없는 미묘한 기세가 폭 십오 장에 달하는 백석대로 전체를 바람처럼 휘돌고 있었다.

벌떡.

운려는 자리에서 일어났다.

부릅뜬 눈에 살기에 가까운 광채가 일어났다.

"이 자식! 기다리는 사람은 속이 재가 되었는데 그렇게 태평스러운 표정으로… 으드득… 빨리 뛰어오지 못해!"

귀청이 떨어져 나갈 듯한 고성.

대로를 휘감았던 침묵이 단번에 깨어졌다.

사람들은 운려와 흑의인, 검엽을 번갈아 보았다.

검엽도 운려가 지르는 소리를 못 들었을 리 없었다. 그러나 그의 걸음걸이는 바뀌지 않았다.

터벅터벅 걸어온 그가 운려의 앞에 멈춰 섰다.

물끄러미 운려를 내려다본 그가 희고 가지런한 이를 드러내며 소리없이 웃었다.

그러더니 힘이 빠질 대로 빠진 사람처럼 턱을 운려의 오른쪽 어깨 위에 툭 올려놓았다.

"드디어 널 보는구만. 잘하면 못 보는 줄 알았거든. 돌아오는 길… 조금 힘들었다……."

평소와 같은 심드렁한 어투.

옆에서 함께 그 말을 들은 단목린은 먼 길을 온 사람들 특유의 고단함을 읽었다. 하지만 그뿐이었다, 그가 읽어낸 것은.

그러나 운려는 검엽의 말투에서 다른 것을 느꼈다.

먼 길을 온 자의 고단함.

가슴에 담은 깊은 그리움.

집을 찾은 자의 안도감.

절절한 검엽의 감정이 가감없이 그녀의 가슴을 파고들었다.

운려는 검병을 잡고 있던 손을 놓았다.

툭.

척천검이 지면에 쓰러지며 마른 먼지를 피워 올렸다.

일류 이상의 성취를 이룬 검사로서 검을 이렇게 함부로 취급하는 자는 없다.

하지만 운려는 척천검이 어찌 되었는지 느끼지도 못하고 있었다.

그녀는 말없이 검엽의 등을 힘주어 안았다. 검엽도 그녀를 마주 앉았다.

묶지 않은 검엽의 긴 머리카락이 폭포수처럼 흘러내려 그녀의 가슴을 덮었다.

짧은 침묵이 흘렀다.

단목린은 어정쩡한 자세로 서서 검엽과 운려의 포옹을 바라보았다.

무림의 남녀가 일반 백성들의 관계보다 자유롭다고 해도 중인환시리에 포옹하는 게 당연시될 정도는 아니다.

더구나 자신의 마음을 다 차지한 여인이 아닌가.

상대가 친구라는 것을 뻔히 알지만 그래도 남자다.

단목린의 포용력이 아무리 넓어도 속이 좋을 수는 없는 일이었다.

그러나 단목린은 운려를 제지할 수도, 두 사람을 떼어놓을 수도 없었다.

'끼어들기 어려운 분위기다. 질투하기도 난감한 사이야. 평생 이 관계를 보아야 한다고 생각하니 참 난감하군.'

단목린은 이러지도 저러지도 못하는 자신이 한심했지만 어쩔 수 없었다.

검엽과 운려 사이에는 다른 사람이 도저히 끼어들 수 없는, 끼어들어서는 안 될 것만 같은 무언가가 있었다.

단목린이 난감해할 때였다.

퍼억.

"흐윽!"

검엽이 오른쪽 정강이를 붙잡고 펄쩍 뛰었다.

운려가 도끼눈을 뜨고 있었다.

"너, 이 자식! 면구는 왜 벗었어! 그리고 밖에서 도대체 무슨 짓을 한 거야!"

"말로 하라고! 가뜩이나 힘들어서 쓰러질 지경인 사람 다리를 걷어차면 어떡하냐!"

검엽은 오만상을 찡그리며 투덜거렸다.

이번에 운려는 정말 제대로 힘을 줘서 걷어찼다.

운려는 척천검을 주워 들고 한 팔로 검엽의 머리를 감아 옆구리에 꼈다.

"으헉!"

검엽의 입에서 절로 신음이 흘렀다.

그 자세로 무맹의 정문으로 걸어가며 운려가 말했다.

"으드득, 일단 들어가서 들어보자. 시답잖은 이유로 늦었다면 죽을 줄 알아!"

"아프다, 인마!"

지하 공동에서 부러진 뼈들 중에는 아직 완전히 접합되지 않은 것들도 여럿이었다.

검엽의 말은 빈말이 아니었다.

그러나 운려는 검엽이 지나온 시간들이 얼마나 험했는지 알지 못했다. 엄살로 여기는 것이다.

"아프라고 하는 거지, 그럼 내가 너하고 장난치고 싶어서 이러는 줄 알아!"

본전도 못 찾은 검엽은 입을 다물 수밖에 없었다.

질질 끌려가는 검엽을 보는 단목린의 이마에 굵은 식은땀이

송골송골 솟았다.

'려 매에게 저런 면이 있었던가? 수련할 때 독하고 당차다는 건 느꼈지만… 이건 암호랑이잖아. 사랑… 재고… 해야 되는 거 아닐까?'

그는 후일 운려가 안채를 장악한 집을 생각하며 전율했다.

그리고 검엽과 같은 꼴이 되지 말란 법은 없는 것이다.

단목린은 운려의 눈치를 슬슬 보며 그들의 뒤를 따랐다.

햇살이 따스한 유월 중순의 어느 날이었다.

"자네가 고검엽이로군."

"예."

단목천은 포권으로 예를 취하는 검엽을 보며 말을 이었다.

"누군지 궁금했었다네."

검엽은 말이 없었다.

운려에게 잡혀 무맹 안으로 들어오자마자 단목천이 보낸 사람에 의해 끌려온 자리였다.

무맹주의 집무실.

무맹에 속한 무사라면 누구나 영광스럽게 생각할 장소.

하지만 검엽은 이 자리가 달갑지 않았다. 언제나 그랬던 것처럼.

태사의에 몸을 묻고 말이 없는 검엽을 잠시 지켜보던 단목천이 다시 말문을 열었다.

"몸이 정상이 아닌 듯한데 내상이 심한가?"

옆에서 검엽을 노려보던 구양일기의 눈빛이 살짝 변했다.

머리카락 사이로 드러난 검엽의 얼굴은 옥을 깎은 듯 희고 투명했다. 상처를 입은 기색이 겉으로 드러나지 않는 얼굴이다. 구양일기는 검엽이 내상을 입고 있다는 것을 알아차리지 못했다.

검엽이 무표정한 얼굴로 대답했다.

"내상을 다스릴 시간이 없었습니다."

단목천이 구양일기를 보았다.

"군사."

"예, 맹주님."

"의당(醫黨)에 천년설연실이 두어 개 남아 있는 것으로 아네. 고 무사에게 내주라 하게."

구양일기는 놀란 듯 눈썹을 치켜올렸다.

천년설연실은 천금을 주고도 구하기 어려운 영약이다.

내공 증진의 효험도 탁월하지만 숨이 붙어 있기만 하다면 아무리 중한 내상이라도 치료할 수 있는 공능 때문에 더 귀하다고 알려진 영약.

내키지 않는 명이었다. 그러나 누구의 하명인데 거역할 수 있겠는가. 더구나 아득한 말단무사 고검엽 앞에서.

"조치하겠습니다."

"그리하게."

다시 고개를 검엽에게 돌린 단목천이 물었다.

"내가 왜 자네를 불렀는지 알겠는가?"

검엽은 망설이지 않고 고개를 저었다.

"모릅니다."

모를 리 없음에도 모른다고 대답하니 얄밉기 그지없다.

단목천의 눈에 어이없어하는 기색이 스쳐 지나갔다. 하지만 그는 감정을 내색하지 않았다.

그러나 구양일기는 감정을 숨기지 않았다. 그의 눈빛이 쏘는 듯 날카로워졌다.

수양이 부족해서가 아니었다.

일 년여 전 무맹에 도착했을 때부터 검엽에 대한 그의 감정은 좋지 않았었다.

지금 검엽이 보여주는 무례하기 그지없는(?) 행동은 쌓아두었던 그의 감정을 건드리고 남음이 있었다.

게다가 그는 굳이 자신의 감정을 숨길 필요를 느끼고 있지 않았다. 아니, 오히려 감정을 드러낼 필요가 있었다.

단목천이 싱긋 웃으며 말했다.

"모를 수도 있겠지. 자네가 징남을 떠나고 나서 자네에게 벌어진 일들을 상세히 듣고 싶어서라네. 자네가 벌인 일 때문에 무림이 소란스러워져서 말일세."

말을 한 사람이 다른 사람도 아닌 대륙무맹의 최고 명령권자, 맹주 단목천이었다.

누구라도 이 정도의 말을 들으면 알고 있는 것을 얘기하는 게 예의다.

단목천도 구양일기도 검엽이 그간 겪은 일들을 얘기할 것이라 생각했다. 그러나 검엽의 대답은 그들의 예상과 하늘과 땅만큼의 차이가 있는 것이었다.

"피곤합니다. 쉬었으면 합니다."

단목천의 얼굴이 표나게 굳었고, 구양일기는 입을 딱 벌렸다.

참지 못한 구양일기가 노기를 드러내며 말했다.

"여러 사람에게 얘기를 들어 알고 있는 바이긴 하나 정말 버릇이 없군. 자네가 어느 분의 앞에 있는지 자각을 하게. 대륙무맹의 주인, 맹주님의 앞일세. 자중하게."

검엽의 고개가 모로 꼬였다.

그는 그 자세로 반쯤 고개를 돌리고 구양일기를 보았다.

구양일기보다 반 자는 키가 더 큰 그다.

고개를 비틀고 아래를 내려다보는 자세는 누가 상대가 되었든 기분이 좋지 않을 자세였다.

구양일기의 눈이 이글거렸다.

천하에 누가 있어 그를 저런 자세로 볼 수 있을까. 단목천도 취하지 않는 자세가 아닌가.

'감히……!'

대로한 그의 숨이 거칠어졌다. 그러나 단목천의 앞이다. 노화를 터트릴 수는 없었다.

구양일기를 일별한 검엽이 단목천에게 시선을 돌리며 말했다.

"다 알고 계실 거라고 생각합니다. 모르고 계시다면 산운전의 능력이 제 생각보다 못한 것일 테고요. 하지만 그들의 능력은 전 무림이 인정한 것으로 압니다. 굳이 제게 확인할 필요가 있겠습니까?"

"당사자에게 직접 듣는 것보다는 못하네."

"그럼 보고서를 작성하겠습니다. 말을 오래할 수 있을 만큼 제 몸이 좋은 상태가 아닙니다."

의외로 단목천은 선선히 검엽의 의견을 받아들였다.

"그렇게 하게."

그는 웃으며 말을 이었다.

"자네가 상대해야 할 사람을 생각한다면 최대한 빨리 최상의 몸을 만들어놔야 하니까 말일세."

여운이 있는 말이었다.

검엽은 보일 듯 말 듯 눈살을 찌푸렸다.

'말이 묘하구만……'

사신동을 벗어난 후 사람들의 눈을 피해 남하하기 바빴던 그였다. 무림의 정세를 알 턱이 없는 것이다.

입가의 미소를 지우지 않은 단목천이 생각난 듯 물었다.

"그런데 자네가 한족이 아니라 요동이 고향인 동이족이라는 얘기가 있던데 사실인가?"

검엽의 미간에 골이 파였다.

그가 동이의 후손이라는 걸 아는 사람은 운려와 와호당의 다섯 노야뿐이었다.

굳이 숨기려 한 적은 없었다. 하지만 일반이든 무림이든 중화의 상류에 속하는 사람들의 배타성은 유구한 전통을 가지고 있는 터라 자진해서 밝힌 적은 없었다.

'산운전이 능력은 있긴 있구만.'

"맞습니다. 제 어머님이 고려인이십니다."

질문이 마음에 들지 않는다는 기색이 역력한 어투.

노화를 억지로 삭이는 구양일기의 이마에 지렁이 같은 핏줄이 솟았다.

하지만 단목천은 웃으며 고개를 끄덕였다.

"그렇구먼."

검엽이 나간 후 마주 앉은 단목천과 구양일기는 쓴웃음만 지으며 잠시 말을 하지 못했다.

"허허허, 당돌한 녀석이야."

"버릇없는 놈입니다."

"저 나이에 저 정도의 패기는 나이 든 사람 입장에서 귀엽게 봐주어야 하지 않겠는가."

"저는 징그럽습니다."

"껄껄껄."

단목천은 고개를 젖히고 웃었다. 하지만 그의 눈은 웃고 있지 않았다.

"산운전에서도 그가 정문 앞에 모습을 드러낼 때까지 전혀 모르고 있었단 말이지?"

"그렇습니다."

"신기하구먼. 곽 전주가 자존심이 상했겠는걸."

"그럴 테지요. 군림성의 귀마안과 정무총련의 비각조차 눈 아래로 보는 그가 텃밭에서 목표를 놓친 격이니까요."

곽주명이 이끄는 산운전이 검엽을 찾는 데 얼마만 한 노력을 기울였는지 잘 아는 구양일기는 기꺼운 듯 미소를 지었다.

그와 곽주명은 서로의 능력을 인정하면서도 서로를 무척 싫어했다. 오죽하면 주위 사람들이 두 사람을 평할 때 견원지간이라는 말이 어울린다고 할까.

두 사람의 성격은 아주 비슷했다.

평범한 인간관계라면 성격이 비슷한 사람끼리는 사이가 좋은 경우가 더 많다. 하지만 그들은 반대였다.

오래전 구양일기는 곽주명을 보면 마치 거울 속의 자신을 보는 듯해서 기분이 나쁘다고 측근에게 토로한 적이 있었다.

단목천이 물었다.

"군림성이 그의 귀맹을 알게 되는 게 언제쯤일까?"

"열흘 이내일 겁니다."

"그 후에는 초평익이 움직이겠군."

"그럴 거라고 생각합니다."

"정무총련은?"

"지켜보겠지요. 중천금 남궁검환을 전격적으로 투입할 정도로 심혈을 기울여 군림성을 다독인 그들로서야 우리가 군림성과 싸우게 되면 이이제이(以夷制夷)에 어부지리가 아니겠습니까."

단목천은 허를 쳤다.

"군사는 우리와 군림성이 부딪치게 되었을 때 정무총련의 개입 가능성을 어느 정도로 보는가?"

"극히 희박합니다. 산술적으로는 일 할도 채 되지 않습니다."

"왜 그렇게 보나?"

"여러 가지 이유가 있습니다만, 가장 중요한 것은 그들이 개입할 명분이 없기 때문입니다."

"명분이라······."

단목천은 생각에 잠겼다.

개인의 행동에도 정당성을 부여하는 명분은 필요하다. 그것이 없다면 막무가내나 혹도 소리를 듣는다.

구주삼패세와 같은 거대 세력의 움직임이라면 명분은 절대적으로 필요하다. 명분이 없는 무력 사용은 세력에 속한 자들에게 수뇌부를 불신할 기회를 준다. 그것은 필연적으로 세력의 존립 기반 자체를 흔들게 된다.

고래로 명분없는 전쟁을 벌이다 적전 분열로 멸망한 나라나 세력은 열거하기 어려울 정도로 많다.

단목천이 눈을 들었다.

"정무총련의 군사 천뇌유자 제갈유는 없는 명분도 만들어낼 능력자일세. 그의 동태를 놓치지 말게."

구양일기는 여유있게 웃었다. 자신감을 읽을 수 있는 미소였다.

"하좌가 모자라긴 하나 제갈유보다 못하지는 않습니다. 염려하지 않으셔도 될 것입니다."

"군사를 믿네."

"감사합니다, 맹주님."

"이번 전쟁으로 우리가 얻을 수 있는 것이 무엇이라고 생각하는가?"

단목천의 질문에 대한 구양일기의 대답은 명쾌했다.

"군림성의 칠마성 가운데 가장 패도적인 자를 제거할 수 있는 것이 첫째고, 척천산장으로 하여금 호남성 지부를 잃게 할 수 있는 것이 두 번째이며, 버르장머리없는 젊은 오랑캐 한 마리를 징치할 수 있는 것이 세 번째입니다. 일석삼조이죠."

단목천은 빙긋 웃었다.

"하나의 화살로 세 마리 토끼를 잡는 격인가… 좋구먼, 허허허."

말을 잇는 그의 안색이 조금씩 엄중해졌다.

"무맹대회의를 소집하게. 고검엽은 그때까지 쉽게 내버려 두고. 그의 내상이 꽤 깊은 듯 보였네."

무맹대회의는 무맹이 위태로운 시기에만 소집되는 회의다. 오대세력의 수장들 대신 대표자들이 나와 있는 무맹평의회와는 달리 무맹대회의는 각 세력의 수장들이 직접 참석하고, 각 전의 수뇌들과 무맹오단주들이 모두 참석한다.

"무맹대회의를 말입니까?"

"예전에 이루어졌던 협의와는 전개가 많이 달라지긴 했지만 어차피 치러야 하는 일일세. 그러나 협의는 개전과 종전에 대한 것만 있을 뿐이지 않은가. 군림성이 싸움에 임해 어떻게 움직일 지는 알 수 없는 일. 우리도 철저하게 준비를 해야 하네."

단목천의 음성은 진중한 위엄이 어려 있었다.

방금 전까지 허물없이 대화를 나눌 때와는 사람이 바뀐 듯 느껴질 정도로 막강한 기세였다.

"언제까지 소집이 가능하겠는가?"

"연락이 가고 오대세력의 수장 분들이 도착할 때까지는 한 달가량 걸릴 겁니다."

"늦네. 그때쯤이면 군림성이 호남이나 강서, 복건으로 진입 하고도 남을 시간이야."

"최대한 당겨도 이십오 일 이하로는 불가능합니다. 수장 분 들이 오시는 데 걸리는 시간이 있으니까요."

"구양세가와 척천산장, 적양마곡은 수장을 부르지 말게. 백 화와 철기는 참석케 하고, 다른 곳은 평의회의 대표들을 참석시 키게. 그렇게 하면 쓸데없이 시간을 낭비하지 않아도 될걸세."

단목천의 속내를 어렵지 않게 파악한 구양일기가 망설이지 않고 대답했다.

"알겠습니다."

호남의 척천산장과 강서의 적양마곡, 복건의 구양세가는 남쪽이나 서쪽 경계선 밖이 군림성의 영역이다. 군림성이 움직이면 그들 중 누군가가 최초로 조우할 수밖에 없는 것이다.

"그렇게 하면 얼마 뒤에 회의를 열 수 있겠나?"

"최대한 서두르면 닷새가량입니다."

"좋네. 그럼 무맹대회의는 닷새 후에 열겠네. 그동안 군사는 군림성이 어떻게 움직일지, 그리고 우리는 어떻게 그들을 상대해야 할지 병법을 구상하도록 하시게. 아마도 선봉은 척천산장이 서야 할 것이야. 초평익이라면 다른 곳은 눈에 들어오지도 않을 테니까."

구양일기의 얼굴도 단목천만큼이나 엄중해졌다.

그는 읍을 하며 말했다.

"명을 받듭니다."

"맹주님이 뭐래?"

운려는 아직도 도끼눈이었다.

방에 들어오자마자 침상에 큰대 자로 누운 검엽이 심드렁한 어투로 대답했다.

"별말 없었어."

한 발 앞으로 다가선 운려가 척천검을 검집째로 검엽의 목에 대고 써는 시늉을 했다.

"이실직고하지 않으면 주리를 틀 거야. 용작두를 대령하는 수도 있어!"

"사실이야."

"별말이 없었다고?"

"그렇다니까. 그냥 부를 때까지 쉬란다."

의외의 대답이라 운려는 고개를 갸웃했다.

"정말?"

"그래."

"요새 맹의 돌아가는 분위기로 봐서는 널 그렇게 순순히 보내주셨을 리가 없는데?"

"피곤하다고 했다. 보고할 건 종이에 적어 내기로 했고."

"그럼 그렇지."

검엽의 목에 댄 척천검을 거둔 운려가 침상 모서리에 엉덩이를 붙이고 앉았다.

검엽의 얼굴빛은 흐렸다.

그는 단목천을 생각하고 있었다.

시큰둥하게 지나갔던 그 짧은 만남.

그러나 단목천을 본 검엽은 큰 충격을 받았다.

'초강자였다. 본 가의 돌아가신 분들 중에도 그를 상대할 수 있는 분은 손가락으로 꼽을 정도로… 정말 세상은… 넓다…….'

"무슨 일이 있었던 거야?"

운려는 침상에 누우며 드러난 검엽의 얼굴을 훑으며 질문을 덧붙였다.

"그리고 면구는 어디다 버린 거고?"

묻는 운려의 어조는 조금 무거웠다.

무맹의 돌아가는 분위기는 그녀의 말마따나 심상치 않았다.

그리고 그 분위기의 중심에 검엽이 있었다. 마음이 가벼울 리 없는 것이다.

검엽은 뺨을 긁적였다.

운려의 진심이 눈에 보일 듯했다.

그것이 그를 멋쩍게 했다.

걱정시킨 것이 미안했고, 앞으로 어떤 일이 벌어질지 선한 터라 더 미안했다.

"정남의 싸움에서 좀 다쳤어. 그거 치료하고 나왔는데 정남에서 싸운 군림성 무사 중에 뒤끝이 질긴 인간이 날 거기까지 쫓아와서 기다리고 있더라구. 그 인간하고 싸웠다. 면구는 그때 싸우다 찢어져서 버렸다. 그리고 그 싸움 때문에 무맹 분위기가 이상해진 걸 거야. 그 싸움 이후 비각도 나를 죽어라 쫓아다녔거든."

"비각? 정무총련의 그 비각?"

"그래."

운려가 잠시 멍한 표정을 지었다.

이해가 가지 않은 것이다.

눈살을 잔뜩 찌푸린 그녀가 물었다.

"어디서 싸웠길래?"

"섬서성 순양 평원."

운려가 입을 벌렸다.

"섬서? 거긴 왜 갔어? 산장에 가서 요양하면 될 일을."

"귀찮아서."

"어련하겠어! 으휴… 속 터져서 정말!"

다시 도끼눈으로 검엽을 한 번 째려본 운려가 물었다.

"싸웠다면 상대를 죽인 거야?"

검엽은 누운 채로 고개를 끄덕였다.

"다른 방법이 없었다."

"몇 명이었어?"

"넷."

"고수들이었나 봐."

"강했다."

운려는 검엽이 힘든 싸움을 했다는 것을 짐작할 수 있었다. 검엽은 그녀에게는 말을 과장하거나 거짓말을 한 적이 없다.

"신분도 범상치 않은 자들이었겠지?"

"그들 중 한 명이 군림성 요인과 관련이 있는 자라고 생각하는 중이야."

"요인이라… 어느 정도?"

"비각이 투입했던 전력을 생각하면 적어도… 칠마성."

"컥!"

순간적으로 숨이 막힐 정도로 놀란 운려가 가슴을 두드려댔. 검엽은 그런 운려를 보며 한숨을 내쉬었다.

"내가 싸운 자들 중 우두머리는 상승의 도법을 구사하는 절정고수였다. 성취가 높지 않아 상대할 만했지만 그가 도법을 대성했다면 아마 난 이 자리에 없을 거야."

"그렇게나?"

검엽의 무공 수준을 익히 아는 운려였기에 그의 말은 놀랄 만했다. 하지만 그녀의 놀람은 시작에 불과했다.

"더 들어. 그자와 싸운 후 예전에 노야들한테 들었던 걸 며칠

곰곰이 생각해 봤다. 군림성의 무사로 상승의 도법을 구사하는 자. 성취로 보아 도법은 그의 창안절기가 아니었어. 그는 누군가에게 도법을 배운 거지. 그를 가르친 자가 군림성에 소속된 자일 건 삼척동자도 알 수 있는 일이었고. 결론이 나더구만."

말을 하는 검엽의 얼굴이 운려의 눈에 보일 정도로 일그러졌다. 심하게 짜증이 묻어나는 얼굴이었다.

그가 운려를 보며 말했다.

"칠마성들 중 도법의 절세고수 한 명이 있다는 거 너도 알지?"

손꼽히는 무림세가 출신의 운려가 모를 리 없다.

그녀의 안색이 크게 변했다.

"설마… 패마성 초평익?"

"설마가 사람 잡는다는 말, 그것은 진리였어."

충격을 받은 운려가 자리에서 벌떡 일어나며 외쳤다.

"말도 안 돼!"

"말이 돼."

검엽이 말이 된다고 하면 되는 것이다. 그것을 누구보다 잘 아는 운려는 입을 다물 수밖에 없었다.

"……"

일다향이 넘도록 말없이 방 안을 서성이던 그녀가 걸음을 멈추고 검엽을 째려보았다.

"죽은 자와 초평익의 관계가 어느 정도일 것 같아?"

"제자나 혈육. 둘 중 하나일 거야."

째려보는 운려의 눈에 한 대 패고 싶어 못 견디겠다는 기색이 완연해졌다.

검엽이 못 본 척 고개를 돌렸다. 이럴 때 운려의 비위를 거스르면 뒷감당이 어렵다.

운려가 이를 갈며 말했다.

"으드득, 요즘 삼패세의 움직임이 이상한 이유, 군림성과 본맹 사이에 긴장이 높아지는 이유를 알겠다. …진짜 큰일이 났네. 널 혼자 두는 게 아니었는데… 누굴 탓하겠어. 다 내 잘못인걸. 어휴."

팔베개를 한 검엽이 천장에 시선을 두며 말했다.

"일이… 커질 거야……."

"커지겠지. 죽은 자가 정말 초평익의 제자나 혈육이라면."

"산장의 피해가 제일 크게 될 거야. 대비를 하시라고 전해 줘."

"알았어."

검엽의 말을 받은 운려가 돌연 풀썩 웃었다.

"걱정은 되나 본데?"

"나로 인한 일이니까."

"신경 쓰지 마. 핑계야 어찌 되었든 부딪칠 건수를 찾는 건 어느 세력이나 마찬가지야. 네가 아니라도 언제가 되었든 명분은 생겼을 것이고, 싸움은 났을 거야."

검엽이 일어나 상체를 벽에 기대고 운려를 보았다.

"괜찮아?"

"괜찮을 리 있어? 많은 사람이 죽어갈 게 뻔한데. 하지만 나와 산장이 얽혔다고 네가 너무 마음 쓰는 건 너답지 않아."

"죽는 사람들 중에 인연이 귀한 사람들이 있을 수도 있어."

운려는 눈을 빛내며 검엽을 보았다.

"너 밖에서 겪은 일이 크긴 컸나 보다. 사람이 변했어."
"내가?"
"응, 예전의 너였다면 산장이든 무맹이든 다른 세력에 의해 초토화된다 하더라도 한 점의 관심도 두지 않았을 거거든."

검엽은 혀를 찼다.

대꾸할 말이 생각나지 않을 정도로 운려의 평가는 정확했다.

그가 말했다.

"이번 일이 좋게 풀릴 가능성은 없어. 무맹도 좋게 풀 의사가 있는 거 같지도 않고. 조심해라. 칼에는 눈이 없다고."
"남 얘기 하지 마. 네 행동 때문에 산장이 위험해질 거 같아서 부담스러운 모양인데, 신경 쓰지 마. 우리 아버지 무능한 사람 아니야. 그리고 싸우다 망하면 어쩔 수 없는 일이고."

검엽이 소리없이 웃었다.

그를 편하게 해주려는 의도가 섞여 있다 해도 운려의 태도는 확실히 대범했다.

"속 편하구만."
"싸우다 죽는 건 무인의 숙명 아니겠어? 이천릉 노야의 지론 중에는 그것도 들어 있잖아."
"그야 그렇지. 흐흐흐."

검엽이 낮게 웃었다.

운려도 웃었다.

"후훗, 도산검림 속에 자리를 잡은 자는 언제든 망할 수 있어. 최선을 다하고도 결과가 그렇다면 받아들여야 해. 이건 우리 아버지의 지론이야. 그분은 마음의 준비를 늘 하시면서 사는 분이야. 그만큼 치열하게 사셨기에 오늘날의 산장을 이룩할 수 있으셨던 것이고."

운려의 부친 소진악이 어떻게 삶을 바라보는지에 대해서는 아는 바가 없던 검엽이다. 그는 소진악에 대한 평가를 새롭게 할 필요를 느꼈다.

그는 산장에 있을 때 멀리서 몇 번 소진악을 보고, 호쾌하면서도 알 수 없는 무게를 느끼게 하는 사람이라고 생각했던 기억 밖에는 그에 대해 아는 것이 아무것도 없었다.

운려가 말을 이었다.

"싸움이 나고 만약 내가 싸우다 죽게 되면……."

운려가 말꼬리를 흐렸다. 하지만 어투는 가벼웠다.

검엽이 말을 받았다.

"어떻게 해줄까."

"너한테 피 끓는 복수나 가슴 아픈 눈물 한 방울을 기대하는 건 무리일 테고… 술 한 잔 따르고 명복이나 빌어줘."

검엽이 소리없이 웃었다.

"그 정도야 기꺼이."

운려는 풀썩 웃었다.

검엽에게 기대한 그대로의 대답이었다.

싸우다 죽는 것은 칼을 잡은 무사의 가장 기본적인 소원이며 또한 업(業)이다.

검엽의 사고방식은 일반인들과 달라서 그녀가 전장에서 검하고 혼이 된다 해도 상대를 증오하거나 미워하지 않을 것이 분명했다.

무인으로 검을 들었다면 능력이 부족해 죽는 것을 원통해해서는 안 된다는 것이 그가 바라보는 무인의 삶이기 때문이다.

본인은 자신이 무인이 아니라고 주장하지만 검엽은 누구보다도 더 무인적(武人的)인 생각을 갖고 있었다.

그것이 운려는 재미있었던 것이다.

나눈 대화 내용과는 동떨어진 재미이긴 했지만.

"그런데……"

미소 짓던 운려가 와락 얼굴을 검엽의 코앞에 들이밀었다.

쿵!

급작스러운 운려의 행동에 얼굴을 마주칠 뻔한 검엽은 급히 상체를 뒤로 물렸고, 벽에 뒤통수를 부딪쳤다.

얼굴을 찡그리며 뒤통수를 문지른 검엽이 물었다.

"뭐야, 갑자기?"

"너, 눈이 이상하다?"

"뭐가?"

"예전의 느낌이 아니야."

잔뜩 생각에 잠긴 운려의 눈을 보며 검엽은 어리둥절해졌다.

"예전엔 어때서?"

"음… 뭐랄까… 아무튼 네 눈을 보면 그날은 몸살이 났었는데 그 느낌이 사라졌어."

"몸살? 내 눈을 보면 아팠다고?"

"그런 느낌이었다는 거지! 정말 아팠다는 건 아니고."

운려는 검엽의 눈을 응시하며 연신 고개를 갸웃거렸다.

검엽은 눈은 달라져 있었다.

보는 이를 빨아들일 것처럼 매혹적인 빛은 여전했다. 하지만 항거를 불가능하게 만들 것 같았던 절대적인 느낌, 그를 위해서라면 목숨이라도 기꺼이 내놓게 만들 것 같았던 마력은 느껴지지 않았다.

그 의미는 상상 이상으로 거대한 것이었다. 하지만 차이를 깨달은 운려는 물론이고 당사자인 검엽도 지금은 그 의미를 알지 못했다.

"대하기가 편해졌어. 신기하네. 이제는 눈 가늘게 뜨고 다니지 않아도 되겠다."

"영문 모를 소리는 그만 좀 하시지. 집 떠난 주인집 딸."

검엽이 퉁명스럽게 운려의 말을 받았다.

그는 예전에 자신의 눈이 어땠는지 알지 못한다. 오래전 운려가 눈을 가늘게 뜨고 다니라고 이이없는 생떼를 부릴 때도 그녀의 말을 이해하지 못했는데, 지금이라고 이해할 리가 없는 것이다.

빙긋빙긋 웃으며 검엽의 눈을 요리조리 살피던 운려의 얼굴에 놀란 기색이 떠올랐다.

"너… 눈동자가 나를 따라와! 눈이 보여?"

검엽은 자신의 실수를 깨달았다.

그는 육안의 기능을 구 할 이상 되찾은 상태였다. 그래서 특별한 경우 외에는 심안을 사용하지 않기로 작정한 터라 지금도 심안을 닫고 육안만 뜨고 있었다.

자연히 그의 눈동자는 운려의 움직임에 정상인과 같은 반응을 보였고, 운려는 그것을 알아차린 것이다.

하지만 눈이 보이게 된 과정을 설명하자면 오만 가지 이야기를 다 해야 했다. 운려라면 하지 못할 이유가 없었지만 상상만 해도 귀찮기 그지없는 일이다.

실수가 아닐 수 없었다.

그는 결심했다.

대충 둘러대기로.

"정남 지부에서의 싸움 이후 시력이 돌아오더라. 처음에는 조금만 보였는데 지금은 거의 정상 수준이야."

엄청난 함축이었지만 사실은 사실이다.

"정말?"

운려가 미심쩍은 듯 물었다.

검엽은 크게 고개를 끄덕였다.

"그… 으… 럼!"

운려는 의심스러운 듯 고개를 갸웃했지만 더 이상 토를 달지 않았다. 검엽이 거짓말을 하고 있지 않다는 것을 알고 있기 때문이었다. 그럴 이유도 없었고.

"믿기도 어렵고 납득도 가지 않지만 믿어는… 주지. 어쨌든, 정말 축하해!"

운려는 환하게 웃고 있었다.

검엽도 늘 그렇듯이 이를 드러내며 소리없이 웃었다.

두 사람은 보고 싶던 사람을 만났다.

상대에 대한 걱정도 사라졌다.

더 바랄 게 무엇이 있으랴.

방 안의 분위기는 엄중한 밖의 분위기와 정반대로 부드럽고 따듯하기만 했다.

第二章

천마
검섭
전

"천 년 묵은 설연실이라더니 효과가 좋긴 좋구만."

운기행공을 마치고 눈을 뜬 검엽은 자리에서 일어나며 중얼거렸다.

지난 나흘 동안 그는 천년설연실 두 개를 먹을 수 있었다.

설연실을 금갑에 넣어 가지고 와서 건네주던 의당 당주라는 노인네의 손은 중풍 걸린 사람마냥 벌벌 떨렸었다.

검엽은 단목천을 생각하면 속이 쓰렸다.

'뱃속에 구렁이 백 마리는 키우고 있는 사람이다. 내외상을 치유해야 하는 내 절박한 사정을 알고 있었어. 이런 대접을 받고 제 몫을 해내지 못한다면 나 개인뿐만 아니라 운려, 나아가 산장에도 부담이 된다. 목숨 내놓고 싸우라는 뜻이지. 무맹에는 뒤끝있는 인간이 너무 많아. 빌어먹을.'

그는 설연실을 먹고 싶은 마음은 털끝만치도 없었다. 하지만 먹지 않을 수 없었다.

외상은 그 자신도 근원을 알지 못하는 경이적인 자연 치유력이 빠른 속도로 회복시켰다. 그러나 내상의 경우는 외상과 달리 그 자연 치유력이 발휘되지 않았다.

사신동을 나선 후 그는 틈이 날 때마다 운기요상으로 내외상을 다스렸다. 그러나 무맹에 도착하는 순간까지 그가 회복한 공력은 칠성가량에 불과했다.

내상이 한 달 넘게 지속된데다 사신동에서 잠력을 두 번이나 격발한 그가 아닌가.

그 정도를 회복한 것만도 기적에 가까웠다.

본래 칠성 이상의 공력을 회복하려면 적게 잡아도 석 달 이상의 요상 치료가 필요했다. 구환공의 요상법으로도 그보다 빨리는 가능하지 않았다.

그만큼 그의 내상은 깊었다.

고질로 발전하지 않은 것이 신기할 정도로.

단목천은 그런 검엽의 몸 상태를 한 번의 만남으로 파악했던 것이다. 경험과 능력이 겸비되어 있기에 가능한 눈썰미였다.

'석 달이 필요했던 요상 치료가 설연실 덕분에 보름 정도로 단축되었다. 나흘의 요상으로 십성의 공력이 회복되었어. 약효가 얼마 남지 않았긴 해도 나머지 이성 공력은 열흘이면 충분히 회복할 수 있다. 진원이 흔들렸을 뿐 손상되지는 않은 덕분이다. 진원을 보호한 것은 신마기의 공능이었을까, 아니면 구환공의 호심진력이었을까? 흠, 아무튼 싸워야 한다면 싸워야지. 하

지만 일 년이다. 그 시간이면 설연실의 값어치로 충분하지.'

검엽은 입꼬리를 비틀며 미소를 지었다.

방금 전의 쓴웃음과 달리 그 미소는 어딘지 유쾌한 구석이 엿보였다.

한 번의 미소로 단목천과의 만남을 머릿속에서 지운 검엽의 뇌리에 단목천보다 더 불쾌한 얼굴이 떠올랐다.

사마결이었다.

'신마기의 비밀을 엿볼 수 있는 기회를 준 것으로 네가 내게 행한 일을 묻으마. 내가 일 년 후에 강호를 떠난다는 사실을 하늘에 감사드려라.'

곽산에서 사신동까지의 행로는 잊을 수 없는 경험이었다.

타인에게 제압당한 채 움직여야 했던 참담함과 생사의 기로에 섰던 처절함을 어떻게 잊을 수 있을까.

진황도의 바닷물을 하도 먹어 개구리처럼 튀어나온 배를 하고 수면으로 떠오른 이후 무맹 총타에 도착할 때까지 그가 했던 번민의 무게는 억겁처럼 무거웠다.

평소와 달리 갈등은 쉽게 결론에 도달하지 못했다.

지금도 결론을 내리지는 못했다.

하지만 계속 사마결 때문에 고민하고 갈등하는 건 곤란했다.

그가 겪은 일을 떠나서 사마결은 그를 근원부터 자극하는 무언가를 가진 자였다.

그를 생각하면 검엽은 생경한 열정을 느꼈다.

외부로 뛰쳐나가고 싶어 발버둥치는 덩어리가 심장의 한복판에서 미친 듯이 날뛰는 듯한 기묘한 느낌.

그래서 검엽은 사마결과 관련된 기억을 가슴에 묻기로 했다.

그는 뛰쳐나가는 것이 아닌 세상 밖으로 물러나는 것을 뜻으로 삼은 사람이었기에.

온전히 묻을 수 있을지 자신하지는 못했다. 그러나 노력은 하기로 한 것이다.

'너를 상대하려면 아마 난 아무것도 하지 않고 너를 상대할 수 있는 힘을 키우기 위해 수년, 아니, 어쩌면 그보다 더 많은 세월 동안 전력을 다해야겠지. 하지만 네가 그럴 만한 가치가 있는 상대라는 생각이 별로 들지 않는다. 너로 인해 내가 중원무림에 너무 깊숙하게 개입하게 될지도 모르는 미래가 그다지 반갑지도 않고. 난 중원인이 아니야. 이곳에서 성장기의 절반을 보냈지만 난 중원무림의 대세와는 아무런 관련이 없는 사람이다. 네가 염왕의 유진과 혈주, 네 배경을 가지고 중원을 지배하든 군림하든 나와는 상관없는 일이다. 너와 얽힌 건 그저 재수 없는 악연이었을 뿐이야.'

검엽은 창문을 열었다.

후덥지근한 대륙 남부의 바람이 은근슬쩍 창턱을 넘어 들어와 그의 얼굴을 간질였다.

사마결에 대한 생각이 더 이어지려 했다.

그는 그 상념의 끈을 강제로 끊었다.

이미 결정을 한 후였다.

더 생각해 봐야 인생에 도움이 안 되는 것이다.

대신 그의 상념은 신마기로 이어졌다.

신마기를 생각하는 것만으로도 그의 안색은 만년설산처럼 차갑고 무거워졌다.

'선친께서 말씀해 주신 적이 없는 일들이 내게 벌어졌다. 지금도 벌어지고 있고. 신마기는 자체로 영성을 지닌 무엇일지도 모른다. 죽인 자들의 사념과 원념으로 늘어난다고 단순하게 생각했던 나의 내공은 정남부터의 싸움에서는 전혀 늘어나지 않았고, 사념과 원념의 정화인 구천겁화혈주를 접하는 과정에서 오히려 줄어들었다. 규칙이 없어. 이것은 의도적인 제어가 아니라면 가능하지 않은 현상이다.'

그의 안색이 변한 이유가 이것 때문이었다.

그의 내공은 구천겁화혈주와의 접촉 이후 일성가량 줄어들었다. 그것도 내공의 근원적인 힘, 진원의 총량이 줄었다.

검엽은 이것이 원인이 두 번의 잠력을 격발해서인지, 신마기의 알 수 없는 영향 때문인지 아직 명확하게 판단하지 못하고 있었다.

그러나 잠력의 격발로 인한 진원 손상은 구환공을 운기하면서 살펴볼 수 있었고, 설연실을 통해 구 할 이상 복구한 상태임을 생각할 때 진원 쇠퇴가 신마기에 의한 것일 가능성이 대단히 높았다.

검엽은 자신의 내, 외부를 관조하기 위해 정신을 집중했다.

그가 눈을 뜬 것은 반 각 후였다.

그의 안색은 더 무거워져 있었다.

'예상대로다. 계속해서 흐려지고 있어.'

융단처럼 자신을 둘러싸고 있던 어둡고 짙은 미지의 기운이 약화되고 있었다.

이 또한 구천겁화혈주와의 접촉 이후 생긴 현상이었다.

'연관되어 있다. 내공이 줄어드는 현상은 일성을 경계로 멈추었지만 나를 둘러싸고 있던 기운의 약화는 지속적으로 이루어지고 있고, 기운이 약화될수록 시야는 더 선명해지고 있다. 게다가 구환공의 공능으로 거리를 두고 있긴 했어도 늘 주변을 떠돌던 냄새와 소리의 괴로움이 현저하게 약화되었다. 하지만 반대로 감각은 더 예민해지고 선택적으로 집중한 대상의 냄새와 소리는 전보다 더 강해졌다.'

검엽은 구천겁화혈주와 지존신마기가 충돌하던 순간을 떠올렸다. 그곳에 사마결의 그림자는 흔적도 없었다.

빛의 폭풍이 일어났던 그 순간의 강렬함은 검엽이 단 한 번도 경험해 본 적이 없는 것이었다. 사마결에 대한 감정이 끼어들 여지를 찾을 수 없을 정도로.

'…지존신마기는 선친께서 말씀해 주셨던 것과 다르다. 혹시… 선친께서도 신마기의 근원적인 부분에 대해서는 정확한 것을 모르셨던 게 아닐까. 하지만 선친은 본 가의 기나긴 역사 속에서도 가문의 비전을 그분만큼 성취한 이를 찾을 수 없을 정도로 뛰어나셨던 분이었는데… 그런 분이 신마기에 대해 모르는 부분이 있을 수 있을까? 하지만 천외(天外)의 마백(魔伯)이라 불린 그분도 사람이셨다. 그럴 수도 있어…….'

의심해 본 적이 없는 선친의 능력이었다.

그러나 검엽은 지금 선친, 고천강의 가르침에 대해 작은 의심이 생겨난 상태였다.

그의 눈빛이 심연처럼 깊어졌다.

'혼돈귀원대법이 성공하면 시력이 돌아와야 했다. 하지만 대법이 끝났음에도 시력은 돌아오지 않았고, 선친을 비롯한 대법에 참여했던 모든 분이 한 줌 재로 화했을 뿐만 아니라 신화곡 전체가 거대한 염화 속에 사라졌다. 난… 대법이 실패했다고 생각했다. 그래서 선친의 유언을 따라 가문을 가슴에 묻었다. 하지만 지금은 혼란스럽다. 대법은 과연 실패한 것인가? 실패했다면 신마기는 왜 이렇게 내 몸과 정신에 개입하려 하는 것일까?'

검엽은 탄식했다.

현재의 그로서는 도저히 결론을 얻어낼 수 없는 의문이었다. 설사 선친이 살아 돌아온다고 해도 그와 다르지 않을 터였다. 그만큼 그의 영육(靈肉) 속에서 움직이는 신마기는 불가사의했다.

'성공했다고 확신할 수도 없다. 성공했다면 신마기는 파멸천강지기의 기운으로 내 삼단진을 가득 채웠어야 하니까. 선친께서는 말씀하셨다. 본 가의 무공 전체를 지배하는 지존천강력은 신마기의 기운을 빌려 쓰는 것이라고. 하지만 그 빌려 쓰는 기운은 신마기의 공능 중 극히 일부에 불과하다고. 대법은 신마기의 기운 중 일부가 아닌 그 정화, 마령(魔靈)을 대법의 피시술자에게 체화하기 위해서 베풀어지는 것이고, 대법이 성공했을 때는 신마기는 마령의 힘, 파멸천강지기의 정화로 내 삼단전을 채울 것이라고 하셨다. 그 힘을 지존천강력으로 신화(神化)시키면 '그'를 넘어서는 것도 가능할 것이라고 하시면서.'

천천히 팔짱을 끼는 검엽의 주먹에 힘이 들어갔다.

'성공했다면 파멸천강지기가 단전에 머물고 있어야 했다. 하지만 파멸천강지기는 내 몸 어디에서도 흔적을 찾을 수 없다. 그래서 나는 대법을 실패했다고 믿었던 것이다. 하지만 그날 이후 내 몸과 영혼 속에서 벌어지고 있는 일련의 현상은 실패의 결과로만 보기에 의문스러운 점이 너무 많다.'

그는 머리를 저었다.

혼란이 그의 마음을 지배했다.

좋지 않았다.

'겁화의 그늘 아래 묻어둔 고향을 찾아야 할지도 모른다는 불길한 예감이 드는구만. 일단, 운려와의 약속 기한이 끝나면 생각해 보자. 변화는 진행 중이야. 살피고 살피다 보면 손에 잡히는 무언가를 얻을 수 있는 날이 올 것이다.'

검엽은 한숨을 내쉬며 하늘을 보았다.

열한 살의 어느 날.

자신과 했던 약속에 미미하게 금이 갔다.

방금 전 사마결을 떠올리며 했던 생각과도 미묘하게 엇갈리는 부분이 있었다.

하지만 검엽은 의식적으로 그 부분에 대한 생각을 피했다.

사마결 때문일 수도, 신마기 때문일 수도 있었다.

혹은 그 자신이 원해서일 수도.

신마기에 대한 생각을 일단락 지은 검엽의 얼굴이 와락 일그러졌다. 네 명의 절대미녀, 사대겁혼이 그의 뇌리를 가득 채웠기 때문이다.

'당시 상황이 어쩔 수 없어서 깨우긴 했는데… 책임지지 못할 일을 했다. 후우…….'

그는 고개를 들어 하늘을 보았다.

서편으로 기우는 태양이 보였다.

태양의 동서남북 사방점에 네 여인의 모습이 보였다.

그의 상념이 만들어낸 환각이다.

'염왕의 사념이 온전했다면 그녀들에 대해 더 많은 걸 알 수도 있었을 텐데. 사념 중에는 그녀들을 피안으로 돌려보낼 방법이 있었을지도 모르는 일이거늘. 아쉽다. 급한 대로 공동묘지에 안장을 하긴 했지만 무한정 그대로 둘 수는 없는 일이고……'

급조한 목관에 넣어 공동묘지 깊이 묻은 사대겁혼을 떠올린 검엽의 입에서 절로 한숨이 흘러나왔다.

황당한 일이었다.

그러나 명령에 절대복종하는 네 명의 절대미녀와 동행하는 상황을 꿈에서도 상상해 본 적이 없는 검엽에겐 그것은 선택의 여지가 없는 일이었다.

검엽이 그녀들을 묻은 곳은 진황도에서 내륙으로 오십여 리 들어간 곳에 자리 잡은 마을의 공동묘지였다.

마을이 만들어진 지는 백 년이 넘었지만 화전민 촌이라 사람의 수는 백여 명이 채 되지 않았고, 왕래하는 사람도 거의 없는 곳이었다.

혀를 찬 검엽의 생각은 이어졌다.

'그녀들의 생기는 호흡이나 음식을 섭취하는 것과 무관하게 이어진다. 땅속에 묻혔다고 흙으로 돌아가지는 않아. 하지만 생기를 지닌 여인들을 그렇게 시신처럼 묻어두고만 있을 수도 없는 일인데… 그렇다고 데리고 다닐 수도 없고. 미치겠구만.'

창가에 기댄 검엽의 어깨에서 힘이 빠졌다.

'운려와의 약속이 끝나는 날까지는 그곳에 두는 수밖에 없다. 새외로 떠날 때 그녀들을 데리고 가자. 신마기와 구천겁화혈주의 기운이 동일한 근원을 가지고 있고, 그녀들이 신마기에 반응했던 것을 생각하면 그녀들을 흙으로 돌아가게 할 수 있는 방법도 신마기에서 찾을 수 있을 것이다. 시간이 걸리겠지만… 이것도 내 업인가. 아마도 그렇겠지… 참, 여러 가지로 머리 아프구만.'

뒷짐을 진 검엽은 눈을 감았다.

사대겁혼의 아름다운 모습이 그의 망막에 가득 찼다.

'사람의 형상을 하고 있어도 그녀들은 사람이 아니다. 그녀들의 몸은 오행 중 금(金), 화(火), 수(水), 목(木)의 기운으로 가득 차 있어. 정련될 대로 정련된 오행의 정화… 사람이라면 벌써 오행의 근원으로 돌아갔을 거다. 사람의 몸으로는 결코 버틸 수 없는 강력한 기운이니까. 사람… 이라고 생각하긴 어렵다. 정체가 무엇일까…….'

검엽의 미간에 골이 파였다.

사대겁혼은 해저의 동굴이 붕괴되면서 그의 전신을 눌러오던 수압을 차단했었다. 그렇지 않았다면 검엽의 내부는 찌그러진 북어포처럼 되었을지도 몰랐다.

제마천붕후의 가공할 압력 속에서도 살아남은 그인지라 수압에 죽었을 가능성은 희박했지만…….

당시 그녀들이 수압을 차단하는 데 사용한 것은 경이롭게도 강기의 벽이었다.

깨어난 순간에는 걷는 것도 뒤뚱거리던 여인들이 위기에 직면하자 절대초강고수들만이 사용 가능하다는 호신강기를 사용했던 것이다.

'이상한 건 그녀들이 전신을 가득 채운 오행의 기운을 쓰는 것이 아니라 불완전한 무공을 사용한다는 것이다. 정신이 온전치 못해서 흐트러져 있었지만 그것은 구환공과 비교해도 뒤떨어지지 않는 초상승의 절기였어. 염왕이 전수한 것일까? 하지만 그보다 더 궁금한 건 그녀들이 어떻게 무공을 사용할 수 있는 걸까 하는 것이다. 그녀들의 몸엔 사람의 것과 같은 경락과 혈이 없었다. 온몸이 기운 자체와 같아서 심안으로 내기의 흐름을 읽는 것도 불가능할 정도였는데……'

사대겁혼은 그 자체가 불가사의였고, 무림의 상식을 파괴하는 존재였다.

'그녀들을 차분히 살펴볼 시간이 있었다면 그녀들의 신체가 가진 비밀을 풀 수도 있었을 텐데 기다릴 운려 생각에 제대로 살펴보질 못했다. 그녀들을 돌려보내려면 어차피 살펴봐야 하니 후일을 기약할 수밖에.'

나직하게 탄식을 토하던 검엽의 눈매가 서늘해졌다.

자신을 뚫어지게 응시하는 시선을 느꼈기 때문이었다.

그가 있는 곳은 일 년 전 처음 무맹에 도착했을 때 배정받았던 숙소 건물의 삼층이었다.

옆 건물과의 사이 소로에 두 명의 여인이 서 있었다.

화려한 궁장 차림의 이십대 중반쯤의 여인과 시녀로 보이는 소녀였다.

그와 눈이 마주친 궁장여인의 얼굴에 은은한 미소가 떠올랐다.

검엽은 순수하게 놀랐다.

궁장여인의 미모가 대단했던 것이다.

'요새 눈이 호강하는구만. 사대접혼보다는 조금 못한 것 같지만 진 부인보다는 확실히 낫다.'

진완완이 들었다면 서운해 눈물을 떨구었을 생각을 하며 검엽은 궁장여인을 보았다.

여인도 그의 시선을 피하지 않았다.

검엽은 여인의 시선에 어린 진한 호기심과 놀람을 읽을 수 있었다.

무엇에 대한 호기심인지 왜 놀랐는지 순간적으로 의아해졌지만 그는 곧 등을 돌렸다.

여자라면 사대접혼만으로도 버거웠다. 그리고 본래 여색에는 관심이 없는 그가 아닌가.

창가에 서 있던 사내의 모습이 사라지는 것을 보며 단목혜는 천천히 숨을 내쉬었다.

숨이 막히는 듯하던 압도감이 숨결과 함께 풀어져 나갔다.

검엽이 정문에 도착한 이후 승룡일대의 숙소에 들어갈 때까지 그를 본 사람은 많았다.

그 정체가 정남 지부 싸움의 영웅인 검엽이라는 소문이 무맹 전체로 퍼져 나가는 데 걸린 시간은 한 시진도 걸리지 않았다.

그 소문에는 검엽이 희대의 미남이라는 내용도 포함되어 있었다.

내원 별궁에서 움직이지 않던 단목혜의 귀에도 소문은 들어왔다. 미모에 대한 관심이 남다른 그녀의 호기심을 자극하기에 충분한 소문이었다.

소문을 들은 그녀가 발길을 승룡단의 숙소로 향한 것은 예정된 수순이었다.

단목혜의 눈가엔 은은한 홍조가 떠돌았다.

내색하지 않으려 애써도 어쩔 수 없는 흥분이 그녀의 사지를 뱀처럼 휘어감고 있었다.

단목혜는 시녀를 의식하며 조심스럽게 침을 삼켰다. 입 안에 침이 계속해서 고였다.

"하아……."

그녀의 입술 사이로 달뜬 신음이 흘러나왔다.

'젖었어…….'

애액이 흐르는 허벅지 사이가 미끄러웠다. 보는 것만으로도 몸이 젖어드는 사내였다.

'처음…….'

비틀거리려는 다리에 힘을 주어 걸음을 옮기는 그녀의 두 눈이 고혹적인 빛을 발했다.

처음이었다.

사내를 보고 이런 느낌을 받은 것은.

그녀는 혀를 내밀어 입술을 축이며 탄식했다.

'그가 알면 좋아하지 않겠지. 그를 만나기 전에 보았다면 좋았을걸. 하지만 일 년 중 그를 볼 수 있는 날이라고 해야 길어야

두어 달. 내 사람으로 만들 기회가 있을 거야.'

그녀는 슬쩍 고개를 들어 검엽이 사라진 창가를 일별했다.

'기다려요, 나를 만날 날을. 당신이 한 번도 경험하지 못한 새로운 세상을 보여줄게요.'

단목혜의 눈은 거미줄에 걸린 나방을 보는 암거미처럼 끈적끈적한 빛을 담고 있었다.

* * *

"빨리 와!"

검엽은 삼 장 정도 앞에서 고개도 돌리지 않고 소리치는 운려의 모습에 혀를 차며 걸음을 빨리했다.

그는 항주 시내의 저잣거리를 걷고 있었다.

이처럼 소란스러운 장소를 제 발로 찾아올 그가 아니었다. 당연히 방 안에서 명상에 잠겨 있다가 운려에게 끌려 나왔다.

무맹대회의가 개최되었을 때도 그는 방 안에 있었다. 요상 치료에 전력을 다해야 했으니까.

덕분에 그는 내공의 구 할을 회복했다.

지금 그의 얼굴은 내상을 입기 전과 다르지 않았다.

끌려 나온 사람은 그 외에도 한 명이 더 있었다.

검엽과 어깨를 나란히 하고 걷는 임풍옥수의 청년.

단목린이었다.

그가 검엽에게 고개를 반쯤 돌렸다. 두 사람은 키가 비슷한 터라 눈이 수평으로 마주쳤다.

검엽이 혀를 차고 있는 데 반해 단목린의 얼굴에는 가벼운 미소가 떠올라 있었다.

검엽의 얼굴은 선이 가는 편이고, 단목린은 선이 굵다. 머리를 묶지 않은 터라 흘러내린 머리카락이 얼굴의 반을 가렸어도 검엽의 외모는 여전히 타인과 비교 불허다.

그리고 검엽의 옆에 서 있어 빛이 바래긴 했지만 단목린 또한 남성적인 매력이 물씬 풍기는 기남아.

둘 다 평생 한 번 보기 힘들 만큼 대단한 미남에 기도가 범상치 않은 청년들이라 그들이 지나가는 곳은 순간적으로 쥐 죽은 듯 조용해지고 있었다.

남녀를 불문하고 그들에게서 시선을 떼지 못하는 것이다.

그 광경은 기이했다.

다른 곳은 여느 저잣거리처럼 왁자지껄한데 그들이 있는 곳만 적막강산이었으니까. 그러나 당사자들은 이런 분위기에 익숙한 듯 사람들을 돌아보지 않았다.

그도 그럴 것이 무맹의 정문을 나오기도 전부터 그들 주변의 분위기는 어디나 다 이곳과 같았다.

단목린이 지나가는 투로 물었다.

"고 형은 익숙한 듯하오만?"

그는 검엽보다 여덟 살이나 연상이었지만 말을 놓지 않았다. 그가 회계산 수련장에 있는 동안 검엽이 외부에서 이룩한 명성은 누구도 무시할 수 없는 것이었다.

더구나 무맹 내에서 검엽의 신분은 약간 애매했다.

그는 운려가 지휘하는 승룡일대에 속해 있으면서도 운려 외의 누구에게서도 명령을 받지 않았다. 철혼단주인 악우곤조차 검엽을 편하게 대하지 못하는 기색이니, 누가 검엽을 부리려 하겠는가.

그래서 현재 승룡오대주이자 수삼일 내로 결정될 승룡단주의 후보들 중 가장 유력한 단주 후보인 단목린도 검엽을 쉽게 대하지 못했다.

"산장에 있을 때 이곳저곳 끌려 다니긴 했지만 저잣거리에 끌려 나온 건 처음입니다."

검엽이 떨떠름한 어조로 대답하자 단목린은 낮게 웃었다. 사내들, 그중에서도 무공을 수련하는 무인 중에 저잣거리를 할 일 없이 다니며 물건 구경하는 걸 좋아하는 사람이 누가 있으랴.

"하하하!"

웃는 단목린의 눈이 운려의 뒷모습에 닿아 있었다. 웃음소리를 운려가 듣는다면 어떤 말을 할지 걱정스러운 듯했다. 하지만 운려는 오랜만에 나온 저잣거리의 풍경에 정신이 반쯤 나가 있어서 단목린의 웃음소리를 듣지 못했다.

단목린의 눈길이 움직이는 것을 지켜보던 검엽이 불쑥 말했다.

"운려가 무섭습니까?"

"……."

단목린은 적당한 대답을 빨리 찾지 못하고 잠시 머뭇거렸다.

그는 멋쩍은 미소를 지으며 대답했다.

"무섭다기보다 걱정스러운 거요. 대단한 성격이니까."

"호호호."

검엽은 입술 사이로 웃음을 흘렸다.

단목린의 심정을 누구보다 잘 아는 사람이 그였다.

그가 말했다.

"후일을 생각한다면 지금부터 충분히, 그리고 더 많이 걱정하셔야 할 겁니다."

검엽의 말은 여운이 엄청나게 길었다.

그것을 느낀 단목린의 얼굴에 민망해하는 기색이 스쳐 지나갔다. 하지만 운려를 향하는 그의 시선은 따듯하고 부드럽기만 했다.

검엽은 단목린의 진심을 알 수 있었다.

'멋진 한 쌍이 될 거야. 운려가 성질을 조금만 더 죽이면 말이지. 성질을 죽이지 않으면……'

검엽은 단목린을 연민 어린 시선으로 보며 생각을 이어갔다.

'단목 형, 당신 인생은 꽃이 필 거요. 공처가의 꽃이……'

간단한 대화를 나누며 걸음을 옮기던 두 사람의 발길이 멈췄다.

앞서 가던 운려가 작은 포목점 앞에서 걸음을 멈추었기 때문이다.

가게 안에서 통통한 체구의 사람 좋아 보이는 주인이 구르듯 뛰어나왔다.

그는 안면 가득 미소를 지으며 운려를 맞이했다.

"바쁘셨는가 봅니다. 오신다는 날보다 며칠 늦으셨습니다."

운려가 고개를 돌려 뒤에 선 검엽을 힐끗 노려보았다.

"꾀병이 심한 인간이 있어서 좀 돌보느라고요."

장사 경력만 삼십 년이 넘는 주인이다.

그는 검엽을 한 번 보고는 바로 화제를 바꾸었다. 검엽이 떨떠름한 기색이었기 때문이다.

"늦으신 게 오히려 다행일 수도 있습니다. 며칠 말미가 더 생겨서 주문하신 물건을 더 세심하게 손볼 수 있었거든요. 지금 보시겠습니까?"

세 사람은 주인의 안내를 받으며 가게 안으로 들어섰다.

그들이 하나뿐인 탁자의 주변에 앉아 차를 마시고 있는 동안 산처럼 쌓인 옷감들 너머로 사라졌던 주인이 잠시 후 두 개의 하얀 비단 천에 싸인 물건을 들고 나왔다.

그는 탁자 위에 비단 천에 싸인 물건을 내려놓고 조심스럽게 천을 풀었다.

안에서 나온 것은 피처럼 붉고 눈처럼 흰 두 벌의 장삼이었다.

운려는 어깨를 으쓱하며 세우더니 백색 장삼은 단목린의 앞으로, 적색 장삼은 검엽의 앞으로 밀었다.

검엽과 단목린은 어리둥절한 얼굴이 되었다.

아침 댓바람부터 닦달을 해서 끌고 나오더니 난데없이 옷이라니.

두 사람이 동시에 물었다.

"뭐냐, 이거?"

"려 매, 이게 뭐지?"

운려의 눈썹이 역 팔자를 그리며 하늘로 치솟았다. 반면에 두 사내를 번갈아 보는 눈은 실처럼 가늘다.

잘 벼린 보검처럼 날이 선 눈이었다.

검엽과 단목린의 이마에 굵은 땀방울이 솟았다.

뭔가 잘못 말했다는 걸 직감한 것이다.

운려가 달도 없는 밤의 공동묘지에서나 흘러나올 법한 낮고 스산한 음성으로 말했다.

"보면 몰라요?"

아무래도 운려를 상대한 경력으로 치면 단목린보다 검엽이 한 수 위다.

검엽은 운려의 눈치를 슬슬 보며 그녀의 말을 받았다.

"옷이라는 건… 알지. 그러니까 이거 우리 주려고 맞춘 옷인 거냐? 이야, 네가 무맹에서 일 년 생활하더니 사람 됐구나! 고맙다! 이런 천지가 개벽할 일이!"

과장된 어조.

하지만 넘치면 모자람만 못하다는 옛말은 틀린 게 하나도 없다.

검엽의 과장은 너무 심했다.

역 팔자로 휘어져 올라갔던 운려의 눈썹 곡선이 더 가파르게 변했다.

"천. 지. 가. 개벽할 일이라고! 너 죽을래!"

검엽의 어깨가 움츠러들었다.

"고맙다… 고 한 말이잖아…….."
"고맙다는 말을 그렇게밖에 못하냐고!"
벌떡 일어나 허리에 양손을 올린 운려가 기세등등하게 검엽을 내려다보며 소리쳤다.
금방이라도 검엽을 향해 일장을 날릴 것 같은 운려의 분위기를 누그러뜨린 것은 단목린이었다.
그는 잘 개어진 백색 장삼을 조심스럽게 손으로 쓸며 입을 열었다.
"려 매, 정말 고맙다. 회계산에서 살이 많이 빠져서 마침 새 옷을 구하려던 참이었다."
검엽을 향해 호랑이처럼 살벌한 안광을 빛내던 운려의 눈이 단목린에게 옮겨간 순간 더할 수 없이 부드러워졌다.
"그럴 것 같아서 맞췄어요, 눈대중으로 보고 주문한 거라 입어보시고 맞지 않으면 다시 손봐달라고 하셔야 해요."
검엽은 전신에 돋는 닭살을 주체하지 못하고 몸을 부르르 떨었다. 천하제일의 역용 대가도 여자의 천변만화하는 얼굴을 다 따라가지 못한다던 호사가들의 말은 옳았다.
그는 어깨를 늘어뜨리며 조그맣게 중얼거렸다.
"제 짝 만나니까 친구는 완전 찬밥이구만. 이거야 원, 서러워서 살 수가 있나."
하지만 돌아온 운려의 반응은 가게 안에 한풍이 몰아칠 정도로 매몰차기 이를 데 없었다.
"소식 한 장 없이 일 년을 사라져서 사람 속을 새카맣게 태운 게 누군데 그렇게 한가한 소리를 하는 거야!"

할 말이야 산더미지만 이 마당에 운려의 말에 토를 달았다가는 뒷감당이 안 된다.

검엽이 고개도 들지 못했다.

"그래그래, 아주 죽을죄를 졌다."

하지만 그 와중에 슬그머니 적포를 앞으로 끌어당겼다. 마치 뺏어갈 것이 무섭기라도 하다는 듯.

적포를 챙기는 검엽을 보는 운려의 눈빛은 휘어져 올라간 눈썹과는 달리 한없이 깊은 정이 서려 있었다.

그리고 그 눈을 바라보는 사람이 있었다.

물론 단목린이었다.

천으로 다시 싼 장삼을 옆구리에 끼고 두 사내는 운려를 따라 포목점을 나왔다.

그리고 올 때와 같이 기세도 당당하게 무맹을 향해 걷는 운려의 뒤를 따라 걸었다.

무맹의 정문이 멀리 보일 무렵 단목린이 불쑥 말했다.

"고 형이 연적이 아니라는 걸 난 정말 하늘에 감사드리고 싶은 심정이오."

"무슨 말씀이십니까?"

느닷없는 말이라 어리둥절해진 검엽이 고개를 단목린에게 돌리며 물었다.

단목린은 싱긋 웃으며 대답했다.

"고 형이 연적이었다면 난 필패했을 게 분명해서 말이외다."

"객쩍은 소리십니다. 하하하."

검엽이 낮게 웃는 것을 보며 단목린은 내심 고개를 저었다.
 '아니오. 당신과 려 매는 너무 가까워서 모르고 있는 듯하오만, 당신들 사이는 다른 사람이 비집고 들어갈 틈이 없소. 다행히 그 감정이 사랑이 아니라는 게 내게는 천운이라오.'

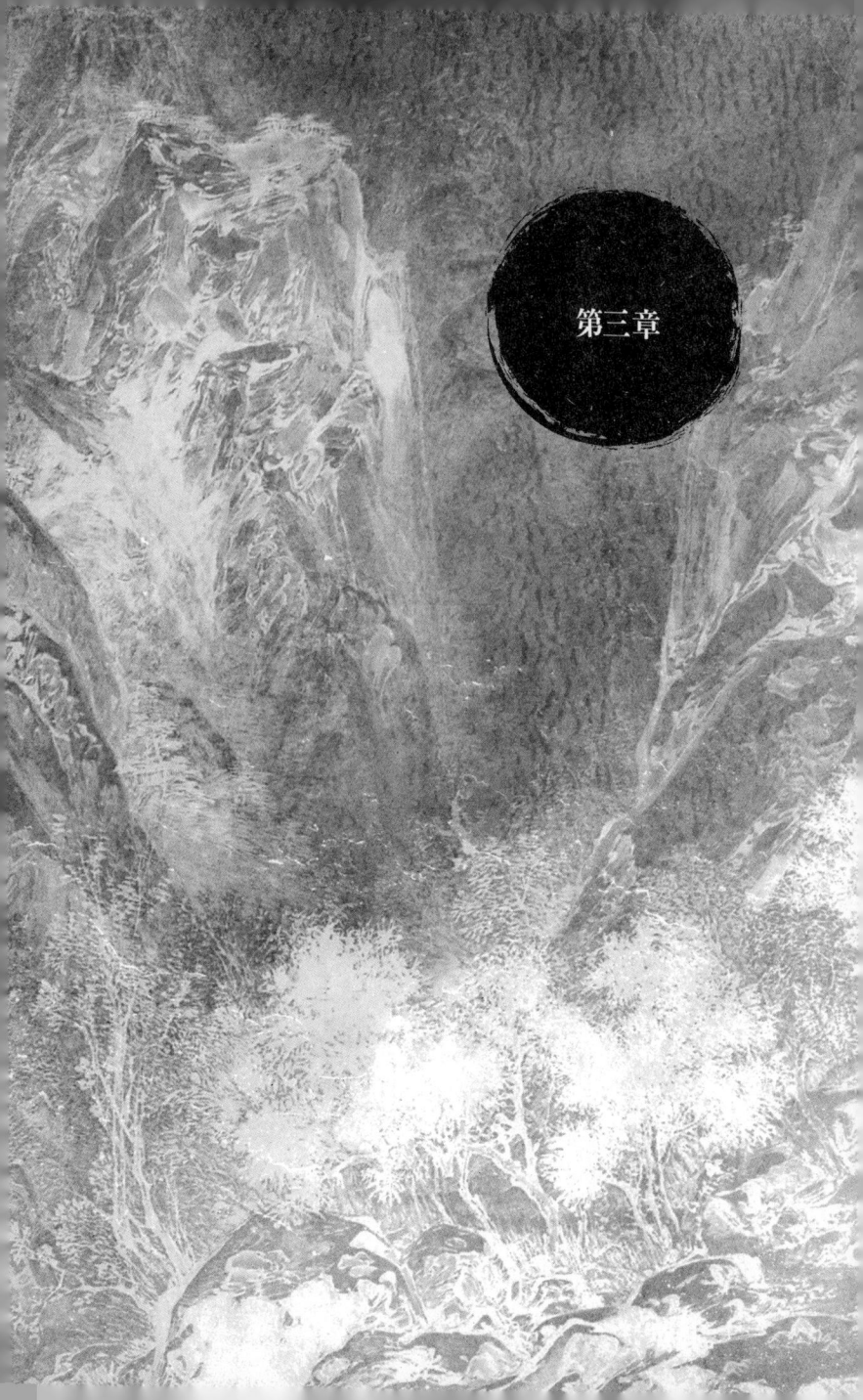

第三章

천마검섭전

척천산장.
척천대전.

태사의에 등을 묻고 눈을 감은 소진악의 얼굴빛은 무거웠다.
그의 앞에 서 있는 사람은 산장의 정보를 총괄하는 밀각주 비연선 차미중이었다.
그의 얼굴도 소진악만큼 굳어 있었다.
차미중은 정보를 장악하고 있을 뿐만 아니라 산장의 두뇌 역할도 하는 사람이다. 늘 온화한 미소가 떠나지 않아서 산장의 사람 중에는 차미륵이라고 부르는 사람도 있는 그였지만 지금은 미소를 짓고 있지 못했다.
방금 전 두 사람 사이에 오고 간 대화가 그들의 분위기를 이렇게 만들었다.
 소진악이 눈을 떴다.
 무거운 표정만큼이나 강한 눈빛이었다.
 그가 물었다.
 "군림성의 무력이 융주(隆州)에 모이고 있다는 정보는 얼마나 정확한 것인가?"
 융주는 호남성과 광서성의 경계에 위치한 곳이다. 그곳에서 북으로 칠십여 리만 가면 호남 땅을 밟을 수 있다.
 "밀각의 정보력이 총동원되었고, 산운전도 협조를 아끼지 않고 있습니다. 시간차는 있으나 이 두 조직이 공히 같은 정보를 얻고 있습니다. 정확성은 의심할 여지가 없다고 판단됩니다, 장주님."
 "흠… 그들의 규모와 전력은?"
 "아직 알 수 없습니다. 융주를 중심으로 인근 이백여 리는 귀마안에 의해 통제되고 있습니다. 무력이 집결한다는 정보 하나를 얻기 위해서만도 상당한 희생이 있었습니다."
 "초평익이 그곳에 있는지 없는지도 확인되지 않았겠군."
 "죄송합니다만… 그렇습니다."
 "융주에서 그들의 움직임이 포착된 건 언제쯤인가?"
 "삼 일 전입니다."
 "고검엽이 무맹에 도착하고 육 일 후로군."
 "예."
 "빨리도 전해졌구먼."
 소진악은 쓰게 웃었다.

"귀마안은 삼패세의 정보 조직 중 소식 전달 속도가 가장 빠르다고 정평이 나 있습니다."

"역시 우리인가······."

소진악의 중얼거림이 대전에 낮게 깔렸다.

그는 자리에서 일어났다.

뚜벅뚜벅.

가죽신이 대전의 바닥을 딛는 소리가 규칙적으로 울려 퍼졌다.

반 각.

소진악이 걸음을 멈췄다.

"초평익··· 초평익··· 학살의 계절이 오겠군. 삼십 년 만인가······."

정면의 어디쯤에 시선을 고정한 그의 중얼거림엔 무서운 울림이 담겨 있었다.

학살의 계절.

삼십여 년 전 구주삼패세가 쟁패를 거듭하던 시절 군림성의 행보에 붙었던 이름이 그것이었다.

삼패세는 추구하는 이상이 다른 것만큼이나 싸우는 방식도 달랐다.

그리고 군림성이 택했던 전쟁의 방식은 정면대접전과 초토화라는 말로 요약할 수 있는 그런 것이었다.

그들이 지나간 자리엔 풀뿌리 하나 남지 않았다.

적이라면 남녀노소를 불문하고 삭초제근하는 것.

그것이 군림성의 전투법이었던 것이다.

그래서 붙은 이름이 학살의 계절이었다.

소진악의 차갑게 가라앉은 시선이 차미중을 향했다.

"초평익이 직접 나선다면 승산을 어떻게 보는가?"

"경우에 따라 다릅니다."

"말해보게."

"초평익이 나선다면 그를 추종하는 패천도귀전(覇天刀鬼殿)은 당연히 따를 것이고, 광마혈잔의 사대 중 하나 이상의 대(隊)가 뒤를 받칠 것입니다. 그렇게 가정하고 현재 드러난 본 장의 전력만으로 초평익이 이끄는 군림성 세력과 싸운다면 육 대 사의 열세입니다. 하지만 본 장의 전부를 투입해 싸운다면 사 대 육의 우세를 취할 수 있으리라 생각합니다."

"육 대 사라… 필패라는 뜻이로군. 드러내지 않고 우세를 취할 수 있으려면?"

"무맹의 전폭적인 지원이 있어야 합니다."

"맹주가 좋아할 일이로군."

소진악은 눈살을 찌푸렸다.

차미중이 고개를 끄덕였다.

"그렇습니다."

소진악은 다시 생각에 잠겼다.

무맹 산하의 오대세력은 함께 무맹을 창업했지만 그 전력은 차이가 있었다.

엄밀하게 말한다면 이강일중이약의 형세라고나 할까.

이강(二强)은 철기문과 척천산장이었고, 일중(一中)은 적양마곡, 이약(二弱)은 구양세가와 백화궁이었다.

일심동체로 움직였던 무맹 건립 초기와는 달리 십수 년 전부터 이강에 속하는 철기문과 척천산장은 미묘한 긴장으로 점철된 관계를 이어왔다.

그러한 긴장은 차세대 무맹의 주인이 누가 될 것인가 하는 의문이 야기한 것이었다.

단목천은 팔십대였고 삼십 년이 넘는 세월 동안 무맹을 지배해 왔다.

그가 지닌 능력에는 아무도 이의를 제기하지 않는다. 하지만 이제 무맹도 후계 구도를 고민할 시점이 다가오고 있다는 것은 부정하지 못하는 현실이었다.

단목천도 불사는 아니니까.

차세대 무맹의 주인을 생각할 때 맹주를 배출할 수 있는 가장 가능성있는 문파는 철기문과 척천산장이었다.

철기문이 보유한 무력은 양적으로나 질적으로나 단연 무맹최강이었다.

객관적으로 볼 때 철기문의 경쟁 상대인 척천산장의 무력은 철기문에 미치지 못했다. 그러나 산장은 철기문에 이어 무맹 제이의 무력을 보유하고 있을 뿐만 아니라 철기문이 따라가지 못하는 무맹 최강의 재력을 갖고 있었다.

산장 예하의 호남상단은 천하십대상단 중 규모와 매출 면에서 정무총련 예하의 강북상단에 이어 제이위인 것이다.

한 가지 걸리는 점은 소진악에게 운려라는 외동딸 외에 아들이 없다는 점이었다.

하지만 그에게는 두 명의 남제자가 있었다.

소진악이 그들 중 한 사람을 무맹주의 후계자로 민다면 맹주 후계 구도가 어찌 변할지는 아무도 모르는 일이었다.

이런 상황에서 군림성이 척천산장을 노린다면 철기문에서는 이 국면을 어떻게 바라볼 것인가.

"산장의 전력이 약화되는 걸 쌍수를 들고 환영하고 싶은 그라도 우리가 무너지는 것까지 바랄 만큼 멍청하지는 않네. 그를 보좌하는 구양일기는 더욱 그렇고. 자네는 맹주가 어느 정도까지 우리를 지원하리라 생각하는가?"

"오단 중 철혼단과 목혼단의 주력일 거라 생각하고 있습니다. 금백단은 절강이 직접 위협당할 상황이 아니라면 나설 리 없고, 절강 방어의 주력인 수정단과 무맹 총타 호위가 주임무인 화신단도 본 장이 무너질 지경이 아니라면 나서지 않을 것이기 때문입니다. 그리고……."

차미중이 말꼬리를 흐렸다.

얘기하기 곤란한 경우라는 뜻.

소진악의 시선이 고개를 숙인 차미중의 이마에 닿았다.

"말하게."

"승룡단이 포함될 가능성이 높습니다. 특히 본 장의 후예들로 구성된 승룡일대를 선봉으로 삼고 말입니다."

소진악의 굵은 눈썹에 미미한 경련이 일어났다.

'려아야……'

잠시 침묵이 흘렀다.

소진악이 침묵을 깼다.

"호남이 전장이 된다면 사사로운 감정에 매일 수는 없네."

그의 말투는 단호했다.

차미중은 고개를 들지 못했다.

소진악이 운려를 어떻게 키웠는지 이십여 년 동안 옆에서 지켜본 그가 아닌가.

차미중은 조금 잠긴 목소리로 말했다.

"승룡단이 전장에 어떤 식으로 투입될지 현재로서는 예단하기 어렵습니다. 그러나 희생자가… 많이 나올 것입니다."

"어차피 승룡단이 만들어질 때부터 각오했던 일이네. 과하게 팽창하는 맹 내의 신진세력을 일정 정도 정리할 수 있는 기회이기도 하고. 그것이 승룡단 창설을 제안한 구양일기의 의도였을 테니까 말일세. 기회를 어떻게 만들 것인지는 고민했을 법하긴 하지만 말일세."

소진악의 입매가 비틀렸다.

흐릿하게 떠오른 그 기색은 분명 비웃음이었다. 차갑고 스산한 기세가 대전을 채웠다.

긴장한 차미중이 재빨리 입을 열었다.

분위기를 바꿀 필요가 있었다.

"승룡단에 대해서는 구양 군사와 합의점을 찾을 수 있을 듯합니다."

"합의점을?"

소진악이 의아한 듯 물었다.

"예. 그렇습니다."

"어떤 부분에 대해서 말인가?"

"또한 구양 군사가 오대세력의 직계뿐만 아니라 오대세력의 영향력하에 있는 신진세력의 직계들을 다수 포함된 승룡단을 기획한 것은 그들을 키워주기 위해서라고 생각하지 않았습니다. 저는 그가 이런 기회를 일부러라도 만들어 무맹 상층부로 약진할 가능성이 있는 후진들을 제거할 생각이 아닌가 우려했었습니다. 하지만 그가 했을지 모르는 복안이 현재의 본 장에게 도움이 될 수 있다는 걸 부정할 수는 없습니다. 승룡단의 후진들 중에 희생자가 나온다면 복수를 꿈꾸는 세력들은 이번 전쟁에 힘을 보탤 것입니다. 구양 군사와 한 발을 빼고 구경하고 있는 세력들의 힘을 끌어낼 수 있는 합의점을 찾아낼 수 있을 듯합니다. 그리하면 전쟁이 장기화될 경우 본 장에 큰 도움이 될 것입니다."

비정하기 이를 데 없는 말이다.

그 말이 마음에 들지 않는 듯 소진악은 눈살을 찌푸렸다. 하지만 차미중을 책망하지는 않았다.

산장을 위한 일이라면 가능한 수단 방법을 모두 생각해야 하는 것이 그의 역할이었기 때문이다.

"그 부분은 자네가 알아서 하게."

"알겠습니다."

"그러나 만약 희생이 지나치게 커질 것으로 판단된다면 본 장은 승룡단의 후기지수들을 보호하는 것에 전력을 다하여야 함을 출전하는 상부자들에게 주지시키게."

차미중은 고개를 갸웃하며 물었다.

"그럴 필요가 있겠습니까?"

"필요가 있네. 천하의 여건이 녹록치 않아. 승룡단의 희생이 커진다 해도 그들이 속한 가문이나 문파가 전쟁에 본격적으로 뛰어들기는 어렵네. 희생이 불가피하다 해도 그 수는 적을수록 좋네. 너무 많은 희생은 그저 젊은 친구들을 개죽음시키는 것밖에 안 될 테니까."

차미중은 승룡단의 후진들을 염려하는 소진악의 판단에 불만이 생겼지만 내색하지는 않았다.

그는 충직한 인물이었다.

그가 말했다.

"구양일기가 이를 갈 것입니다, 장주님."

"그의 이는 너무 날카로워. 갈아서 조금 무디게 할 필요가 있네."

소진악은 입꼬리를 비틀며 웃었다.

구양일기를 싫어하는 기색이 노골적으로 배어나는 웃음이었다.

차미중이 고개를 들었다.

소진악의 어투가 평소로 돌아온 것을 느꼈던 것이다.

차미중의 눈을 보며 소진악이 말했다.

"도 호법은?"

"승룡단과 함께 움직일 것입니다. 소장주님 또한 승룡단과 함께 움직일 것이고 소장주님을 보호하기 위해서는 도 호법도 보조를 맞춰야만 하니까요."

"그렇다면 조만간 보게 되겠군."

"그러리라 생각합니다."

차미중의 대답에 가볍게 고개를 끄덕인 소진악이 다시 물었다.

"고검엽도 올 거라고 보는가?"

"당연히 올 것입니다."

"려아와 실과 바늘 같은 사이라니… 그렇겠지."

"그도 그렇지만 사실상 초평익의 목표가 그입니다. 총타에 그가 계속 머물면 초평익과 그를 따르는 자들이 절강을 목표로 내달릴 것이 뻔한데 총타에서 그를 끌어안고 있을 거라고는 생각되지 않습니다. 물론 명분 때문에라도 그를 보호할 수 있는 조치를 취하기야 하겠지만 말입니다."

"그가 전장에 선다면 와호당의 호법들도 가만히 있지는 않겠군."

"이천룡 호법께는 고검엽이 올 것이라고 이미 넌지시 언질을 해드렸습니다."

"이 호법의 반응이 어떻던가?"

"눈에 보일 정도로 흥분하시더군요. 그를 아끼는 마음이 각별하다는 것을 알 수 있었습니다."

"이 호법을 비롯한 다섯 분 호법이 심혈을 기울여 키워낸 자일세. 단신으로 혈조사마를 죽이고 정남의 싸움에서 신위를 발휘했을 뿐만 아니라 초평익의 손자를 호위들과 함께 패사시킬 만큼 키워낸 분들이니, 그를 생각하는 마음이 얼마나 각별할지는 능히 알 수 있는 일이 아닌가. 굳이 나서달라고 부탁하지 않아도 그가 위험하다고 판단되면 알아서 나설 테니 내 입장에서는 고맙기 이를 데 없는 일이네."

소진악은 태사의에 앉았다.

그의 음성이 낮아졌다.

"어차피 이 싸움은 전면전으로 확대될 수 없네."

매처럼 날카로운 소진악의 눈길을 감당치 못하고 시선을 내렸던 차미중이 번뜩 고개를 들었다.

"정천무련 때문입니까?"

"그들도 하나의 이유이기는 하지만 진정한 이유는 아닐세. 구주삼패세가 지난날 그처럼 치열하게 싸우다가 중원무림을 삼분한 후 멈출 수밖에 없었던 진정한 이유를 차 각주는 잊었는가?"

차미중의 눈이 빛났다.

"아! 그들이?"

"오패는 건재하네. 삼십여 년이 지나면서 우리가 강해진 만큼 그들도 강해졌겠지. 중원을 떠받치고 있는 세 개의 기둥 중 하나라도 무너진다면 중원은 그들에게 틈을 주게 되네. 천공삼좌의 누구도 그런 상황을 원하지 않을 건 자명한 일. 그래서 이 싸움은 어떤 경우에도 전면전으로 확전될 수 없네."

소진악은 단정적인 어투로 말했다.

확신을 갖고 있지 않으면 쓰지 않는 어투였다.

그가 말을 이었다.

"치열한 싸움이 될 것이지만 확전이 될 수 없는 싸움. 이것은 기회일세. 승패를 떠나 단목천의 전횡을 제어할 힘과 명분을 거머쥘 수 있는……."

그의 말에는 이해하기 어려운 의미가 담겨 있었다.

그러나 차미중은 소진악의 말뜻을 이해한 듯 의아해하는 기색이 전혀 없었다.

그의 얼굴에 결연한 기색이 떠올랐다.

"최선을 다하겠습니다, 장주님."

"비록 힘의 전부를 드러낼 수 없다는 한계를 안고 하는 싸움이지만 나도 최선을 다할 걸세."

소진악의 눈을 마주한 차미중은 침을 삼켰다.

소진악의 두 눈은 불길처럼 이글거리고 있었다.

'려아… 사랑스러운 내 딸아. 아비는 네가 한 사람의 완성된 무인이 되는 날을 기다리고 있단다. 그날이 빨리 왔으면 좋겠구나.'

*   *   *

천추군림성.
귀마집정전.
요진당의 집무실.

"화아가 넷째 조부님께 인사드립니다."

혁련화는 태사의에 앉아 자애롭게 자신을 바라보는 요진당에게 깊은 읍으로 인사를 했다.

"욘석, 다 컸다고 격식을 차리는구나. 이 할아비는 서운타."

자리를 권하며 말하는 요진당의 음성에는 대견함과 서운함이 혼재되어 있었다.

요진당의 눈빛과 낯빛을 군림성 밖의 인물들이 보았다면 자신의 눈을 의심했을 것이다. 웃으며 사람을 죽일 정도로 인성을 찾아볼 수 없는 대마두라는 것이 그에 대한 무림의 평판이었으니까.

혁련화는 차분하게 웃으며 자리에 앉을 뿐 요진당의 말을 받지 않았다.

그런 혁련화의 태도에 요진당의 안색이 무겁게 변했다.

예전의 혁련화는 들어오자마자 태사의 뒤로 돌아가 요진당의 어깨부터 주물렀었다.

혁련화가 변한 이유를 떠올린 요진당의 눈에 찰나지간 무시무시한 살기가 감돌다 사라졌다.

"화아야, 너는 영리하니 내가 부른 이유를 이미 짐작하고 있을 것이다. 나는 네가 이번 싸움에 셋째 형님을 따라나서는 것에 반대다."

혁련화는 허벅지 위에 단정하게 올려놓은 손을 꼭 쥐었다.

그녀의 눈빛이 별처럼 빛났다.

"사조부님, 이미 할아버님과 삼조부님을 비롯한 할아버님들의 허락을 받은 일이에요. 오직 사조부님만이 반대하실 뿐인걸요."

"안다. 그래서 더 반대다."

잠시 입을 다물고 혁련화를 일별한 요진당이 말을 이었다.

"대형과 셋째 형님은 네가 이번 기회에 전장을 경험하기를 바라신다는 걸 알고 있다. 무맹과의 사이에 통상적으로 벌어지는 싸움이었다면 나도 반대하지 않았을 것이다. 하지만 이번 싸움은 그동안의 국지전과는 양상이 많이 달라질 가능성이 있다."

"두 세력의 젊은이들과 그들의 가문 때문에 우려하시는 것이라면 소손도 어느 정도는 알고 있어요, 사조부님."

요진당의 눈에 놀람의 빛이 떠올랐다.
"네가 어떻게?"
혁련화는 생긋 웃었다.
천하는 그녀의 미모를 알지 못하지만 군림성의 무사들은 그녀를 천하제일미라고 생각한다.
그런 미녀의 미소였다.
집무실의 분위기가 단숨에 화사한 꽃밭처럼 변했다.
그녀가 말했다.
"소손도 눈이 있고, 귀가 있답니다. 그리고 할아버님들은 아직 저를 아이로 생각하시지만 주변 상황을 살피고 결론을 끌어낼 수 있을 정도의 나이는 되었답니다."
조부와 손녀 간의 대화다.
혁련화의 어조는 나긋나긋했다.
그렇지만 그 음성의 이면에 깃들어 있는 의지는 만년한철보다 더 단단하고 강했다.
"허허."
요진당은 헛웃음을 흘렸다.
당돌한 말이었다.
누구도 아닌 천하의 요진당 앞이 아닌가.
요진당은 당돌함을 넘어선 대견스러움이 가슴 가득 차오르는 것을 느꼈다.
그녀의 흔들림없는 의지를 읽을 수 있었기 때문이다.
그의 눈이 깊어졌다.
혁련화가 강보에 싸여 있을 때부터 보아온 그인지라 그녀의 자질이 어떠한지는 잘 안다. 칠마성 중에서 그녀를 가장 아끼는 사람이 그라는 건 공인된 사실이다.

'이 아이… 가능성이 있을까…….'

요진당의 머릿속이 어지러워졌다.

초인겸의 죽음은 그와 뜻을 같이하는 사람들이 세웠던 계획에 심각한 차질을 불러왔다. 그로 인해 그들의 계획은 무기한으로 연기가 된 상태였다.

'자질은 충분하다. 문제는 이 아이가 혈해에 드는 것을 형제들이 허락할 것이냐인데… 둘째 형님과 상의를 해보아야겠군.'

깊게 가라앉았던 요진당의 눈이 번뜩이는 빛을 되찾았다.

곽초환과 상의를 하고 형제들의 중지를 모아 결정을 하는 데는 시간이 필요했다.

그동안 혁련화의 신변에 어떤 문제도 생겨서는 안 되었다.

요진당이 입을 열었다.

"융주에 모이고 있는 수하들은 선봉에 불과하다. 셋째 형님은 적의 주력을 끌어낸 후에야 성을 떠나실 것이다. 알고 있느냐?"

"예, 사조부님."

혁련화의 음성이 밝아졌다.

화제를 바꾼 요진당의 말에서 허락의 가능성을 읽은 것이다.

"셋째 형님은 패도적인 분이시다. 그분이 지나는 길은 언제나 처절의 극을 달렸었지. 그것도 알고 있느냐?"

"예, 사조부님."

"그분이 있는 곳에서는 항상 죽음이 함께할 정도로 위험하다는 것도?"

"알고 있어요."

"그래도 가고 싶다는 것이냐?"

"제 마음은 정해졌어요, 사조부님. 허락해 주세요."

요진당의 분위기가 엄해졌다.

"네 마음이 그렇다면 내가 막는다고 될 일이 아니겠구나. 어쩔 수 없지. 나도 허락하마. 하지만 절대로 앞에 나서지 않는다고 약속하거라. 그것을 약속한다면 나도 더 이상 반대하지 않겠다."

혁련화는 쉽게 대답을 하지 못했다.

중천검 남궁검환의 안내로 초평익과 함께 찾아갔던 무맹.

그녀는 그곳에서 보아야 했던 초인겸의 시신을 생각하며 이를 악물고 있었다. 요진당에게 보이지 않으려 애쓰면서.

살 거죽만 남아 있던 초인겸의 시신.

그녀가 받은 충격은 필설로 형용할 수 없는 것이었다.

초평익과 함께 초인겸의 시신을 가지고 돌아오는 길에서 그녀는 많은 피눈물을 흘렸다. 동행한 초평익이 그녀를 보며 주화입마에 드는 것이 아닌가 걱정을 할 정도였다.

마도의 하늘이라는 천추군림성에서 태어나 자란 그녀였다. 그리고 그녀는 군림칠마성이라는 마도의 거인들 모두가 경탄해 마지않은 자질의 재녀이기도 했다.

그녀가 익힌 마공의 깊이는 군림칠마성 외에 이미 적을 찾을 수 없을 정도라 인정받을 정도였으니, 다듬어진 살기의 강함이야 두말이 필요없는 것.

초인겸의 시신을 본 이후 그녀의 마음은 하늘을 찌를 듯한 살기로 가득 찼다.

마공의 화후가 살기를 제어할 정도이기에 겉으로 드러나지 않을 뿐인 것이다.

그녀는 이번 싸움에서 마음속의 살기를 마음껏 풀 생각이었다.

그녀는 아침에 눈을 뜬 순간부터 잠이 들 때까지 대륙무맹, 특히 초인겸을 죽인 자가 속한 철혼단과 척천산장의 피로 목욕을 하고 그들의 시신으로 산을 쌓겠다는 다짐으로 하루를 보냈다.

요진당은 그런 그녀가 살기를 외부로 발산하지 않겠다는 약속을 해야만 출전을 허락한다고 말하고 있었다.

그녀로서는 받아들일 수 없는 얘기였다.

그러나 받아들이지 않을 수 없는 얘기이기도 했다.

그녀의 친조부이자 군림성주인 혁세기는 그녀가 이번 싸움에 참전하는 조건으로 칠마성 모두의 허락을 얻어야만 한다는 전제를 걸었기 때문이다.

요진당은 장고에 든 혁련화를 바라볼 뿐 재촉하지 않았다.

그녀의 마음을 그가 어찌 모르겠는가.

초인겸과 혁련화는 함께 자랐다.

자라며 일대의 기재와 재녀가 서로를 흠모하게 된 것은 자연스러운 일이었다. 더구나 그들의 조부는 친형제보다 더 가까운 사이였다. 두 사람이 미래를 약속할 만큼 가까워진 것도 하등 이상한 일이 아니었다.

두 사람이 자라나는 것을 보며 칠마성 모두가 혁련화의 짝으로 내심 초인겸을 점찍어두었었다.

어른들이 인정하고 그녀도 받아들였던 미래의 낭군이 비명횡사했다. 그것도 이름도 제대로 알려지지 않은 일개 무사에게.

혁련화는 그것을 받아들이지 못하고 있었다.

믿을 수 없었기 때문이다.

그래서 그녀는 출전을 시켜달라고 칠마성에게 애원하고 있는 것이다.

초인겸을 죽인 자를 직접 보기 위해서.

그가 과연 정당한 대결로 초인겸을 패사시켰는지 확인하기 위해서.

그 과정에 장강 대하처럼 피가 흐를 것은 누구나 예상할 수 있는 일이었다.

그녀도 각오한 일이었다. 아니, 절실하게 원하는 일이라고 말해야 옳았다.

요진당은 그런 혁련화를 막고 싶었다.

혁련화가 싸움 중에 남에게 당할 거라는 상상은 되지 않았다.

그녀는 스물하나라는 나이로 추정하는 것이 불가능한 무공의 소유자였으니까.

그러나 그 나이에 경험과 무공 양면 모두 팔절의 성취를 넘어섰다고 평가받던 초인겸도 죽었다.

그녀라고 그런 상대를 맞이하지 말란 법은 없었다.

그것이 강호였다.

비정강호.

도산검림.

강호무림에 대한 수사는 거짓이 없었다.

요진당은 그런 강호를 너무나 잘 아는 것이다.

장고에 들었던 혁련화의 눈이 빛난 것은 일각가량이 지난 후였다.

그녀는 차분한 어조로 말했다.

"약속할게요."

간단한 한마디.

요진당은 만족스럽게 웃었다.

약속은 지켜질 것이었다.

약속의 당사자가 요진당이었으니까.

혁련화를 바라보는 그의 두 눈이 미묘하게 빛났다. 하지만 혁련화는 그것을 보지 못했다.

들끓는 살기를 제어하는 것만으로도 그녀는 충분히 바빴다.

혁련화가 떠난 후에도 반 시진 넘게 태사의에 앉아 무언가를 생각하던 요진당이 자리에서 일어났다.

마음을 정한 것이다.

그는 곽초환이 머무는 곳을 향해 걸음을 옮겼다.

第四章

힐끔힐끔.
쉴 새 없이 얼굴에 와 닿는 사람들의 시선.
장신구들이 가지런히 놓인 자판 앞에 서서 물건을 보던 검엽의 미간에 절로 골이 파였다.
이틀 전에 운려, 그리고 단목린과 함께 이곳에 왔을 때와 같은 상황이 또 벌어지고 있었다.
그는 그때처럼 머리를 묶지 않고 있었다. 그래서 양옆으로 흘러내린 머리카락 때문에 코를 중심으로 한 얼굴의 중심부 일부만이 드러나 있었다.
하지만 드러난 그의 얼굴은 어제와 달랐다.
못생기지는 않았다. 그렇다고 미남이라고 할 수도 없는 평범한 얼굴이었다.

변체환용공으로 역용한 것이다.

어제는 얼떨결에 끌려 나오느라 역용을 하지 못했었다. 그래서 사람들의 시선을 한 몸에 받았다. 사람들의 주목을 받는 것을 병적일 정도로 싫어하는 그가 아니던가.

또다시 그런 시선을 받는 건 정말 사양이었다.

그래서 역용하고 나온 것이다.

그런데도 그가 있는 곳 주변은 쥐 죽은 듯 조용했다.

그를 힐끔거리는 눈동자들이 바삐 돌아가는 소리밖에 들리지 않는 것이다.

검엽으로서는 이해할 수 없는 일이었다.

'뭐 볼 게 있다고 사내 얼굴을 그렇게 보는 거야?'

장신구를 파는 사람은 사십쯤 되어 보이는 중년의 여인이었다.

그녀도 연신 검엽을 훔쳐보기에 바빴다.

검엽은 자신의 발길을 멈추게 했던 자수정 목걸이 하나를 집어 들며 여인에게 불쑥 물었다.

"아주머니, 대체 왜 그렇게 사람을 힐끔거리는 겁니까?"

약간의 짜증과 약간의 의혹이 뒤섞인 어투.

가격 흥정을 기대하고 있던 중년 여인은 화들짝 놀란 얼굴로 검엽을 멍하게 보았다.

"내가요?"

"예."

"내가 소협을 힐끔거렸다고요?"

여인은 이상한 사람 다 보겠다는 얼굴로 검엽을 보며 되물었다.

검엽은 멍해졌다.

"방금 전까지 저를 힐끔거렸지 않습니까!"

"실없는 소협이네. 내가 언제 그랬다고 그래요!"

중년 여인은 얼굴까지 붉히며 화를 냈다.

검엽은 당황했다.

여인은 거짓을 말하고 있지 않았던 것이다.

'…이게 무슨 자다가 물벼락 맞는 상황이냐?'

이해할 수 없는 일의 연속이었다.

하지만 정색을 하고 화를 내는 중년 여인에게 더 추궁하기는 곤란했다.

그를 힐끔거리던 것과는 다른 의미의 따가운 시선들이 그를 향하고 있었다. 힐난하는 눈초리들이었다.

검엽은 내심 갸우뚱하며 씩씩거리는 중년 여인에게 철전 열다섯 개를 주고 목걸이를 샀다.

목걸이를 품에 넣고 돌아서는 그의 등 뒤로 다시 힐끔꺼리는 시선들이 따라붙었다.

어디서도 마찬가지였다.

그러나 의혹을 느끼고 살피던 검엽은 곧 사람들의 시선이 이상하다는 것을 알아차렸다.

그를 훔쳐보듯 힐끔거리는 사람들의 시선에 분명한 공포와 더불어 목마른 자들에게서나 볼 수 있는 광기 어린 갈망이 기이하게 뒤섞여 있었던 것이다.

그들의 기색은 희미했다. 검엽이 아니라면 제아무리 뛰어난 눈치의 소유자라도 그저 호기심 어린 눈이로구나, 하며 지나쳤을 것이다.

검엽의 안색이 굳어졌다.

그리고 그는 깨달았다.

어제 운려의 뒤를 따라 저잣거리에 왔을 때 그들을 힐끔거리던 사람들이 그와 단목린의 외모를 본 것이 아니라는 것을.

'신마기가 일반인에게 영향을 미치고 있다……? 이럴 수가!'

경악이 회오리처럼 그의 가슴을 뒤흔들었다.

지존신마기가 사공이나 마공을 익히지 않은 일반인에게 영향을 미친다는 얘기는 선친에게 들어본 적이 없었다. 그런 일이 있었다는 기록도 보지 못했다.

충격은 컸다.

길을 걷던 검엽은 간판도 보지 않고 근처의 다루로 들어섰다.

그런 검엽의 뒤를 이어 협봉검을 옆구리에 찬 냉막한 인상의 노인이 들어섰다.

평소였다면 검엽은 노인의 존재를 알아차렸을 것이다. 그러나 지금 그의 마음은 혼란스럽기 그지없어 노인을 주목할 여력이 없었다.

아무렇게나 차를 시킨 검엽은 점소이가 가져온 찻주전자를 들고 물 마시듯 들이켰다.

입 안이 모래를 씹고 있는 것처럼 깔깔했고 바짝 말라 있었다.

그의 눈 깊은 곳은 끊임없이 흔들렸다.

'이건 불가능한 일이야. 신마기는 오직 사, 마공을 익힌 자들에게만 영향을 미친다. 이 부분은 수천 년 동안 변하지 않은 사실이야. 선친께서 확언하신 일이다. 선대에 이런 현상이 있었다면 선친께서 언급하지 않으셨을 리가 없어.'

해답은 없었다.

'지하 공동에서 겪은 일 때문인가. 신마기와 구천겁화혈주가 충돌할 때 신마기의 성질 중 무언가가 변했단 말인가? 아니면 가문의 누구도 모르던 신마기의 성질이 충돌의 영향으로 깨어난 것인가?

해답은 없어도 원인에 대한 추정은 가능했다.

그때의 일 이외에는 다른 원인은 생각할 수도 없었다. 진황도에서 무맹에 도착할 때까지 가능성있는 다른 일은 벌어진 적이 없었으니까.

검엽은 망연자실했다.

이 현상은 진실로 심각했다.

신마기가 일반인에게도 영향을 미친다면 작게는 운려와의 약속 기한이 끝난 후 평범한 사람들 속에 섞여 살겠다는 그의 꿈은 그저 꿈으로 끝날 수밖에 없었고, 크게는 신마기가 어떤 식으로 세상에 영향을 미치게 될지 알 수 없는 일이었기 때문이다.

찻주전자와 찻잔의 사이, 아무것도 없는 텅 빈 탁자의 한 지점에 시선을 고정한 채 번뇌에 사로잡혀 있던 검엽은 천천히 사방을 장악해 나가는 기이한 기세를 느끼고 고개를 들었다.

그는 탁자의 맞은편에 서서 그를 보고 있는 백의노인을 발견할 수 있었다.

새하얀 백발과 배꼽에 이르는 흰 수염, 귀밑까지 이어진 백미와 어린아이처럼 맑고 불그레한 안색.

고고한 학을 연상케 하는 백의노인에게서는 선풍(仙風)이 느껴졌다.

고개를 갸웃하며 백의노인을 바라보던 검엽의 얼굴이 한순간 무참하게 일그러졌다.

'크으윽!'

비명이 입 밖으로 새어 나오려 하는 것을 그는 피가 나도록 입술을 깨물며 참았다.

그의 의지와 무관하게 심안이 열리고 있었다.

정수리부터 미간까지 머리가 절반으로 쪼개지는 듯했고, 누군가가 시뻘겋게 달군 인두로 미간을 지지는 듯한 끔찍한 격통이 그의 심신을 뒤흔들었다.

정남과 순양에서 느꼈던 것과 비슷한 강도의 고통.

하지만 이 고통은 그때와 분명하게 다른 점이 있었다.

당시의 고통이 공포와 어둠에 잠식당하는 느낌이었다면 지금의 고통은 빛이 없는 무저갱에서 살다 갑작스럽게 빛과 맞닥뜨린 것처럼 찬연히 빛나는 아픔이었다.

심안이 열렸다.

검엽은 볼 수 있었다.

백의노인, 그의 내부에서 새어 나온 아득한 빛이 하늘과 땅을 잇고 있는 기이한 광경을.

그것은 천지를 떠받치는 기둥이었고, 하늘과 땅 사이에 홀로 나부끼는 인간의 깃발이었다.

검엽의 입술 사이로 신음과 같은 중얼거림이 흘러나왔다.

"천(天)… 지(地)… 일원기(一元旗)……!"

검엽과 눈을 마주 보며 온화하게 미소를 짓고 있던 백의노인이 보일 듯 말 듯 고개를 끄덕였다.

"알아보지 않을까 생각했었다네. 실망시키지 않는구먼."

백의노인은 흥미롭다는 표정이었다.

그는 검엽의 미간과 자신의 주변을 느릿하게 훑었다.

검엽은 백의노인의 행동이 무엇을 의미하는지 알 수 있었다. 백의노인은 심안의 존재를 알아차린 것이다.

백의노인이 말을 이었다.

"그건 그렇고 자네 정말 재미있는 눈을 가지고 있구먼. 앉아도 되겠는가?"

검엽은 심안이 강제로 열리는 순간 찾아든 격통으로 굽었던 허리를 폈다. 그의 안색이 시퍼렇게 변하며 무섭게 굳어졌다.

그는 감정이 그대로 드러난 이글거리는 눈으로 백의노인을 보았다.

이럴 수는 없었다.

한가롭게 이웃집을 찾아온 것처럼 편안한 모습.

백의노인은 결코 이렇게 그의 앞에 나타나서는 안 되는 사람이었다.

얼마나 많은 이가 백의노인으로 인해 좌절했고, 절망 속에 살다 죽어갔는데…….

그의 가문이 어떻게 세상에서 지워졌는데…….

검엽의 눈에서 혼란이 잦아든 것은 일다향가량이 지난 후였다.

그는 천천히 자리에서 일어나 정중하게 읍하며 말했다.

"고가의 검엽이 어르신을 뵙습니다. 앉으시지요. 제게 허락을 구하실 필요가 있겠습니까."

점소이에게 찻잔 하나를 더 시킨 검엽이 백의노인의 앞에 찻잔을 놓고 차를 따랐다.

차를 한 모금 마신 백의노인이 말문을 열었다.

"자네 덕분에 이 갑자를 사귄 친구가 면벽에 들어갔네. 그 친구가 없으니 참 갑갑하더구먼. 자네 소식을 알 방법도 없고. 그래서 내가 직접 왔다네."

검엽의 눈가에 작은 그늘이 졌다.

백의노인이 언급한 사람이 누군지 대번에 알 수 있었기 때문이다. 백의노인이 친구라 칭한 사람은 순양에서 그를 구한 운중천부의 노인일 터였다.

"후배가 모자라 그 어르신께 폐를 끼쳤습니다."

"그렇겠지. 자네의 능력이 선친의 절반만 되었어도 그 친구가 나설 일은 없었을 테니까 말일세."

부드러운 음성. 하지만 내용은 매몰차기가 이를 데 없었다.

검엽의 눈매에 가는 주름이 잡혔다.

백의노인은 그런 검엽을 담담한 눈길로 지켜보다가 말했다.

"시력을 잃었었다는 얘기를 들은 적이 있어 그리 생각해 왔었는데 직접 자네를 보니 잘못된 얘기였나 보구먼. 시력도 정상이고 그보다 백 배는 더 나은 시력도 지닌 듯하니 말일세."

"어린 시절 시력을 잃었던 것은 사실입니다. 연이 있어 되찾은 것일 뿐이죠."

백의노인을 대하는 검엽의 태도는 정중했지만 친근함은 없었다. 오히려 그에게서는 백의노인과 은연중 거리를 두려는 기색이 엿보였다.

　그것을 모를 백의노인이 아니었다. 그리고 그는 검엽의 태도를 당연하게 여겼다. 그를 아는 누구나 다 그러했으니까. 그의 평생을 통해 유일하게 예외적인 사람은 지금 면벽에 들어가 있는 그의 하나밖에 없는 친우뿐이었다.

　"심하게 다쳤었구먼. 조리를 잘하게. 진원이 손상되진 않았다 해도 진원을 쓴 이후 요상을 허술히 하면 고질이 될 수가 있으니."

　검엽은 내심 혀를 찼다.

　세상에는 눈 밝은 노인늘이 너무 많은 것이다.

　"염려 감사드립니다. 그런데 저를 직접 찾아올 만한 이유가 있으십니까?"

　검엽은 의혹 어린 눈빛을 던지며 물었다.

　그는 정말 궁금했다.

　그는 가문의 유진을 얻지 않았다. 신화종의 대를 잇지 않은 것이다. 금약으로부터도 자유로운 상태가 현재의 그였다. 백의노인이 그를 찾을 이유가 없었다.

　백의노인이 대답했다.

　"친구가 그러더군. 자네의 신마기가 폭주하려 하는 것을 보았다고."

　백의노인의 음성은 낮지 않았다.

　귀를 기울이면 일이 장 떨어진 곳에서도 충분히 들을 수 있는 성량이었다.

 하지만 말을 하는 백의노인도 그 말을 듣는 검엽도 주위 사람들을 경계하는 기색은 보이지 않았다.

 백의노인이 검엽의 앞에 선 그 순간부터 두 사람은 강기의 막 안에 들어간 상태였기 때문이다.

 '사마결의 단음강벽과는 차원이 다른 강막이다. 단음강벽은 내부의 음파가 외부로 나가는 것도 막지만 외부의 음파가 안으로 들어오는 것도 막는다. 하지만 이 어른의 강막은 모든 것이 자유롭게 내, 외부를 오간다. 그러면서도 나와 어르신의 말이 외부로 흘러나가는 것만은 철저하게 차단한다. 혼천무극진기(混天無極眞氣)… 명불허전…….'

 이어지는 백의노인의 말이 검엽의 정신을 일깨웠다.

 "자네가 가문을 잇지 않았음을 아네. 하지만 신마기가 폭주하게 되면 천하는 재앙을 맞이할 수밖에 없지 않겠는가. 비록 내 신분이 그에 관여하는 것을 금하고 있긴 하지만 과연 자네의 신마기가 폭주할 가능성이 있는지 한 번쯤은 확인해야 한다고 생각했기에 이곳까지 오게 된 걸세."

 검엽은 쓸쓸하게 웃었.

 "헛걸음을 하셨습니다. 우려하시는 게 무엇인지 모르지 않습니다만 신마기는 폭주하지 않을 것입니다. 그리고 순양에서 운중천부의 어르신이 보셨던 광경도 폭주와는 다른 것이었습니다."

 "다른 것?"

 백의노인의 눈에 섬광과도 같은 빛이 일어났다가 사라졌다.

"그것이 무엇인지 알 수 있겠는가?"

"죄송합니다, 어르신. 그건 말씀드릴 수 없습니다."

"흠……."

검엽을 하대하고 있는 백의노인의 신분은 지고했다. 하지만 그런 그도 검엽을 강요할 자격은 갖고 있지 못했다.

검엽이 가문을 이었다면 백의노인은 지금처럼 편하게 말을 놓지도 않았을 것이다. 두 사람의 신분은 동격이었을 테니까.

검엽을 바라보는 백의노인의 눈빛은 묘했다.

그의 눈에는 기대와 실망이 혼재되어 있었다.

그는 검엽에게 무엇을 기대하고 무엇을 실망한 것일까.

안타깝게도 검엽은 백의노인의 눈빛을 읽지 못했다.

그의 심안은 막대한 충격에 의해 강제로 열렸고 현재도 개방되어 있었다. 그러나 백의노인은 그의 심안으로 읽어낼 수 있는 차원의 인물이 아니었다.

"자네는 지존신마기의 근원에 대해 아는가?"

"무슨 말씀이신지 이해를 하기 어렵습니다."

"지존신마기는 혼에서 혼으로 이어지는 기운일세. 세상에 존재하는 기이한 절맥들과는 비슷하면서도 완전히 다른 무엇이지. 절맥은 천하인 중에 누가 타고날지 알 수 없지만 신마기는 오직 고씨 가문의 혈족들에게만 나타나네. 그 이유를 자네는 알고 있는가?"

검엽은 고개를 저었다.

그가 신마기에 대해 알고 있는 것은 열한 살 이전에 선친과 몇 권의 서책으로부터 얻어진 것들에 불과했다. 그리고 그의 선친 고천강은 대법이 성공한 이후라면 몰라도 실패했을 경우 검엽이 너무 많은 것을 아는 건 의미없다고 생각했던 사람이었다. 당연히 검엽이 신마기에 대해 아는 것은 한정되어 있었다.

"아마도… 어르신께서 알고 계시는 것보다 못할 것입니다."

"그런가……."

백의노인은 무언가를 생각하는 듯 심연처럼 깊은 눈으로 검엽을 보며 잠시 말이 없었다.

잠시 후 그가 다시 말문을 열었다.

"봉황천으로 묶여 있는 열 개의 무맥은 천하의 정세와 무관하네. 한때는 본래의 길을 벗어난 적이 있었으나 다시 제자리로 돌아온 이후로 그 역할은 언제나 한결같았네. 자네의 가문 또한 봉황의 날개 아래서 맡은 역할이 있었다네. 늙은 나보다 먼저 떠난 고천강 종주는 그에 대한 것을 자네에게 말해주지 않은 듯하네만……."

검엽은 미간이 좁아졌다.

들어본 적이 없는 얘기였다.

백의노인의 말은 계속해서 이어졌다.

"자네가 신화종의 맥을 잇지 않게 된다면 그 여파는 자네 가문에 국한되지 않네. 천하가 그 영향에서 자유롭지 못할 걸세."

"이해하기 어렵습니다."

검엽은 자신이 한 말 그대로 이해할 수가 없었다.

자신이 가문의 대를 잇는 것을 포기하였다고 그 영향이 천하에 미칠 거라니.

어떻게 이해할 수 있겠는가?

차라리 아무런 영향도 미치지 못한 채 그의 생이 허무하게 스러질 거라 말했다면 이해가 더 편했을 것이다.

백의노인은 배꼽까지 내려온 탐스러운 백염을 쓸어내리며 온화하게 웃었다.

"지존신마기는 버리려 한다고 버려지는 그런 것이 아니라네. 그것은 하늘과 땅의 이치와 함께 해왔고 앞으로도 그러할 수밖에 없는 무엇일세. 그것은 거부할 수 없는 운명일 뿐만 아니라 거부해서는 안 되는 책무이기도 하다네. 자네도 머지않아 그 사실을 알게 될 날이 올 걸세. 나와 자네의 교차하는 운명까지도."

검엽과 백의노인은 말없이 서로를 바라보았다.

누구도 시선을 피하려 하지 않는 가운데 시간이 조금씩 흘러갔다.

희고 긴 눈썹 아래 물처럼 고요하게 가라앉아 있던 백의노인의 눈에 파문처럼 미소가 번져 나갔다.

그가 말했다.

"좋은 눈일세. 자네를 만나기로 한 내 결정이 이처럼 마음에 들 줄 몰랐네. 허허허."

그는 듣는 이의 가슴이 시원해지는 웃음소리와 함께 고개를 끄덕였다.

그러나 백의노인의 이어지는 말은 방금 전의 말과 완전히 다른 분위기였다.

"백사십 년의 삶이 헛되고 헛되구나. 무엇을 걱정하고 무엇을 아쉬워하랴. 천망회회 소이불루(天網恢恢 疏而不漏:하늘의 그물은 성긴 듯 보이나 아무것도 빠져나가지 못한다)라."

알 수 없는 말을 중얼거리던 백의노인이 몸을 일으켰다.

그는 따라 일어선 검엽을 향해 말했다.

"만나서 반가웠네."

검엽이 읍했다.

"다시 뵙지 않았으면 합니다."

백의노인은 온화하게 웃었다.

"인연을 어찌 사람의 마음대로 할 수 있겠는가. 아니 볼 사람이라면 어떻게 해도 볼 수 없을 것이로되 볼 사람이라면 또 어떻게 하든 만나게 되는 것이 세상의 이치라네."

검엽의 눈이 커졌다.

백의노인의 말은 그가 마음속에 품고 사는 말 중의 하나가 아닌가.

큰 걸음으로 다루를 떠나는 백의노인의 등에 머문 검엽의 시선은 오랫동안 움직일 줄을 몰랐다.

그가 자리에서 일어난 것은 일각 후였다.

검엽이 다루의 문을 나설 무렵 한 명이 더 자리에서 일어났다.

협봉검을 찬 노인이었다.

"얼굴이 왜 그래? 무슨 일 있었어?"

두드리지도 않고 방문을 열어젖히며 들어온 운려가 팔베개를 하고 누워 있는 검엽의 옆에 와 앉았다.

"보기 싫은 사람을 봤다."

"너한테 그런 사람이 있었어?"

운려는 신기하다는 얼굴로 물었다.

검엽에게 운려와 와호당의 다섯 노인을 제외한 다른 사람들은 좋지도 싫지도 않은 사람들이었다. 관심이 없기 때문이다.

그래서 운려는 검엽이 누군가를 말하며 호불호를 표현하는 걸 들어본 적이 없었다.

"나라고 없겠냐."

검엽은 한숨과 함께 상체를 일으키며 말했다.

"어디서 만났는데?"

"어제 너와 함께 갔던 저잣거리."

"응? 너 오늘 거기 갔었어?"

"그래."

"뭐 하러?"

검엽은 품속을 뒤적여 목걸이를 꺼냈다.

그리고 그것을 운려에게 내밀었다.

얼떨떨한 얼굴로 목걸이를 받은 운려가 물었다.

"답례인 거야?"

"그래."

운려의 얼굴이 환해졌다.

"으하하하하, 웬일이냐, 네가! 선물씩이나 다 할 줄 알고!"

"거 좀 조신하게 웃어봐라. 남자도 생겼으면서 웃음소리가 그게 뭐냐."

운려의 눈이 도끼눈이 되었다.

"웃는 거하고 그 사람하고 무슨 상관이 있다고 그 사람한테 가져다 붙이는 거야! 기분 좋아서 참는 줄 알아."

운려가 검엽의 코앞에 주먹을 들이대고 흔들었다.
"으휴, 어련하겠냐."
한숨과 함께 중얼거린 검엽이 등을 벽에 기대자 운려는 목걸이를 손에 들고 희희낙락했다.
검엽의 입가에도 희미한 미소가 걸렸다.
몇 푼 하지 않는 싸구려 목걸이였다.
장강 이남에서 가장 돈이 많은 가문이라는 척천산장의 소장주가 운려다. 그녀의 신분으로 철전 열다섯 개를 지불하고 산저잣거리의 물건을 선물받고 좋아한다는 건 상식 밖이었다.
하지만 운려는 목걸이가 아닌 그 목걸이에 담긴 검엽의 마음이 기쁜 것이다.
운려가 기뻐하니 검엽도 백의노인을 만난 후 처졌던 기분이 훨씬 나아졌다.
검엽이 불쑥 말했다.
"그거 아무나 주면 안 된다."
염왕시를 자신에게 던지듯 주던 운려를 떠올리고 한 말이었다.
"하하하, 물론이지. 염려하지 마."
목걸이를 목에 걸며 말을 받는 운려를 보며 검엽은 입맛을 다셨다.
'인마, 나 그거 사면서 거지 됐다구.'
목걸이를 산 철전 열다섯 개가 사실 그때 검엽이 갖고 있던 전 재산이었다.
무맹에서 지급된 그의 월봉은 그동안 무맹에 파견된 척천산장 사람이 관리해 왔다. 그에게 달라고 하면 금방 주머니가 두둑해질 것이지만 검엽은 돈을 찾을 생각을 하지 못했다.

그의 월봉을 관리해 온 사람은 의당 검엽이 자신을 찾아올 거라 생각하며 기다리고 있었고, 그런 사실을 알지 못하는 검엽은 돈을 찾을 생각도 하지 못한 것이다.

검엽 탓이 컸다. 주색잡기와 나다니는 것에는 취미가 없는 검엽은 돈을 쓸 일이 없었다. 당연히 돈을 가져야 한다는 필요도 거의 느끼지 못했다.

그래서 그가 목걸이를 사기 위해 지불한 몇 푼은 그의 전 재산일 수밖에 없었다.

검엽이 물었다.

"언제쯤 출발할 건지 알아?"

"글쎄. 하지만 열흘은 넘지 않을 거야."

"여유네."

검엽이 쓴웃음을 지으며 말하자 운려가 풀썩 웃었다.

"훗, 여유있기야 하겠어? 상대가 초토화의 대명사나 다름없는 초평익이 될 게 분명한데. 단지 여러 가지를 준비하느라 시간이 필요한 거겠지. 이런 정도의 규모로 군림성과 싸우는 건 그분들에게도 수십 년 만의 일이니까."

검엽은 고개를 끄덕였다.

마음 깊이 미진한 부분이 없는 건 아니었지만 이해할 수 있는 일이었다.

그가 물었다.

"출전할 사람들 윤곽은 나온 거야?"

운려는 침상 위로 올라와 검엽처럼 등을 벽에 기댔다.
"대충."
"말해봐."
"철혼단과 승룡단은 확정. 목혼단도 참전하는 모양인데 규모는 모르겠어. 원로 분들 중에 몇 분도 참전하시는 거 같고."
"주력은 아니군."
"응. 하지만 전쟁의 양상이 어떻게 변하는지에 따라서 맹의 대응도 변하겠지."
"산장의 피해가 크겠어."
"군림성이 넘어오려고 하는 곳이 호남이니 어쩔 수 없는 일이야."
내용에 비하면 운려의 음성은 무겁지 않은 편이었다.
"노야들이 치도곤을 준비하고 계시겠다."
"맞을 짓 했잖아."
"죽은 자가 초평익의 손자일 줄은 몰랐어. 알았다고 해도 결과야 마찬가지였겠지만… 죽이지 않았으면 내가 죽었을 거야."
이제 검엽도 자신이 죽인 초인겸이 누구의 손자인지 알고 있었다. 그뿐만 아니라 무맹 전체가 아는 일이었다. 며칠 전 무맹 수뇌부가 군림성과의 일전을 준비하며 검엽과 관련된 사건의 전말을 공표했기 때문이다.
"알아."
운려가 팔꿈치로 검엽의 옆구리를 툭 치며 말을 이었다.
"부담돼?"
"별로."

검엽의 답변은 심드렁했다.

"후훗, 그럴 줄 알았어."

"회계산에서 수련한 성과는 어땠냐?"

"좋아. 산장에서 오 년 수련한 것보다 나았어."

"좋군. 이번 전쟁에서 생존할 가능성이 높겠구만."

"이기고 살아남아야지."

운려의 음성에서 결기를 느낀 검엽이 부드러운 시선으로 그녀를 보았다.

"그래. 이겨라, 살아남고. 그래야 하고 싶은 일을 할 수 있으니까. 아직도 예전 네 생각은 변함이 없는 거냐?"

"물론."

"몽완이란 노인을 만났었다."

"몽완? 개방의 사고뭉치라는 취절(醉節) 무중개(霧中丐) 몽완(夢完) 노선배?"

"그래."

"어디서?"

"순양."

"나도 함께 있었으면 좋았을걸. 재미있었을 텐데. 아쉽다. 그런데 그분은 왜?"

"그분이 너하고 비슷한 얘기를 하셨거든."

"나와?"

"그분도 구주삼패세가 삼 분하며 안정된 현재의 무림 구도가 무인 본연의 모습을 잃게 만들고 있다고 생각하고 계셨다. 노하고 계셨다고 해야 할까."

운려의 안색이 진지해졌다.

"정말?"

"농담하겠냐."

"노강호 분들 중에 현재의 세태에 염증을 느끼고 은거하신 분들도 있다고 듣긴 했는데… 그분도 그랬었구나. 몰랐었어."

"오지랖 넓은 너라도 모르는 게 당연하지. 네가 천하인 모두의 마음을 알 수 있는 건 아니잖아."

"기회가 되면 꼭 뵈어야겠네."

"나쁘지 않을 거다. 하지만 너하고 그분은 생각이 약간 달라. 그분은 현재의 판을 아예 깨버리고 싶어 하시는 듯했거든."

"그럼 좌절도 크시겠네. 천공삼좌와 삼패세를 외부에서 깨뜨릴 수 있는 힘은 당대 무림에 존재하지 않으니까. 변황에 변화가 생긴다면 몰라도……."

"변황? 오패천(五覇天)을 말하는 거야?"

운려가 고개를 아래위로 주억거렸다.

"응. 변황오패천이라면 몰라도 중원무림 내부에서는 삼패세를 흔들 수 있는 세력은 존재하지 않아."

"너무 단정적인걸?"

"그게 현실이니까."

운려는 빙긋 웃었다. 조금 쓸쓸한 느낌이 묻어나는 웃음이었다.

그녀의 말은 계속되었다.

"중원무림을 뒤덮고 있는 천공삼좌의 그림자는 너무 거대해. 그들이 지휘하는 삼패세는 절강하고. 이 구도가 끝없이 이어지기를 바라는 분들의 뜻은 절대로 변하지 않을 거야. 오래 생각하고 살펴보았지만 언제나 결론은 같았어. 힘으로 현재의 구도를 깨는 건 불가능해. 가능성있는 계획은 하나뿐이야. 삼패세 내부의 누군가 혹은 일정한 세력이 상부를 장악하고 변화를 끌어내는 거지. 상부와 하부 사이가 전혀 통하지 않는 호리병처럼 변해 버려 도전과 자유, 치열함이 신기루처럼 사라져 가고 있는 무림을 예전처럼 분방한 무림으로 바꾸어가는 거야. 느리지만 확실하게."

운려의 음성에는 열기가 있었다.

젊음이라는 뜨거운 열기가.

검엽이 혀를 차며 운려의 말을 받았다.

"다른 의견이 있을 수도 있지만 네 꿈이 진행된다면 기존의 질서가 깨질 거야. 무질서가 반드시 찾아올 수밖에 없다. 그리고 무질서의 시대를 거친 후엔 또 다른 질서가 찾아오겠지. 역사를 돌아보면 어렵지 않게 알 수 있는 일이야. 삼국시대의 후에 진이 일어섰고, 오호십육국 후에 수당의 시대가 왔다. 오대십국의 혼란기를 지나 조씨의 송 황조가 들어섰고."

운려는 싱긋 웃었다.

"네 말처럼 역사는 반복돼. 기존의 질서가 깨지면 혼란이 오고 그것을 정리한 새로운 질서가 만들어지지. 새로운 질서 속에서 힘을 얻는 자들은 다시 생길 것이고. 하지만 그것이 무의미한 반복이 아니라는 건 너도 알지 않아? 기나긴 역사를 볼 때 내 꿈이 그저 지나가는 하나의 징검다리와 같은 과정에 불과했다 하더라도 그 징검다리를 건너간 사람들은 더 나은 무림을 만들어낼 수 있을 거야."

"징검다리라… 천천히 하지만 멈춤없이 말이냐?"

"응."

"나하고는 맞지 않는 방식이긴 하지만… 어쨌든 후일 나는 좀 덜 답답한 무림을 볼 수도 있겠구만."

"하하하!"

운려가 고개를 젖히고 크게 웃었다.

그녀가 물었다.

"엽아, 네 방식은 뭔데?"

"난 네 방식보다 몽완 대협의 방식이 마음에 들어."

검엽의 말에 운려의 눈이 커졌다.

"때려부수는 방식?"

"그래."

"왜?"

"역사는 피를 흘릴 때는 흘려야 한다고 말해준다. 흘려야 할 때 피를 흘리지 않으면 더 많은 피가 흐르게 돼. 일은 일대로 망가지고……."

운려가 검엽을 흘겨보았다.

"네가 옳을 수도 있어. 하지만 난 동의할 수 없어. 너무 거칠다고. 사람의 목숨 값은 모두 같아. 가능한 한 피는 덜 흘릴수록 좋은 거야. 난 내가 생각한 방식으로 노력할 거야. 꿈이 이루어지는 날까지."

검엽은 고개를 휘휘 저으며 웃었다.

"호호호, 나는 말이야. 너도 네가 말하는 상부에 속해 있으면서 그런 생각을 한다는 게 참 신기하다."

"몰랐어? 나 반골이야. 후훗."

운려가 짧게 웃자 검엽이 손을 확 뻗어 운려의 뒷머리를 만졌다.

"뒤통수가 이상하게 생겼나 한번 볼까?"

"죽고 싶으면 만지던가."

운려의 음성이 낮아지자 검엽이 과장되게 움찔하며 손을 뗐다.

검엽의 손등을 손바닥으로 한 번 찰싹 때린 운려가 말을 이었다.

"삼패세가 개방적이었다면 난 이런 생각을 하지 않았을 거야. 삼패세는 폐쇄적이고 동류만을 받아들여. 삼패세의 주류가 아니면 뜻을 펼칠 기회조차 잡을 수 없는 이런 천하는 옳지 않아. 천하는 천하인의 것이니까."

검엽이 어깨를 으쓱했다.

"역사를 봐라. 역사 이래로 인간들의 세상은 언제나 불공평했어."

운려는 고개를 끄덕이며 웃었다.

"그래. 너만 봐도 세상이 공평하지 않다는 걸 알 수 있지. 누군 천재고 누군 범재고… 후훗."

운려의 눈빛이 타는 듯 강해졌다.

"하지만 적어도 무림은, 무인들이 만들어낸 세상 속의 세상에서만큼은, 능력을 가진 자가 타인의 뜻에 따라 삶이 굴절되지 않게 하고 싶어. 오로지 자신의 뜻을 잃지 않고 한 자루 검에 목숨을 걸고 살다가 가는 그런 무림. 나는 그런 무림을 만들고 싶어. 그저 헛된 꿈에 불과할까……? 그럴지도 몰라. 하지만 난 그런 무림을 만들기 위해 나를 걸 거야. 대부분의 사람들은 허황되고, 어린 여자아이의 망상이라 비웃겠지만 내게 그것이 내가 가장 가치있게 살아가는 거라고 믿거든."

팔짱을 낀 검엽의 시선이 무거워졌다. 운려를 보는 그의 눈에는 우려가 섞여 있었다.

"쉬운 일이 아니야. 위험하고."

"알아. 하지만 해볼 만한 일이잖아. 내겐 무한한 기회가 열려 있다고. 내 나이는 열아홉이거든. 후하하하하하!"

운려의 맑고 큰 웃음소리가 방 안을 울렸다.

"성공하길 빌어주마. 흐흐흐."

"저번에 한 약속 잊지 마."

"뭐?"

"나 죽으면 술 한 잔 받아주고 명복 빌어준다는 약속."

"아주 뼈에 새겨놓으마."

"좋아좋아. 각골명심하라구. 훗!"

장난스럽게 말을 받는 운려를 보며 검엽은 잠시 생각을 정리했다. 몽완과 헤어질 때부터 그가 운려에게 물으려 했던 것들이 있었다. 그리고 화제를 바꾸어야 할 필요도 있었다.

"예전에 노야들은 삼패세가 현재의 구도를 이루며 싸움을 멈춘 결정적인 이유는 변황오패천의 준동 기미가 있었기 때문이라고 내게 말했었다. 삼패세들 사이에 전면전이 발생하지 않는 이유도 그 때문이라고 하셨었고. 삼패세의 힘이 약해지면 변황오패천이 중원으로 밀고 들어올 가능성 때문에 삼패세는 승패를 떠나 심각한 전력 손실이 발생할 것이 분명한 전면전을 할 수 없다는 거였지. 그때는 그러려니 하며 흘려들었었는데 나와서 좀 겪어보니 이상한 느낌이 좀 들어서 말이야. 너도 삼패세가 현재의 국면을 유지하고 있는 게 오패천 때문이라고 생각하냐?"

변황오패천(邊荒五覇天).

저 먼 북방의 오지, 만년설로 뒤덮인 시백력 어딘가에 자리 잡고 있다는 신비로운 북방의 은자, 북해빙궁(北海氷宮).

서장의 포달랍궁이 아니었다면 이미 중원에 발을 들여놓았을지도 모를 천축마도의 영원한 지배자, 소뢰음사(小雷音寺).

동남해를 중심으로 활동하는 대해(大海)의 무법자, 해왕군도(海王群島).

천추군림성에 의해 영역이 축소되기는 하였으나 현재도 묘강과 남만에서 절대적인 지배력을 확보하고 있는 독인들의 문파, 만독강(萬毒崗).

중원과 북해의 사이, 대륙의 북방과 요동을 장악한 대마적집단, 청랑파(靑狼派).

달리 새외오마세(塞外五魔勢)라고도 불리는 그들은 중원무림의 영향으로부터 벗어나 독자적인 무학의 전통을 확립한 새외의 초거대 세력들이다.

이들의 존재는 수백 년 전부터 인구에 회자되어 왔다. 그러나 그들의 연원이 어디에 있는지, 실제로 그들이 보유한 무력의 수준이 어느 정도인지는 아직까지도 명확히 밝혀지지 않고 있다.

 알려진 것보다 알려지지 않은 것이 더 많은 자들.

 하지만 과거 간혹 중원에 들어오는 그들 문파의 고수들은 자신들의 무공이 중원의 무공에 비해 결코 못하지 않다는 것을 충분히 증명했었다.

 때로는 비무로 때로는 혈사(血史)로.

 이들은 무(武)를 중심으로 이룩된 세력이지만 중원의 무림 세력과는 미묘한 차이가 있다.

 이들 세력 가운데 북해빙궁과 소뢰음사를 제외한 다른 세 문파는, 관부와 물과 기름처럼 섞이지 않고 있는 중원무림과는 달리 그 지역의 정치적인 지배 집단과 밀접한 연관을 맺고 있었다.

 그래서 이들이 움직일 때는 무림뿐만 아니라 중원을 지배하는 황조도 바빠진다.

 구주삼패세가 쟁패를 지속하던 시절, 해왕군도와 청랑파, 그리고 만독강이 중원에 접근한 적이 있었다.

 그들의 준동으로 삼패세의 쟁패는 끝이 났다.

 그들 세 세력의 위치는 삼패세의 뒤에 자리 잡고 있었다.

 그들이 각기 중원으로 진군한다면 삼패세는 안팎으로 적을 맞아야 했던 것이다.

 삼패세의 전격적인 전쟁 종식과 함께 중원으로 이동하던 삼패천은 돌아갔다.

 운려는 이상하다는 듯 고개를 갸웃하며 검엽을 돌아보았다.

 "정설이잖아. 사실이 그렇기도 하고. 뭐가 이상한 건데?"

"정남에서 전운이 고조되어 갈 무렵 군림성에서는 정남 지부 외의 다른 곳에서도 긴장의 수위를 높였었다. 다른 이유도 있었지만 그런 군림성의 움직임 때문에 무맹에서는 정남 지부를 효과적으로 지원하지 못했고. 당시 함께 했던 사람들의 말로는 과거에도 그런 식의 움직임이 늘 있었다고 하더군."

"그래서?"

"양태가 너무 비슷해."

"어떤?"

"작은 싸움이든 큰 싸움이든 그것이 천하를 휩쓸 대전쟁으로 진행되는 것을 막는 움직임이 있다. 삼패세 사이의 전면전은 오패천 때문에 가능하지 않고, 국지전은 다른 지역에 긴장을 고조시키는 방식으로 확전을 억제해."

"이상할 게 없잖아. 천하의 정세가 그런걸."

"맞아. 이상할 게 없지. 그래서 나는 더 이상하다. 이처럼 완벽하게 중원 내부 세력 간, 그리고 중원과 변황과의 균형을 유지하는 판이 있을 수가 있을까? 더구나 삼십여 년 동안이나. 그만한 시간이라면 어딘가에서 파탄이 나도 벌써 났어야 더 정상적이지 않나?"

운려도 호남제일재녀 소리를 듣는 여인이다. 검엽의 의혹이 무엇을 의미하는지 눈치챈 그녀가 풀썩 웃었다.

"무슨 생각하는지 알겠다. 너, 천하의 판을 누군가가 의도적으로 짠 것이 아닌가 의심하고 있지?"

"의심까지야… 이상하다는 생각이 들 뿐이야."

운려는 머리카락이 출렁일 정도로 머리를 저었다.

"불가능해. 천하에 어떤 능력자가 있어 천하 전체의 구도를 자신의 주도하에 짤 수 있겠어? 중원과 변황을 아우르는 공간이 조막막한 촌구석 뒷골목이라고 생각하는 거야? 네가 천재라는 건 잘 알아. 내가 보지 못하는 것을 넌 볼 수 있다는 것도 알아. 그래서 그런 생각을 했을 수도 있지. 하지만 그건 너무 비약이 심해. 심하다는 말로도 부족해. 상상을 넘어설 정도의 비약이야. 천공삼좌 분들을 떠올릴 필요도 없어. 우리 아버지만 살펴보아도 네 생각이 얼마나 허황된 건지 알 수 있어. 우리 아버지는 절대로 누군가가 짜놓은 무대에서 춤을 출 사람이 아니야. 아마 당장 그 사람 목을 날려 버리실걸. 후훗. 설령 그런 능력자가 있다고 치자고. 그럼 그 사람은 그런 능력을 가지고 왜 판만 짜놓겠어? 그 정도 능력이면 자신이 군림천하 하는 것도 가능할 텐데. 그렇지 않아?"

"쩝……."

검엽은 콧잔등을 긁적였다.

운려의 지적은 타당했다.

생각해 보면 그의 의견은 황당하기 이를 데 없는 것이었다.

중원과 새외변황 전체를 하나의 계획과 의지하에 통제하는 자라니. 누구에게 말을 해도 미친놈 소리 듣기 딱 좋은 의견이 아닌가.

第五章

장강이남의 전운(戰雲)은 급격하게 고조되었다.

천하무림의 시선이 호남으로 쏠렸다.

대륙무맹은 호남과 광서의 경계에 무력을 집결시키는 천추군림성의 행동을 공개적으로 비난했고, 천추군림성은 아무런 대응 없이 묵묵히 전력 이동을 계속했다.

그 와중에 순양에서 있었던 검엽과 초인겸의 싸움이 알려졌다. 무맹 측에 의해 약간의 각색이 더해진 그 이야기는 빠른 속도로 무림에 퍼져 나갔다.

그제야 무림인들은, 수십 년간 소규모 국지전은 있어도 이번처럼 서로를 향해 공격적인 태도를 보인 적이 없던 두 세력이 보이고 있는 적대감이 어디에서 연유된 것인지 납득하게 되었다.

패마성 초평익의 손자가 죽었다.

검엽의 신병을 인도하라는 명분으로 무력을 전진 배치시키는 군림성의 행동은 당연한 일이었다.

삼패세의 쟁패 당시 군림성은 타 세력에 의해 무사 한 명이 죽으면 열 배로 보복했었고, 그것을 자랑스러워했었다. 비록 삼패세가 힘의 균형을 유지하는 평화 시에는 그처럼 극단적인 행동을 삼가긴 했지만 그들의 근본이 어디 간 것은 아니었다.

하물며 죽은 자가 초평익의 손자임에야.

군림성과 각을 세우는 무맹의 움직임도 선택의 여지가 없는 것이었다.

검엽을 내주는 것은 군림성의 위협에 굴복한 것으로 비쳐질 뿐만 아니라 내부의 분열로 이어질 것이 자명했기 때문이다.

장강 이남을 양분하고 있는 두 초거대 세력 간의 전쟁은 이제 피할 수 없는 일로 받아들여졌다.

*   *   *

강소성 덕홍(德興)인근.

두두두두두두두!

수백 필의 말이 내딛는 거친 말발굽 소리가 대지를 울렸다.

뿌옇게 일어나는 흙먼지를 뒤집어쓰고 화살처럼 내달리는 육백오십여 필의 인마.

대열의 중간에는 피풍을 전신에 두르고 천으로 눈 아래를 가린 운려와 검엽의 모습이 보였다.
 닷새 전 대륙무맹을 떠난 무사들이었다.
 철혼단 부단주 귀검 벽소일이 이끄는 무사 이백오십.
 목혼단 부단주 철각 황오가 이끄는 무사 이백오십.
 승룡단 무사 이백오십.
 정체가 밝혀지지 않은 중, 노년층 고수 삼십 명.
 총인원 칠백팔십.
 척천산장에 도착할 때까지의 지휘권은 벽소일이 갖고 있었다. 황오와 승룡단주로 임명된 단목린이 그런 벽소일을 보좌했다.
 중, 노년층의 고수 삼십여 명은 벽소일의 지휘를 받지 않았다. 그들은 자신들의 성명을 아무에게도 말하지 않았고, 벽소일도 그들에 대해 언급하지 않아서 다른 사람들은 그들의 정체에 대해 구구한 추측을 할 뿐이었다.
 그들은 독자적인 운신의 권한을 가지고 있었고, 그들에 대한 최종적인 지휘권은 척천산장주 소진악이 갖게 될 터였다.
 무맹 무사들의 행로는 강소의 파양호까지 육로 이동, 그 후 척천산장까지는 장강의 뱃길을 이용하는 것으로 정해져 있었다.
 뱃길을 이용하면 시간은 분명 단축된다. 하지만 무맹 수뇌부는 천추군림성과 정무총련에 경고를 하고 싶어 했다.
 무맹 총타에서 출진하는 무사 팔백여 명과 척천산장이 자체적으로 보유하고 있는 무사 일천 수백을 더하면 이천이 넘는다.
 삼패세의 쟁패가 종식된 후로 이만한 규모의 무사들이 단일

한 전투에 투입된 사례는 전무했다.

이들이 무맹을 출발한 이후 전 무림의 눈이라 해도 무방하지 않을 이목이 그들의 행적을 좇았다.

무맹 수뇌부의 의도는 제대로 먹혀들었다.

융주에 집결한 군림성의 움직임이 신중해졌던 것이다.

한 시진의 질주.

일각의 휴식.

하루 두 시진의 수면.

매 이각이 주어지는 세 번의 식사.

벽소일은 철저하게 정해진 계획을 따랐다.

철이 아닌 사람의 몸임에야 피로가 쌓이는 건 당연한 일.

하지만 일행 중 누구도 불만을 토로하거나 힘든 내색을 하는 사람은 없었다.

그들 중 가장 경험이 적고 연배가 낮은 승룡단의 무사들도 그랬다.

철혼단과 목혼단의 무사들은 각 단에서 고르고 골라 뽑은 무사들이었고, 승룡단 무사들은 지난 일 년에 걸친 회계산의 가혹한 수련으로 단련되어 어지간한 어려움은 힘들다고 느끼지 않을 정도가 되어 있었던 것이다.

계절은 한여름으로 접어들고 있었다.

이글거리는 태양이 하얗게 작열하고 지열은 아지랑이처럼 평원에 깔렸다. 거기에 십여 일간 비 한 방울 오지 않은 탓에 말발굽이 지면을 박찰 때마다 피어오르는 먼지는 안개처럼 일행을 덮쳤다.

얼마나 달렸을까.

선두에서 전해진 수신호에 따라 미친 듯하던 일행의 질주가 거짓말처럼 멈췄다.

일각의 휴식 시간이었다.

멀리 보이는 이름 모를 산이 평원 한가운데 덩그러니 솟아 있을 뿐 주변은 야트막한 구릉들과 듬성듬성 자란 잡목들밖에 없었다.

검엽은 코와 입을 가린 천을 떼어냈다.

저잣거리에 나갔을 때 했던 역용을 풀지 않아 평범해 보이는 얼굴이었다.

"악 단주는 독한 거 잘 느끼지 못했었는데 벽 부단주는 꽤 독한걸."

검엽이 조그맣게 중얼거리자 등에 멘 포대에서 건량을 꺼내던 운려가 피식 웃었다.

"훗, 저분 별호가 귀검(鬼劒)이야. 달리 그런 별명이 붙었겠어?"

"이름값 하고 싶어서 이렇게 사람들 괴롭히는 건가 보구만. 파양호가 더 멀었다면 사람들 엉덩이가 다 부서졌을 거야."

검엽이 투덜거리자 운려가 건량을 검엽에게 건네며 한쪽 눈을 찡긋했다.

"너 때문에 사람들 전체가 괴로운 건지도 모르지."

"나 때문에?"

검엽이 손가락으로 자신의 가슴을 짚으며 물었다.

"하여튼 네 신경 줄은 너무 굵어. 표현을 하지 않아서 그렇지,

악 단주를 비롯해서 무맹 수뇌부가 널 얼마나 미워하는데. 정말 몰라?"

검엽이 뺨을 긁적였다.

미워할 만도 했다.

지금 벌어지고 있는 상황의 원인을 제공한 사람이 그였으니까.

"할 말 없구만."

"후후후."

운려가 낮게 웃었다.

"엽아, 먹을 수 있을 때 많이 먹어둬. 말린 건량에 불과하지만 이렇게 편하게 먹는 날도 얼마 남지 않았다고."

"각오가 대단해서 좋겠다. 흐흐흐."

검엽은 실소를 흘리며 건량을 씹었다.

우물거리며 건량을 삼킨 검엽이 투덜거렸다.

"배 타고 갔으면 건량 씹을 일도 없었을 것을."

운려의 주변에 둘러앉아 건량을 씹던 사람들 몇몇이 동의한다는 듯 고개를 끄덕였다.

"뭐, 성세를 보인다고 육선문에 쓴 돈을 우리에게 썼으면 훨씬 행로가 편했겠지만… 윗분들도 생각이 있으니까 이렇게 하는 거겠지."

운려가 검엽의 말을 받았다.

팔백여 명의 중무장한 무사들이 말을 타고 성의 경계를 넘으며 달리고 있었다.

관부에서 가만히 있을 리 만무한 일.

이번 행로를 눈감아주는 대가로 무맹이 관부에 지불한 뒷돈은 상당했다.

"그나저나 딸을 생각하는 아버지의 마음은 각별하구만."

"뜬금없이 무슨 소리야?"

운려의 질문에 검엽은 눈짓으로 선두에 몰려 있는, 삼십 명의 정체를 밝히지 않은 고수들을 가리켰다.

"저기 머리가 반백이고 협봉검을 든 노인 보이지?"

검엽이 가리킨 사람은 가부좌를 틀고 협봉검을 무릎 위에 올려놓고 건량을 먹고 있었는데, 움직임이 극도로 절제되어 있어 섬뜩한 예기를 느끼게 하는 초로의 노인이었다.

"응."

운려가 고개를 주억거렸다.

여전히 의아한 얼굴이다.

"와호당에서 본 적 없어?"

"뭐? 그럼 저분이 산장 분이야?"

검엽이 고개를 끄덕였다.

"모를 수도 있겠다. 저분이 거처와 자신의 연무장을 벗어나는 건 일 년에 두어 번에 불과했으니까. 나도 얼마 전 무맹에서 뵙고 인사를 할 때까지 저분이 여기에 와 계신 줄 몰랐다."

"누군데?"

"천잔검객(天殘劍客) 도만량(途滿良)."

운려가 실색한 얼굴이 되었다.

"도살검(屠殺劒)?"

"행여나 듣는 데서 그 별호 입에 올리지 마라. 네가 주인집 딸이라도 가만있지 않을 거야. 흐흐흐."

도만량은 잔혹한 쾌검으로 일세를 풍미한 인물로 강호십오숙에 속하는 절정의 검객이었다.

그의 성향은 정사 중간이지만 일단 손을 쓰면 상대를 반드시 죽이는 터라 그와 시비가 생기느니 차라리 호랑이 코털을 잡아당기는 게 낫다는 말이 있을 만큼 손속이 냉정한 인물이었다.

운려는 새삼스러운 눈길로 도만량을 보았다.

도만량은 독불장군처럼 혼자 다니기를 좋아한다고 알려진 사람이었는데 산장에 몸담고 있을 줄은 몰랐던 것이다.

"저분, 언제부터 와호당에 머물렀던 거야?"

"내가 들어오고 반년 정도 뒤부터."

"엄청 오래되었네!"

"오래되긴 했지."

입을 다물고 말없이 건량을 씹던 검엽의 눈빛이 한순간 변했다. 하지만 아무도 그의 변화를 알아차리지 못했다. 변화는 일어남과 동시에 사라졌을 정도로 빠른 시간에 이루어졌기 때문이다.

검엽은 자리에서 벌떡 일어났다.

예고없는 동작이어서 그의 주변에 앉아 건량을 씹고 있던 사람들이 일제히 그를 올려다보았다.

운려가 물었다.

"왜?"

"볼일."

짤막한 검엽의 대답에 사람들이 일제히 인상을 쓰며 고개를 돌렸다.

"밥 먹는데 그런 말을!"

운려가 도끼눈을 뜨며 으르렁거렸지만 검엽은 심드렁할 뿐이다.

"누가 물어보라고 했나? 호호호."

느긋한 걸음으로 십여 장 떨어져 있는 구릉의 뒤로 돌아간 검엽의 신형이 한순간 주욱 늘어나는가 싶더니 그 자리에서 사라졌다.

그가 다시 모습을 드러낸 것은 이백여 장 떨어진 야산의 그늘.

별 표정이 없던 검엽의 얼굴에 반가운 미소가 떠올라 있었다.

"오랜만입니다, 선자님."

그늘에 파묻히듯 은신하고 있던 진애명의 입가에도 미소가 떠올랐다. 전음으로 검엽을 부른 것은 그녀였다.

그녀는 검엽에게 예를 표하며 말했다.

"공자님의 얼굴에 어린 날의 흔적이 남아 있지 않았다면 알아보지 못할 뻔했어요."

검엽이 뺨을 쓸었다.

"강산이 변한다는 십 년이 일 년 남았습니다. 하지만 선자님은 변하신 게 하나도 없는 듯합니다. 세월이 비껴가기라도 한 것처럼요."

"듣기 좋은 말도 할 줄 아시게 되었네요, 호호호."

맑고 온화한 웃음소리가 검엽의 귀를 파고들었다.

검엽은 가슴이 따듯해졌다.

선친에 의한 가문의 멸망이라는, 돌이켜 생각할수록 참담한 화를 겪어 황폐해졌던 그의 마음을 보듬어주던 여인. 산장까지 오는 마차 안에서 그를 돌보던 진애명의 손길은 그가 태어나 처음 받아본 자상함이었었다.

"고모님은 잘 계시지요?"

"정말 세월이 비껴간 분은 그분이시지요. 정가장의 후원에서 란아와 행복한 시간을 보내고 계십니다."

"란아?"

순간적으로 의아해하던 검엽의 눈이 커졌다.

여아가 태어났던 그날,

심신을 취하게 만들던 향기가 다시 그의 코를 간질였다.

"아… 많이 컸겠군요."

"벌써 아홉 살인걸요. 정말 예쁘고 사랑스럽게 잘 크고 있어요."

"형님 내외분들은?"

"잘 계시지요. 하지만 항상 공자님을 걱정하고 계신답니다."

검엽은 쑥스러운 얼굴이 되었다.

산장을 떠난 후 그가 겪은 일들을 안다면 아마 정가장에 있는 사람들은 기함할 것이다. 모르는 게 약이었다.

말을 잇던 진애명의 안색이 진중해졌다.

"공자님."

"예."

"곡주님께서 만나길 원하십니다."

방금 전까지 다정다감하던 진애명의 어투도 무겁게 변해 있었다.
"고모님이요? 무슨 일이 있으십니까?"
검엽의 눈빛이 강해졌다.
진애명의 전음을 들은 순간부터 그는 의아해하고 있었다.
여은향은 천외에서 유유자적하며 살아가는 여인. 그리고 진애명은 여은향에게서 한시도 떨어져 있지 않는, 수족이나 다름없는 여인이다.
딱히 이 먼 길을 보내 그를 찾을 이유가 무엇인지 생각나는 것이 없었다.
진애명은 잠시 망설이는 듯 그저 검엽을 바라보기만 했다. 그러다가 짧은 한숨과 함께 말문을 열었다.
"제가 이곳에서 말씀드릴 수 없는 일입니다. 하지만 공자님은 최대한 빨리 곡주님을 만나보셔야 합니다. 공자님의 가문의 멸망과 관련된 말씀이 있으실 테니까요."
검엽의 안색이 돌처럼 굳었다.
생각지도 못했던 말이었다.
"본 가의 멸망… 이라니요?"
진애명은 검엽의 말끝이 미미하게 떨리고 있다는 것을 알았다.
검엽은 감정을 제어하는 데 있어 천하의 누구도 따라가지 못할 만큼 단련된 사람이다. 비틀린 성장 과정 속에서 그쪽 방면으로는 도가 텄다고 해도 무방할 정도가 된 그가 아닌가.
그런 그가 내심을 감추지 못할 정도로 충격을 받은 것이다.
예상했던 반응임에도 그녀는 내심 탄식하지 않을 수 없었다.

그녀가 말했다.

"저도 알고 있는 부분은 있습니다. 하지만 그것을 이 자리에서 공자님께 말씀드리는 건 허락받지 못했습니다. 그리고 제가 알고 있는 부분은 곡주님이 알고 계시는 것의 극히 일부에 불과하고 정확하지 않습니다. 그것을 말씀드리면 후일 곡주님이 말씀하셨을 때 혼란이 올 수 있습니다. 제 입장을 이해해 주세요."

검엽은 입술을 깨물었다.

부릅뜬 눈에서 섬광이 불꽃처럼 튀었다.

"신화곡의 멸망에 제가 모르는, 그리고 아버님도 몰랐던 비밀이 있다는 말씀입니까?"

진애명의 눈에 탄복의 기색이 떠올랐다.

말해주지 않았음에도 검엽은 핵심에 접근하고 있었다.

"곡주님을 만나시면 알게 될 것입니다."

진애명은 긴 소맷자락에 가려진 두 손을 들어 검엽에게 읍했다.

"다시 뵐 날까지 몸을 보중하시길!"

진애명이 떠난 후에도 검엽은 자리를 뜨지 못했다.

귀기가 느껴지는 푸르스름한 안광.

이를 악문 검엽의 턱 선이 완강해졌다.

'아버님은 완벽을 추구하시던 분이었다. 확신이 있은 후에나 움직이시던 분. 그래서 성공과 실패가 절반씩의 가능성을 가졌던 대법을 시행하신 것이 언제나 내 마음속에 의문으로 남았지. 하지만 의문을 풀 방법이 없었기에 잊으려 노력했던 그 일에 정말 비밀이 있었단 말인가. 하지만… 아버님이 모르는 비밀을 고모님이 알아내실 수 있었다는 것도 말이 안 된다. 고모님의 능력을 무시하는 건 아니지만 그분이 천외의 마백이라 불리셨던 아버님을 넘어설 정도가 아니라는 건 의심할 여지가 없는 일이다. 고모님이 밝혀낼 수 있을 정도의 비밀이라면 아버님 또한 알고 계셨어야 한다. 그래야 말이 돼.'

 검엽의 턱 선이 풀어졌다.

 그의 눈가에 피로가 묻어났다.

 말이 안 되는 생각이 이어지는 것에 지친 것이다.

 '가문의 멸망에 비밀이 있고, 그것을 고모님이 알아내셨다면 아버님도 알고 있어야 한다. 그리고 아버님이 그 비밀을 아셨다면 신화곡은 멸망하시 않았어야 하고… 빌어먹을, 뭐가 어떻게 된 거야!'

 가슴이 터질 듯 답답했다.

 검엽은 어깨를 늘어뜨렸다.

 '이 싸움이 끝난 후 바로 고모님을 뵈러 가자. 다녀오는 데 서너 달은 걸리겠지만……. 운려와의 약속 기한을 그만큼 연장해야 될지도 모르겠구만. 쩝.'

 검엽은 의식적으로 운려를 떠올렸다.

 여은향을 생각하는 것만으로도 그가 느끼는 운명의 무게는 가늠하기 어려울 정도로 무거웠다. 그리고 검엽은 그 무게를 받아들일 준비가 되어 있지 않았다.

 지난 구 년 동안 그는 가문을 돌아보지 않으려 노력하며 살아오지 않았던가.

진애명이 해준 몇 마디 말은 정말 충격적이었다. 검엽이 가문의 멸망을 돌아보게 할 정도였으니까. 하지만 그의 사고방식이 변하는 것을 기대할 정도는 아니었다.

그러기엔 검엽이 속으로 삭이며 보낸 팔 년의 세월이 지나치게 길었다.

"큰 거였어?"

일각이 다 되어 돌아온 그를 보며 운려가 물었을 때 검엽은 마음이 가벼워지는 것을 느꼈다.

그를 향한 운려의 두 눈에는 깊은 신뢰와 누구도 대신할 수 없는 우정이 담겨 있었다.

바람처럼 말 등에 올라탄 검엽이 심드렁한 어투로 물었다.

"꼭 그렇게 물어봐야 직성이 풀리냐?"

"어."

"잘났다."

검엽이 풀썩 웃으며 말하자 그들의 실없는 대화를 듣고 있던 사람들도 따라 웃었다.

두두두두두두두!

멈췄던 말발굽 소리가 다시 대지를 떨어 울렸다.

파양호가 지척이었다.

* * *

"대사형, 한번 구경이나 합시다."

태장천은 연무장까지 쫓아와 어린아이처럼 자신을 조르는 천운기를 보며 가볍게 웃었다.
 "사제, 어지간히 심심한가 보군."
 선이 굵은 얼굴에 조금은 어색한 미소를 지으며 천운기가 말을 받았다.
 "수십 년래에 없었던 대회전이 될 거라는 싸움이 아닙니까. 싸움 구경과 불 구경만큼 재미있는 구경거리가 없다는데 이런 큰 싸움을 놓치면 두고두고 아쉬울 겁니다."
 태장천은 천천히 연무장을 둘러싼 사방을 둘러보았다.
 하늘을 찌를 듯 솟아오른 절벽.
 어린아이 머리 크기밖에 안 되는 공간으로 보이는 푸른 하늘.
 계곡은 넓었다.
 연무장의 담 너머로 보이는 수십 채의 고루거각은 고색이 창연했고 웅장했다. 가히 작은 시진을 연상케 하는 규모였다.
 태장천의 시선이 천운기를 향했다.
 "그러고 보니 사제와 함께 밖을 구경한 게 몇 년 전인지 가물가물하군."
 천운기가 쓴웃음을 지었다.
 "스무 살이 넘은 이후로는 그런 적이 없었으니… 아마도 십 년이 넘은 듯합니다, 대사형."
 "벌써 그렇게 되었나?"
 태장천의 눈빛이 아련해졌다.
 돌이켜 보아도 기억나는 건 오직 연무(鍊武)뿐이었다.
 폐관수련… 폐관수련… 계속해서 이어지는 폐관수련…….

폐관수련의 간격은 일 년이 채 되지 않았다. 그가 삼 년의 폐관을 마치고 나온 것도 불과 엿새 전이다.

그가 웃으며 말했다.

"사부님들께서 쉽게 허락하실지 모르겠군."

천운기의 얼굴이 환해졌다.

"제가 벌써 허락을 받아놓았습니다, 대사형."

태장천이 눈을 조금 크게 떴다.

"내가 찬성할 거라고 믿었던 것이냐?"

"청천곡(靑天谷)이 넓다 하나 십 년을 머물고 답답함을 느끼지 못할 정도는 못 되죠. 바깥 구경으로 기분을 바꾸고 싶어 하실 거라 믿었습니다."

"하하하하! 네가 나보다 나를 더 잘 아는구나."

태장천이 호쾌하게 웃는 것을 보는 천운기의 눈에 음산한 빛이 찰나간 스쳐 지나갔다.

'대사형, 당신보다 내가 더 당신을 잘 아는 부분은 그 외에 또 있소. 밖으로 나가면 충분히 그것을 경험하시게 될 것이오. 벌써 그리 놀라시면 소제가 너무 실망스럽지 않겠소이까.'

태장천이 돌아보았을 때 천운기의 눈은 곡 내의 사람들이 언제나 보는 듬직한 면모만을 보여주고 있었다.

태장천이 말했다.

"사매와 결이도 데리고 가자꾸나. 사제가 그리 보고 싶어 할 정도라면 그들도 보고 싶어 할 테니까."

예상했던 태도였다.

그리고 천운기가 바라던 말이었다.

"사매와 막내 사제를 아끼는 대사형이 그리 말씀하실 줄 알고 벌써 운을 떼어보았습니다만……."

"하하하, 사매가 가지 않겠다고 했군."

태장천은 천운기가 흐린 뒷말을 충분히 짐작한다는 듯 말했다.

천운기는 쓴웃음을 지으며 말했다.

"사매는 시산혈해를 보고 싶지 않다더군요. 천성이 피를 그렇게 싫어하니… 사매의 고집은 대사형도 잘 아시지 않습니까. 사매와 함께 가는 건 포기했습니다. 하지만 막내 사제는 끌어낼 수 있었습니다."

말에 담긴 뜻이 있다.

태장천이 의아한 듯 눈을 깜박였다.

"결이가 반대를? 그렇게 세상 구경하는 걸 좋아하는 녀석이 안 나가려고 했단 말이냐?"

"막내 사제는 요즘 개인 연무장에 틀어박혀 무엇을 하는지 도통 밖으로 나올 생각을 하지 않습니다."

"그래? 폐관을 마치고 나온 날 보았을 때는 그리 느끼지 않았었는데? 내가 잘못 보았는가 보군. 새로운 깨달음을 얻은 건가?"

"그런 듯도 합니다. 최근 기도가 눈에 띌 정도로 좋아지고 있더군요."

"기쁜 일이군."

태장천은 미소와 함께 말을 이었다.

"호남이 전장이 될 것이라고 했지?"

"예, 대사형."

"꽤 긴 여행이 되겠어."

"준비는 다 되어 있습니다. 사부님들께 인사드리고 출발만 하면 됩니다."

"어지간히도 그 싸움에 흥미가 동했군, 하하하! 내일 아침에 인사드리고 출발하자."

"예, 대사형."

십여 년 만의 나들이를 생각하는 태장천의 얼굴은 밝았다. 그리고 천운기의 얼굴은 태장천보다 더 밝았다.

*   *   *

무맹의 무사들을 위해 준비된 열다섯 척의 배는 척천산장 소유의 상선들이었다. 호남상단이 장강을 따라 동서 교역을 할 때 사용하는 이 배들의 규모는 상당해서 한 척당 오십 명에서 육십 명이 탔음에도 불편을 느끼지 못할 정도였다.

배에 탄 후에 검엽은 얼굴만 보았을 뿐 소속이 달라 얘기를 하지 못했던 두 사람과 대화를 할 수 있었다.

두 사람, 그들은 온몸이 차돌처럼 단단하다는 인상을 주는 콧수염의 사내 방건과 승복을 입은 조각처럼 아름다운 여검수 헌원미림이었다.

방건은 얼마나 반가운지 검엽의 양 팔뚝을 부여잡고 일시간 말을 잇지 못했다.

"대협······."

검엽은 쓰게 웃었다.

대협이라는 방건의 말이 어색했던 것이다.

그의 나이는 이제 열아홉이지 않은가.

"방 형, 함께 오면서도 인사를 못했습니다."

"무슨 말씀을! 내가 찾아와 인사를 했어야지 어떻게 대협이 나를 찾아옵니까. 그리고 그건 벽 부단주님이 칼날처럼 엄하게 지휘해서 어쩔 수 없는 일이었지 않습니까."

방건의 말투는 깍듯했다.

정남에서 그는 검엽에게 두 번 목숨의 구함을 받았다.

검엽의 행동이 그만을 살리기 위한 것은 아니었지만 결과적으로 살아남은 철혼단 소속 무사는 그 하나뿐이었다. 그가 검엽을 어찌 생각할지는 불문가지였다.

"저는 고 대협과 함께 이 전쟁에 참여하게 되어서 정말 기쁩니다. 승리는 정해진 것이나 다름없으니까요."

방건의 어투는 진지했고, 누구나 느낄 수 있는 진심이 담겨 있었다.

하지만 사람을 면전에 두고 이 정도로 금칠을 해대면 어떤 철면도 감당하기 어렵다.

신경 줄이 남보다 몇 배는 굵은 검엽도 예외는 아니었다.

그의 뺨에 희미한 홍조가 떠올랐다.

그들이 있는 곳은 본래 창고로 쓰이는 두 개의 선실 중 하나로, 운려를 비롯한 승룡단 무사 삼십여 명이 함께 있었다. 그리고 그들의 시선은 모두 호기심에 가득 차서 그와 방건을 향해 있는 상태였다.

다행히 운려는 이 자리에 없었다.

옆 선실에 있는 사람들과 할 얘기가 있다며 간 덕분이었다. 그녀가 있었다면 검엽은 무슨 소리를 들었을지 몰랐다.

그는 재빨리 화제를 바꿨다.

더 이상 방건의 입에서 말이 나오게 해서는 곤란했다.

"봉 형의 시신은 찾았습니까?"

검엽을 만나 반가워하던 방건의 안색이 순식간에 어둡게 변했다.

"고 대협께서 말씀하신 곳에 사람을 보낸 것으로 압니다만 아직 발견했다는 얘기는 듣지 못했습니다."

"형산 깊은 곳이라 시간이 걸릴 겁니다."

"정남에서 거기까지 봉 형을 포기하지 않고 가신 것에 대해 늦게나마 감사드립니다, 고 대협."

두 사람의 대화를 듣고 있던 사람들 사이에 작은 웅성거림이 일어났다.

그들은 회계산에서 나온 후 정남의 싸움 얘기를 들었다. 하지만 그 싸움의 상세한 전말은 모르고 있었다.

그러니 놀랄 수밖에 없었다.

정남과 형산은 거리상으로 오백여 리나 떨어져 있었기 때문이다.

포기하지 않았다는 방건의 말과 시신이 형산에 있다는 말을 종합하면 검엽은 죽을 정도의 상처를 입은 봉 형이라는 사람을 데리고 정남에서 형산까지 갔다는 말이 된다.

이미 무맹 측이 각색해서 뿌린 이야기로 인해 패도 초인겸이 정남의 싸움 이후 검엽을 얼마나 처절하게 추적했는지 모르는 사람이 없는 상황이다.

그렇게 추적을 당하며 죽어가는 동료를 포기하지 않는다는 것은 누구도 쉽게 할 수 없는 일이었다.

검엽을 보는 사람들의 시선에 탄복의 기색이 어렸다.

화제를 바꾸었는데도 거북한 분위기가 나아지기는커녕 악화되자 검엽은 혀를 찼다.

화제를 바꾸는 걸로는 부족했다.

사람을 바꾸어야 했다.

그의 시선이 자신을 향한 수십 개의 시선들 중 별처럼 반짝이는 눈을 향했다.

"헌원 소저, 반갑습니다."

헌원미림은 말없이 일어나 포권으로 검엽의 인사를 받았다.

그녀의 시선이 똑바로 마주쳐 왔다.

강렬하고 흔들림없는 눈.

검엽은 일 년여 만에 보는 헌원미림의 성취에 내심 놀람을 금치 못했다.

심안으로 읽을 필요도 없었다.

천 년을 버틴 거암처럼 단단한 헌원미림의 두 눈은 그녀가 정남에서 만났을 때보다 배는 더 강해져 있다는 걸 충분히 알 수 있게 했던 것이다.

'시간은 나한테만 흐르는 게 아니라는 걸 깜박했구만.'

검엽은 소리없이 웃었다.

헌원미림은 마지막 순간까지 방건을 지켜주었다.

검엽도 지난 일 년을 통해 많은 것을 배웠다.

그중의 하나가 전장에서 믿을 수 있는 동료란 많을수록 좋다는 것이었다.

第六章

청발, 청미, 청염.
바다처럼 푸른 청의.
등을 사선으로 가로지른 다섯 자 길이의 대도.
융주 지부의 정문 양옆에 도열한 일천오백 무사들의 울대가 움직였다.
뒷짐을 지고 느릿한 걸음으로 정문을 통과하는 초평익의 모습은 그들이 전설처럼 전해 듣던 모습 그대로였다.
마도의 새로운 하늘을 열었다는 일곱 명의 거인들 가운데 일인.
안으로 들어서는 초평익의 걸음과 함께 무사들의 감정도 진폭을 더해갔다.
삼엄한 예기와 흥분, 하늘을 찌를 듯 높은 사기, 맹수처럼 거친 살기.

 무사들은 입술을 비집고 튀어나오려는 함성을 억누르기 위해 노력해야만 했다.

 그들은 초평익을 처음 본 것이다.

 초평익의 오른쪽에는 혁련화가 왼쪽에는 융주 지부장 난마검(亂魔劒) 감승이 걷고 있었다.

 그들의 뒤를 초평익과 같은 청삼을 입고 같은 크기의 대도를 찬 일백오십 명의 장한이 따랐다.

 그들에게서는 융주 지부에 먼저 도착해 있던 혈풍대 무사 칠백과 잔풍대 무사 육백 명의 기세를 압도하는 막강한 패기가 흘렀다.

 서른 살의 장년인부터 칠십은 되어 보이는 노도객까지 노소가 뒤섞인 일백오십 명의 청삼도객.

 그들은 천추군림성의 일곱 기둥 가운데 하나인 패천도귀전의 도객들이었다.

 초평익이 평생을 통해 키워낸 도의 고수들.

 융주 지부는 본래 일백 명의 혈풍대 무사가 주둔하고 있는 최일선 방어 거점 중의 하나였는데 지금은 전쟁을 위한 전진 거점으로 변화해 있었다.

 정연하게 세워진 군막들이 연무장을 가득 메웠고, 곳곳에 무기와 식량이 산처럼 쌓여 있었다.

 지부장실에 들어선 초평익은 의자에 앉았다.

 그를 따라 들어선 사람은 모두 여섯.

 혁련화와 감승, 그리고 패천도귀전의 부전주이자 초평익의 제자인 패천마도객(覇天魔刀客) 곡웅과 귀마안 서열 삼위자인 남도정, 혈풍대를 지휘하는 독안비검(獨眼飛劍) 낭악과 잔풍대의 지휘자 천살장(天殺掌) 능표였다.

초평익은 남도정을 보며 물었다.

"내가 늦지는 않았겠지?"

쥐상의 오십대 사내, 남도정이 공손한 어조로 대답했다.

"딱 적당한 시점에 도착하셨습니다. 무맹에서 보낸 놈들과 척천산장의 주력이 신녕(新寧)에 이틀 뒤 도착합니다."

"이천 정도라고 들었다. 맞느냐?"

"예. 무맹에서 보낸 놈들이 팔백 정도이고, 척천산장에서 모은 떨거지들이 일천이백가량입니다."

귀마안의 세작들 중 절반 이상이 현재 호남과 광서의 경계선에 집중 배치되어 정보를 수집하고 있었다. 무맹의 산운전도 비슷한 전력을 투입하긴 군림성과 다를 바 없었다.

초평익은 눈을 반쯤 감았다.

피가 뜨거워지고 있었다.

적의 피를 본 적이 언제인지 기억도 나지 않았다.

가히 삼십여 년 만의 전장이 아닌가.

그가 말했다.

"무맹의 박쥐들은 정사 중간인 자신들의 성향처럼 치고 빠지는 형태의 싸움을 즐긴다. 모두 그 점을 명심하고 대비를 철저히 하도록."

무맹을 떠올린 사람들의 얼굴에 비릿한 조소가 스쳐 지나갔다. 경멸의 기색이 뚜렷한 조소였다.

초평익은 그런 제자와 수하들의 태도가 별로 마음에 들지 않았다. 싸움에 임한 자가 적을 경멸하는 건 금기 중의 금기였다.

하지만 그는 그들을 꾸짖지 않았다. 그들의 마음이 어떤지를 잘 알고 있었기 때문이다.

군림성의 무사들은 정면 대결을 선호했다.

우회해서 뒤를 치거나 함정을 파놓는 건 나약한 자들이나 하는 짓이라고 생각하기 때문이었다.

그들은 강자라는 자부심을 갖고 있었으며 실제로도 그 자부심이 어색하지 않을 만큼 강했다.

삼패세가 쟁패할 때도 그들은 항상 정면에서 적을 쳤다. 그리고 수많은 싸움에서 승리했다.

그런 그들에게 기습과 함정을 좋아하는 무맹의 무사들은 진정한 무사가 아니라 뒷골목의 파락호들에 불과했다.

'싸움이 시작되면 한 번쯤 마음들을 다잡아줘야겠군. 지금은 사기를 고양시켜 할 시점이야. 굳이 기를 죽일 필요는 없다.'

초평익의 눈빛이 스산해졌다.

어차피 군림성의 최종 지휘권은 그에게 있었다. 다른 사람들은 그의 지시를 받아 싸울 뿐이다. 그가 적을 경계하는 마음을 풀지 않으면 되는 것이다.

그가 다시 남도정에게 물었다.

"고검엽은?"

심장을 짓누르는 듯한 지독한 살기가 단숨에 집무실을 장악했다.

사람들의 안색이 파리하게 질렸다.

그들 중 고수 아닌 자가 없었지만 누구도 초평익의 기세를 감당하지 못했다.

숨이 막혀 죽을 것 같은 얼굴이 된 남도정이 안간힘을 쓰며 대답했다.

"철혼단 예하의 외단인 승룡단 소속으로 이번 싸움에 참전했음을 확인했습니다. 그 또한 이틀 뒤 신녕에 도착할 것입니다."

"이틀 뒤라… 우리 측의 출진 준비는 끝났는가?"

질문의 대상은 융주 지부장 감승이었다.

하얗게 질린 얼굴로 서 있던 감승이 반사적으로 대답했다.

"예, 전주님. 명만 내리시면 언제든지 출진할 수 있습니다."

고개를 끄덕인 초평익이 중얼거렸다.

"신녕까지 천천히 바람이나 쐬며 걸어가면 되겠군."

분위기가 부드러워졌다.

무림 세력 간의 싸움은 군문의 싸움과 달라서 땅을 차지하는 건 의미가 없다.

중요한 것은 그 지역 내에서 자기 세력의 영향력이 통하도록 하는 데 있다. 그 지역 내에 자신의 세력을 추종하는 문파나 사람이 없더라도 강대한 영향력을 행사할 수 있으면 그로 족하다.

물리적으로 확보한 전 지역의 지배는 가능하지 않았다. 무림 문파는 나라가 아니다. 나라가 지배하는 방식으로 지배할 만한 재화와 인력을 투입할 능력이 없는 것이다.

제아무리 병법의 요충지라 할지라도 무림 세력들이 점령전을 하지 않는 이유가 그 때문이다. 물론 정남처럼 점령이 필요한 지역도 있지만 그런 경우는 백에 하나 있을까 말까 하다.

이번 싸움도 그렇게 진행이 될 터였다.

신녕에 모인 무맹의 주력이 격파된다면 무맹과 척천산장은 적어도 호남성 남부 지역의 영향력을 포기할 수밖에 없었다. 이번 싸움에 척천산장은 전력의 삼분지 이를 투입한 것으로 알려져 있었으니까.

그 정도의 전력이 무너진다면 척천산장이 호남성 남부에 지금까지와 같은 영향력을 유지하는 것은 불가능했다.

신녕까지 가는 길에 있는 군소문파나 신녕 주변의 문파들은 굳이 손을 댈 필요도 없는 것이다.

초평익이 바람이나 쐬며 걸어간다는 말의 이면에 깃들어 있는 진정한 뜻이었다.

잠시 후 초평익은 감승에게 명령을 내렸다.

"이틀 뒤 출진하겠다. 만반의 준비를 갖추어두도록."

"예, 전주님."

"다른 사람들도 그날에 맞추어 최상의 몸 상태를 만들어놓아라. 이 싸움이 시작되면 몸을 돌아볼 여유는 없을 것이다."

"알겠습니다."

조금은 들뜬 듯한 하지만 무시무시한 살기가 어린 대답이 일제히 터져 나왔다.

사람들이 나가고 난 후 집무실에는 초평익과 혁련화 두 사람만 남았다.

초평익이 온화한 눈으로 혁련화를 보며 물었다.

"화아야, 이 싸움이 어떻게 진행될지 생각해 보았느냐?"

집무실에 들어선 후 아무런 말도 없이 얘기만 듣고 있던 혁련화가 초평익의 어깨를 백옥 같은 손으로 주무르며 입을 열었다.
"그들도 확전을 원하지는 않을 테니 단기간에 승부를 내려하겠지요. 할아버님을 어떻게든 상대하려 할 거라고 생각해요. 이번 전쟁의 성패는 할아버님을 저들이 막을 수 있느냐 없느냐에 달렸어요."
"녀석, 이 할아비를 너무 높이 평가하는 것 아니냐?"
"그럴 리가요. 평소에 소손이 남을 평하는 것이 너무 야박하다고 하신 분이 할아버님 아니셨나요? 호호호."
맑은 웃음소리.
초평익도 나직하게 너털웃음을 터트렸다.
"허허허, 네가 이 할아비를 할 말이 없게 만드는구나."
웃음을 멈춘 그가 물었다.
"무맹에서는 이 할아비를 상대하기 위해 누구를 보냈을까?"
귀마안이 수집한 정보 중에는 무맹을 출발한 삼십 명의 중, 노년층 고수들이 포함되어 있었다. 그러나 그들 중 십여 명은 귀마안에서도 정체를 파악하지 못했다.
무맹이 보안 유지에 전력을 다하고 있기 때문이었다.
"적어도 오대세력의 수장 급에 버금가는 고수일 거예요. 그런 고수가 아니라면 할아버님의 걸음을 일보도 멈추게 하지 못할 거라는 걸 그들도 잘 알고 있을 테니까요."
"오대세력의 수장 급이라면?"
"두 걸음 정도는 지체시킬 수 있지 않을까요?"
"허허허허, 그들 정도로 내 걸음을 한순간이나마 지체시킬 수 있을까?"

질문의 형태지만 내용은 어림없다는 기색이 역력했다.

광오의 극을 달리는 어투.

하지만 혁련화는 그것을 당연하게 받아들였다.

말을 한 사람이 패마성 초평익이었으니까.

혁련화는 살짝 초평익의 눈치를 살폈다.

그녀는 한 가지를 걱정하고 있었다.

그에 대해 초평익에게 경각심을 일깨워 줄 필요도 절실하게 느꼈다.

그녀는 결심을 하고 말문을 열었다.

"할아버님, 소손이 한 말씀드려도 될까요?"

"얼마든지."

"저들은 고검엽을 절대로 우리에게 넘겨주지 않겠다고 내부적으로 천명했어요. 그럴 수밖에 없었지요. 하지만 그 이후 그들은 고검엽을 전장으로 보냈어요. 그를 무맹 총타에 둘 수는 없는 입장이라도 척천산장에 머물게 할 수는 있는 일이었죠. 최일선의 전장보다는 분명 안전한 곳이니까요. 이상한 일이 아닐 수 없죠. 저는 그런 저들의 움직임을 보면서 저들이 고검엽을 참전시킨 것에 다른 의도가 있다고 보았어요. 그리고 생각해 보니 그는 정말 쓸 데가 있더군요."

혀를 내밀어 살짝 입술을 축인 그녀는 말을 이었다.

"그의 쓰임새는 정해져 있지요. 호랑이를 산에서 끌어내는 미끼의 역할로요."

초평익의 눈빛이 신광을 토했다.

"나를 끌어내기 위해서?"

"예, 그가 움직인다면 할아버님께서는 과연 참을 수 있으시겠어요? 그것이 분명 함정임을 알고 계신다 하더라도 할아버님은 고검엽에게 가실 거예요."

혁련화는 단언하듯 말했다.

초평익은 침묵했다.

혁련화의 말은 옳았다.

고검엽이 코앞에서 어른거린다면 초평익은 그것이 함정이라도 움직일 것이다.

"허……. 네가 옳다. 그런 상황이 된다면 나는 참지 못할 것이다. 그래, 그런 때가 온다면 내가 어찌해야 한다고 생각하느냐?"

혁련화가 활짝 웃었다.

"그들이 원하는 대로 해주시면 돼요, 할아버님."

"응?"

"뛰는 자 위에 나는 자가 있음을 보여주면 되니까요."

혁련화의 비유에 눈을 번뜩인 초평익이 고개를 젖히며 광소를 터트렸다.

"으하하하하! 너는 과연 군림성의 보물이다!"

초평익은 자신의 어깨를 주무르는 혁련화의 손을 한 번 쥐었다 놓았다. 그의 눈엔 대견스러워하는 기색이 가득했다.

웃음소리의 여운은 오랫동안 집무실을 떠나지 않았다.

* * *

호남성 신녕 서남쪽 야산 지대.

무맹 숙영지.

해가 진 지 반 시진도 지나지 않았다. 아직 초저녁에 불과한데도 숙영지는 깊은 정적에 잠겨 있었다.

이천이 넘는 무인들이 운집한 곳이지만 바늘 떨어지는 소리도 들릴 듯했다.

흐르는 것은 터질 듯한 긴장과 살을 에는 듯한 살기뿐.

검엽은 승룡단을 위해 마련된 군막의 구석에 팔베개를 하고 누워 있었다.

얇은 천 한 장이 덜렁 깔린 맨땅 위다.

땅을 고르긴 했어도 배기는 느낌은 피할 수 없었다.

그래도 눈을 감고 있는 검엽의 얼굴은 편안해 보였다.

순양의 동굴에서 보낸 시간들에 비하면 맨땅은 객잔 수준이었다.

군막 안에는 그 외에도 열 명의 남녀가 있었다. 그들 중에는 척천산장 요인들의 후예인 진월성과 육청기, 오유진, 그리고 송여경이 포함되어 있었다.

방건과 헌원미림의 모습은 보이지 않았다. 그들은 철혼단 소속이어서 군막이 달랐다.

운려의 모습도 보이지 않았다.

신녕에 도착한 오후부터 지금까지 수뇌부는 한곳에 모여 숙의를 거듭하고 있었다.

따갑게 와 닿는 눈길.

검엽은 속으로 한숨을 내쉬었다.

돌아보지 않아도 누구의 눈길인지 뻔했다.

다른 사람과 섞이고 싶지 않다는 의사를 온몸으로 드러내고 있는 터라 누구도 검엽에게 말을 걸지 못하는 상황이었다.

이런 그에게 말을 걸까 말까 망설일 사람은 한 명밖에 없었다.

오유진이다.

파양호에서 배를 탔을 때부터 오유진은 어떻게든 검엽과 말을 할 수 있는 자리를 만들려고 애를 써왔다.

"저… 고 소협."

망설이는 어투.

역시 오유진이었다.

승룡단 내에서 검엽의 위치는 특별했다.

공식적인 그의 직책은 승룡일대주의 특별 호위무사였다.

승룡단주의 지휘도 받지 않으며 오직 승룡일대주의 지휘만을 받게 되어 있었다. 직책은 상부에서 맘대로 정한 것이고.

출전하기 전 그는 군사부에 그것을 요구했고 구양일기는 이를 갈며 허락했다.

파격적인 조치였다.

그러나 그 조치는 큰 무리 없이 승룡단 내부에서 받아들여졌다.

검엽은 실력이 검증된 절정고수였으니까.

혈조사마, 정남의 싸움, 그리고 패도 초인겸을 패사시킨 자.

이제 일류에 들어섰거나 절정을 막 바라보기 시작한 승룡단 무사들과 그가 동격일 수는 없는 것이다.

무림은 누가 뭐래도 강자가 대접받는 세상이 아닌가.

그래서 검엽의 호칭은 여전히 소협이었다.

검엽은 눈을 떴다.

그는 상체를 일으켜 앉으며 물었다.

"무슨 일입니까?"

막간산에서 아무 생각 없이 했던 말로 인해 오유진이 받았던 마음의 상처를 그는 기억하고 있었다. 예의하고는 거리가 먼 그가 몸을 일으킨 이유였다.

반응은 심드렁했지만 오유진은 개의치 않았다.

검엽의 그런 태도는 그녀에게만 해당되는 것이 아니라 운려에게도 마찬가지였으니까.

"초인겸과의 일, 얘기해 주실 수 있으세요?"

오유진에게 화제는 중요하지 않았다. 그녀는 그저 검엽에게 말을 붙일 구실로 초인겸을 찾아냈을 뿐이다.

하지만 군막 안의 다른 사람들은 그녀와 생각이 달랐다. 그들의 귀가 동시에 쫑긋 섰다.

검엽이 혀를 차며 말문을 열었다.

"맹에서 공표한 것이 답니다. 더 보태고 뺄 것이 없습니다."

오유진의 안색이 흐려지는 것을 보며 검엽이 조금 난감해할 때 군막의 문에 운려가 나타났다.

그녀는 인상을 잔뜩 찡그리고 있었는데, 검엽과 오유진을 번갈아 보고는 고개를 절레절레 저었다.

"엽아, 잠깐 나 좀 봐."

검엽은 번개처럼 자리에서 일어났다.

실망한 기색이 역력한 오유진을 뒤에 남기고 검엽은 운려를 따라 군막을 나섰다.

운려는 군막에서 십여 장 떨어진 공터에서 걸음을 멈추고 돌아섰다.

여전히 인상을 찌푸린 채였다.

검엽은 의아했다.

무맹에 도착한 이후 그는 운려의 얼굴을 저렇게 만들 수 있는 일을 벌인 적이 없었다.

그가 물었다.

"왜 그래?"

"너, 언제 단목 낭자를 만났었던 거야?"

운려의 어투는 떨떠름했다. 그녀가 입에 올리기 껄끄러운 사람을 말할 때 쓰는 투였다.

검엽은 멍해졌다.

"단목 낭자? 그 사람이 누군데?"

이번에는 운려가 어리둥절해졌다.

"단목혜 낭자 몰라?"

"몰라."

"어? 이상하네. 그럼 그녀가 왜 너를 찾지?"

"날 찾는다구?"

"응."

검엽이 눈살을 찌푸렸다.

"난 모르는 여자야. 잠이나 잘란다."

운려가 돌아서 군막 안으로 들어가려는 검엽의 소매를 잡았다.

"그러지 마. 일단은 만나보는 게 좋아. 안 그러면 피곤해져."

"무슨 소리야?"

검엽이 투덜거리며 묻자 운려는 연신 고개를 갸웃했다.

검엽은 그녀에게 거짓말을 하지 않는다. 더구나 이런 일은 속일 이유가 없었다.

"넌 그녀를 모르는데 그녀는 널 잘 아는 것처럼 말했어. 정말 이상하네."

"안 만나면 피곤해지는 이유나 말해봐."

"그녀는 맹주의 따님이거든."

"맹주의 딸? 그럼 아줌마겠구만. 그런 아줌마가 왜 날 보자고 해?"

"이십팔 세야."

"뭐?"

검엽은 눈을 크게 뜨고 껌벅였다.

단목천은 팔십이 넘었다. 그의 딸이 어떻게 이십팔 세가 될 수 있단 말인가. 손자인 단목린과 엇비슷한 나이였다.

"콩가루 집안 냄새가 나는구만."

검엽이 중얼거리자 운려가 어깨를 으쓱했다.

"린 오빠를 알면서도 그런 말을 해? 콩가루 집안에서 린 오빠 같은 사람은 못 나와. 단목 낭자의 일신에 얽힌 사정이 복잡한 것 같지만 그 사정이 뭔지는 아무도 몰라. 그녀에 대해 언급하는 건 무맹 내에서 금기거든. 맹주님이 좋아하지 않으신대."

"그렇다 치고. 그런 신분의 여자가 이 살벌한 곳에는 왜 왔대?"

"난들 알겠어? 사람 죽는 거 보고 싶었나 보지 뭐."

마음에 들어 하지 않는 기색이 노골적으로 묻어났다.

검엽의 미간에 골이 파였다.

"평이 그 정도로 좋지 않은 여자야?"

"다들 쉬쉬해서 구체적인 얘기는 나도 잘 모르지만 소문이 좋지는 않아."

"아무튼, 그녀가 왜 날 보자는 거야?"

"나도 몰라. 너한테 꼭 할 말이 있다면서 만남을 주선해 달라고 해서 그러마, 라고 했어. 맹주님은 그녀 말이라면 들어주지 않는 것이 없다는 소문이 있어. 그녀와 척을 지면 가뜩이나 미움받는 네 입장이 더 어려워져. 가서 대충 얘기나 들어봐. 그리고 의외로 좋은 시간이 될 수도 있어."

운려의 눈초리가 음흉해졌다.

그런 눈초리가 될 때마다 뒤통수를 맞은 기억이 있는 검엽은 흠칫한 기색이 되었다.

운려의 말이 이어졌다.

"무맹 밖으로 나서지 않아서 그렇지 그녀는 천하를 통틀어 다섯 손가락 안에 든다는 말을 듣는 미녀거든."

"일없네."

투덜거리면서도 검엽은 운려가 가르쳐 준 군막을 향해 걸음을 떼었다.

그도 한 번 만나자는 별거 아닌 요청을 거절해서 쓸데없는 풍파를 만들 생각은 없었다.

'죽여달라고 고사를 지내는구만.'
검엽은 자신을 부른 단목혜의 군막 앞에서 혀를 찼다.
주변에 세워진 군막들과 달리 단목혜의 군막은 흰색의 최상급 가죽으로 만들어져 있었다.
숙영지의 후미에 자리 잡고 있었지만 일 장만 허공으로 뛰어올라도 단번에 눈에 들어오는 화려한 군막이었다.
군막의 지면까지 늘어진 긴 주렴 앞에는 호위무사 두 명이 서 있었다.
아무 생각 없이 그들을 돌아보던 검엽이 뜻밖이라는 표정을 지었다.
낯이 익은 사람이 그를 보며 어색한 미소를 짓고 있었기 때문이었다.
"오랜만입니다."
검엽이 간단한 인사를 건네자 능마도 혁만호는 헛기침과 함께 포권을 했다.
"험험, 막간산에서 보고 일 년 만이군요."
검엽의 눈이 미묘하게 빛났다.
순양에서 만났던 위무양이 해준 말이 떠올랐던 것이다.
'그가 훔쳤다는 물건의 주인이 단목혜였었나 보구만.'
위무양은 자신이 무맹 내에서 훔친 물건의 주인이 여자라고 말했었다.
그가 주렴이 늘어진 문 앞에 서자마자 기다렸다는 듯 옥구슬이 구르는 것처럼 아름다운 음성이 안에서 흘러나왔다.

"들어오세요, 고 소협."

주렴을 젖히고 들어선 검엽은 사방을 환하게 밝히는 십여 개의 대황초와 바닥에 깔려 있는 붉은 융단, 그리고 장정 서넛이 굴러도 남을 만큼 큰 침상과 중앙에 놓인 고풍스런 탁자를 볼 수 있었다.

탁자의 맞은편에 앉아 그를 바라보고 있는 화려한 궁장 차림의 절세의 미녀도.

장미처럼 도도하고 요염하면서도 백합처럼 순결해 보이는, 독특한 분위기의 절세미인이었다.

미인도에서 방금 뛰쳐나온 것처럼 아름다운 여인은 얼굴의 반을 차지하는 크고 맑은 눈으로 그를 보고 있었다.

'이 여인은!'

검엽은 여인의 귀에서 은은한 빛을 발하는 호접 모양의 문양보다 그녀의 얼굴을 보고 내심 의아함과 놀라움을 동시에 느꼈다.

본 적이 있는 여인이었다.

무맹의 숙소에 있을 때 창밖을 내다보던 중 눈이 마주쳤던 여인이었던 것이다.

여인과 눈이 마주친 검엽은 절로 일그러지려는 눈살을 펴기 위해 노력해야만 했다.

겉보기에 가을하늘처럼 맑은 느낌을 주는 여인이었지만 그는 여인의 눈 속에 숨어 있는 속마음을 볼 수 있었다.

특별한 그의 능력이 작용한 것이 아니라 구미부인 진완완과의 동행이 가져다준 경험 덕분이었다.

은밀하게 숨겨진 그 감정은 의심할 여지가 없는 욕정이었다.

구미부인 진완완을 만나기 전이었다면 여인의 눈빛에서 속마음을 읽어내지 못했을 것이다.

'운려가 잘못 알고 있는 거 아냐? 저열한 욕망 덩어리에 조만간 피가 튀고 육편이 날아다닐 것이 분명한 싸움터에서 궁장을 입는 허식까지… 이런 겉만 번지르르한 여자가 그 반듯한 단목린과 혈족 간이라고? 믿기 어렵구만.'

여자도 남자를 밝힐 수 있다. 호색이 남자의 전유물은 아니니까. 더구나 일반 여염집이 아닌 무림의 여인이라면 더욱 그렇다. 세상의 지탄을 받기는 하겠지만 당사자가 좋다는데 어쩔 것인가.

불과 얼마 전 검엽은 구미부인 진완완을 통해 그 사실을 몸으로 절실하게 배웠다.

하지만 눈앞의 여인은 진완완과는 다른 부류였다.

검엽은 본능적으로 그것을 깨닫고 있었다.

진완완은 자신의 감정에 솔직했지만 자신의 성(性)을 수단으로 사람을 얻으려 하지는 않았다. 그녀의 호색은 즐김[樂]에 있었다.

그러나 눈앞의 여인은 자신의 아름다움과 성적인 힘이 남자에게 어떤 영향을 미치는지 잘 알고 있었고, 그것으로 사람의 마음을 제어한 경험이 넘치도록 많은 여인이었다.

단목혜의 호색은 즐김이 아니라 수단이었다.

'감추는 것이 정교해서 드러나지 않을 뿐 사기(邪氣)가 강한

여인이다.'

신마기는 사기와 마기에 영향을 미친다. 반대로 사기와 마기도 신마기의 영향을 미친다. 상호 반응하는 것이다.

검엽은 신마기의 기운이 꿈틀거리는 것을 느꼈다. 하지만 그뿐이었다. 여인은 신마기의 영향을 받지 않았다.

검엽은 내심 혀를 찼다.

'쩝, 역시 신마기가 묘해졌어. 일반인에게까지 영향을 미치더니 사기를 지닌 사람한테는 전혀 영향을 미치지 못하는구만. 하나를 얻고 하나를 잃은 건가…….'

신마기가 정상(?)이 아닌 건 분명했다.

그때 단목혜가 화사하게 웃으며 말했다.

"제가 누군지 몰랐을 텐데, 놀라지 않는군요."

"사람한테 놀랄 일이 있겠습니까. 좀 뜻밖이긴 했지만."

검엽이 심드렁한 어조로 말을 받자 여인의 큰 눈에 흥미롭다는 기색이 완연해졌다.

그녀의 아름다움은 타고난 것에 후천적인 노력이 결합되어 이루어졌다. 사내라면 그 매력 앞에서 검엽처럼 반응할 수 없었다.

그녀는 백옥 같은 손을 들어 살포시 가슴을 눌렀다.

가빠지는 숨결을 가라앉혀야 했다.

사내들 중에는 가시가 돋친 꽃을 유달리 꺾고 싶어 하는 자들이 있다. 성취욕이 충족되는 것이 느껴진다고 하던가.

여인들 중에도 물론 그런 사람이 있었다.

단목혜가 그런 여인이었다.

"제가 소협을 뵙자고 한 것이 큰 실례였나 보군요. 수십 년 만에 벌어지는 이 전쟁의 원인이 된 분이 과연 어떤 분인지 보고 싶었을 뿐이에요."

검엽이 머리를 쓸어 올렸다.

변체환용공으로 인해 평범하게 변한 그의 얼굴이 대황초 아래 드러났다.

"보셨죠? 그럼 가보겠습니다."

검엽은 덤덤하게 말하고 등을 돌렸다.

그가 원치 않음에도 온 것은 운려의 권유 때문이었다. 그리고 그는 단목혜가 그를 만나자고 한 이유를 대충 짐작하고 있었다.

그동안 그의 진면목에 관심을 보인 여인이 없었던 게 아니라서 단목혜도 소문을 듣고 그를 보고 싶어 하나 보다고 생각했던 것이다.

그의 추측은 맞았다.

멀뚱히 얼굴만 쳐다보더라도 단목혜의 심기를 상하게 하지 않을 마음도 먹고 있었다. 성질대로 하는 건 그에게도 운려에게도 별 도움이 되지 않을 게 분명했기 때문이다.

이곳은 전장이었으니까.

하지만 그는 단목혜와 더 이상 같이 있고 싶지 않았다.

단목혜에게서 느껴지는 사기는 대단히 강했다.

정사 중간이라는 무맹 내에서도 그는 단목혜만큼 사기가 강한 여인을 보지 못했다. 단목혜의 눈에서 흘러나온 사기는 뱀처럼 끈적끈적하게 그의 몸을 휘감았다.

뱀을 좋아하는 독특한 취향을 가진 사람이라면 몰라도 그렇지 않다면 누가 계속해서 뱀을 몸에 두르고 싶어 하겠는가.

검엽은 뱀을 별로 좋아하지 않았다.

어이가 없어진 단목혜의 얼굴이 굳어졌다.

미모에 자신을 가진 여인들은 그것이 무시당했을 때 치욕을 느낀다. 하지만 그녀의 입술 사이로 흘러나오는 말은 여전히 부드러웠다.

"실례가 되었다면 용서하세요."

"실례가 될 일을 하지 않으면 용서를 구할 일도 없을 거요. 그럼 나는 갑니다."

시큰둥하게 말을 받은 검엽은 큰 걸음으로 군막을 나섰다.

쓴웃음을 짓고 있는 혁만호와 눈인사를 한 후 걸어가는 그의 입 안은 썼다.

'저런 여자인 줄 알았다면 운려의 부탁이라도 거절하는 건데… 혹 하나 붙은 기분이구만.'

넓은 군막 안에 홀로 남은 단목혜의 눈빛은 북풍한설처럼 차갑고 매서웠다.

'정보가 잘못된 걸까? 소운려는 린 제와 은밀히 사귀는 중이라고 했었는데? 사내가 다른 여자에게 관심을 보이지 않을 때는 그 마음을 차지한 여인이 있을 때밖에 없어. 소운려… 저 사람과 소운려는 친구지간이라고 했는데 그건 소운려의 입장이고, 저 사람은 소운려를 사랑하고 있구나. 그렇지 않다면 내게 저처럼 차갑고 무심한 반응을 보이지 않았을 거야.'

단목혜의 생각을 운려와 검엽이 들었다면 황당해했을 것이다. 하지만 단목혜는 자신의 판단을 확신했다.

으득.

단목혜의 크고 맑던 눈에 광기와 독기가 어렸다.

그녀는 단목천의 피를 이었지만 결코 세상 밖으로 나갈 수 없는 여인이었다.

오십대에 홀로 된 단목천은 기녀를 통해 욕정을 풀었다. 크게 흉이 될 일은 아니었지만 그의 신분으로 대놓고 기녀를 품을 수는 없는 터라 여인들은 은밀하게 조달되었다.

단목혜는 그렇게 단목천을 상대했던 기녀들 중 한 명의 몸에서 태어났다.

실수로 태어난 여인.

그녀가 단목혜였다.

단목천은 정사 중간의 길을 걷는 인물이지만 원치 않는 자식을 죽여 명예를 지키려 할 정도로 사악하지는 않았다.

그는 단목혜를 철기문의 음지에서 키웠다. 그리고 십대 후반부터는 무맹의 후원에 거처를 마련해 주었다.

보살핌은 충분했다. 그러나 단목혜의 성격은 기형적으로 비틀릴 대로 비틀렸다.

그처럼 놀라운 미모를 지니고도 그녀는 죽을 때까지 결코 세상에 드러나서는 안 되었다.

아는 사람은 다 알면서도 아는 척하는 사람은 아무도 없는 사람이 그녀였다.

그녀가 처한 환경에서 정상적인 성격으로 컸으면 그게 더 신기한 일이었다.

그렇게 성장한 단목혜는 원하는 것을 얻지 못하면 발작을 할 정도로 집착이 강했고, 주변이 자신을 중심으로 움직이지 않으면 견디지 못했다.

하지만 그녀는 자신의 성격을 외부로 드러내지 않았다. 문제가 생길 거라는 걸 잘 알고 있었던 것이다. 단목 가의 뛰어난 두뇌는 그녀에게도 이어졌다.

그래서 지금까지 그녀의 아름답고 우아하기까지 한 외모에서 그녀의 성격을 읽어낸 사람은 아무도 없었다.

그녀의 성장을 지켜본 철기문의 지인들은 물론이고 부친인 단목천도 몰랐다.

하지만 검엽은 그녀의 성격을 한눈에 알아보았다.

검엽은 그녀의 성격적 빈틈에 꽂힌 장창과 같았다.

第七章

천마
검엽
전

장중함이 강물처럼 흐르는 거대한 대전.
마치 도열한 백만대군을 보는 듯 끝없이 이어지는 대리석주들.
석주들의 표면에는 희화화된 백호의 문양이 살아 움직이는 듯 양각되어 있었고, 천장 또한 마찬가지였다.
태사의에 몸을 묻고 있는 금포중년인의 눈빛은 곤혹스러움에 젖어들고 있었다.
포효하는 백호가 전체를 휘어감고 있는 금포.
젊은 시절 절세라 불리었을 것임에 틀림없는 수려한 얼굴.
신화곡이 불타던 날 산정에 서 있던 중년인이었다.
그는 깊게 가라앉은 눈으로 대전의 중앙에 서 있는 노인, 천노를 보며 말문을 열었다.

"천노."

천노가 허리를 숙이며 말을 받았다.

"예, 궁주님."

"고학(古鶴)이 그 아이를 왜 만났을까? 신화곡의 비전을 잇지 않은 것이 분명한 아이를."

"……."

예상했던 질문이었지만 천노는 쉽게 대답을 하지 못했다. 그도 전언을 들은 후 고민을 거듭했지만 답을 구하지 못했기 때문이다.

중년인이 낮은 음성으로 입을 뗐다.

"그 아이가 가문을 이을 생각이 없다는 정보는 의심할 여지가 없는 것인가?"

"팔 년을 지켜본 결과입니다. 그를 지켜보는 자는 믿을 만한 능력을 갖고 있습니다, 궁주님. 그가 잘못 보았을 가능성은 없다고 생각합니다."

"그렇다면 왜 고학은 그 아이를 만난 것일까. 가문을 이을 생각도 없고, 비전도 얻지 못했으며, 이미 나이가 들어 비전을 얻는다 해도 온전한 것을 얻을 가능성도 희박한 아이를……?"

중년인의 눈 깊은 곳에서 태양처럼 이글거리는 신광이 솟아오르기 시작했다.

"천노."

"예, 궁주님."

"천 부주가 수하들은 물론 본인이 직접 그 아이를 주목하는 흔적이 있다고 했었지?"

"예, 그렇습니다."

"팔 년이나."

"예."

"최근 여 곡주는 진애명을 그 아이에게 보냈고?"

"본 궁의 정보망은 천하제일입니다. 그들이 틀린 정보를 얻었을 리 없습니다."

천노의 음성은 확신에 차 있었다.

중년인의 눈빛은 이제 그대로 태양처럼 변해 있었다.

이글거리는 열기와 가공할 기세가 드넓은 대전을 가득 채웠다.

천지가 숨을 죽였다.

중년인의 입술이 서서히 벌어졌다.

"고학과 운중천 부주, 여은향… 십방무맥의 종사 세 명이 한 아이의 주변을 계속해서 맴돌고 있는 이 상황은 절대로 아무것도 아닌 일일 수 없네. 천노!"

"예, 궁주님."

"계획을 앞당긴다!"

시선을 중년인의 발등에 고정시키고 있던 천노가 놀라 고개를 번쩍 들었다.

"궁주님… 아직 준비가……."

"내가 모르고 있는 일이 벌어지고 있다는 생각이 드네. 그렇다고 의혹이 풀릴 때까지 이대로 놓아둘 수는 없는 일일세. 한순간의 실수가 평생의 숙원을 물거품으로 만들 수도 있네."

중년인의 의지는 확고했다.

천노가 긴장한 얼굴로 말했다.

"그럼 그 아이부터……."

중년인이 단호하게 고개를 저었다.

"그 아이는 나중일세. 그 아이가 먼저 제거된다면 고학을 비롯한 무맥의 세 종사들은 가만히 있지 않을 걸세."

천노가 떨리는 음성으로 중년인의 말을 받았다.

"제 생각이 짧았습니다, 궁주님. 하지만 고학을 먼저 상대하기 위해서는……."

그는 제대로 말을 잇지 못했다.

뒤에 이어질 말은 불손함의 극치였기 때문이다.

중년인의 기세가 삼엄해졌다.

"말을 어려워할 필요가 없네. 자네 생각처럼 나는 아직 고학을 홀로 상대하기엔 부족한 점이 있는 게 사실이니까. 하지만 생각을 조금만 달리하면 그를 상대하는 것도 불가능한 일만은 아닐세."

태양처럼 밝게 빛나던 중년인의 두 눈 깊은 곳에 음산한 기색이 스쳐 지나갔다.

천노는 진저리쳐지는 몸을 가누기 위해 전력을 다해야 했다. 그럼에도 그의 몸은 반보 뒤로 밀려났다. 스스로 중원의 패자들인 천공삼좌에 뒤지지 않는다 자부하는 천노가 중년인의 기세조차 이기지 못하고 있는 것이다.

'궁주님의 무공은 믿을 수 없는 속도로 강해지고 있다. 예상한 십오 년의 기한은 육 년이나 남았는데, 육 년 후 궁주님을 막을 수 있는 자는 천하 어디에도 존재하지 않을 것이다. 고학이라면 가능할 수도 있지만… 그처럼 권했어도 택하지 않았던 방법을 궁주님이 택하기로 하신 이상 그 또한 이제는 적이 되지 못한다.'

천노의 입가에 떠오른 미소는 기이했다.

중년인을 자랑스러워하는 기색이 가득한 그 미소는 단순한 수하가 지을 수 있는 미소가 아니었다.

"고학의 위치는?"

"산해관 인근의 마을을 통과했다는 소식이 있었습니다."

"행로는?"

"평정산 방향입니다."

"운중천부의 늙은이가 면벽에 든 곳으로 가는 건가?"

"저는 그렇게 판단하고 있습니다."

중년인은 눈을 감았다가 떴다.

번갯불 같은 신광이 대전을 밝혔다.

"시점은 그가 천태곡(天太谷)으로 돌아온 후로 잡아야겠군."

"그리하겠습니다."

"그의 마음에 들어야 하네."

"최선을 다해 준비하겠습니다, 궁주님."

길게 읍을 한 천노가 대전을 떠났다.

홀로 남은 중년인의 눈빛이 조금씩 변했다.

검은 눈동자의 이면에 안개처럼 뭉친 흑암의 기운.

천노가 그것을 보았다면 앞으로 전개될 상황은 달라졌을지도 몰랐다.

그러나 천노는 그것을 볼 기회를 갖지 못했다.

* * *

 검엽은 이번 싸움에서 무맹의 총지휘권을 가진 인물과 독대하고 있었다.

 장신의 검엽보다 한 뼘은 더 크고 체구는 두 배가 넘는 거구의 육십대 초로인.

 그는 척천산장의 척천전주 대력패도 위경이었다.

 그는 이번에 참전한 무맹의 인물들 가운데 배분상으로도 최상위에 속한 인물이었고, 가장 많은 전력을 투입한 산장을 대표하는 인물이었기에 무맹 총타도 그가 지휘권을 갖는 데 동의했다.

 소진악이 현장에 나와 지휘할 것을 요구하는 사람도 없었고, 그도 그런 생각은 하지 않았다.

 무맹은 일원화되고 수직화된 군림성과는 조직 체계가 다르다.

 호남성이 침범당했다고 소진악이 직접 나설 수는 없는 일이었다. 그가 쓰러지면 호남은 그대로 군림성의 손에 들어가기 때문이다. 하지만 군림성은 초평익이 쓰러져도 성을 잃을 일은 없다.

 소진악이 나설 경우는 산장이 존망의 기로에 서는 경우라야 가능한 것이다.

 군막에 들어선 검엽을 앉게 한 후 불을 토할 듯 강한 눈으로 검엽을 응시하던 위경이 말문을 열었다.

"공적인 얘기는 조금 있다가 하세. 전해줄 말이 있어서 말이야."

"그러시죠."

검엽의 어투는 나름 정중함을 잃지 않으려 노력하는 기색이 엿보였지만 여전히 심드렁했다.

검엽이야 위경이 공적인 말을 하든 사적인 말을 하든 상관할 마음이 전혀 없었으니까.

살짝 찌푸렸던 눈살을 펴며 위경이 말했다.

"와호당의 다섯 호법 분들께서 싸움이 끝난 후 한 번 들르라는 말을 전해달라고 하시더군."

"십 개 월 뒤에는 들를 생각이었습니다."

'운려와의 약속이 끝난 후에 말이죠.'

검엽은 소리없이 웃었다.

"나야 말만 전하는 역할이니 언제 들를지는 자네 마음대로 하게. 간섭할 입장도 아니고 그럴 생각도 없네."

"알겠습니다."

"이제 공적인 얘기를 해보세."

위경의 눈빛만큼이나 어조가 강해졌다.

그가 말을 이었다.

"일대주는 자네를 이 싸움에 적극적으로 활용할 의도가 없어 보이더군."

일대주라면 운려다.

검엽은 어깨를 으쓱했다.

운려는 그의 속내를 누구보다 잘 안다.

그를 보는 위경의 눈썹이 미미하게 꿈틀거렸다.

그는 산장에서 승룡단이 출발할 때 검엽을 처음 보았다. 이야기를 나누는 것도 이번이 처음이었다.

객관적으로 볼 때도 이천 무사의 생사여탈권을 쥔 현재의 그를 대하는 검엽의 자세는 불손한 것이었다. 마음에 들 리가 없는 것이다. 하지만 다행히 그는 검엽에 대해 이곳에 오기 전 와호당의 노인들에게서 들은 것들이 있었다.

그는 뒤틀리는 속을 내색하지 않으며 말했다.

"하지만 나는 그분과 다르네. 자네는 혈조사마와 초인겸을 죽인 사람일세. 중요한 역할을 할 능력이 충분하다고 보네. 그래서 나는 자네에게 한 가지 일을 맡기려 하네. 군사부에서 자네에게 명령을 내릴 수 있는 사람을 소장주로 한정 지었기에 내가 자네에게 명령을 내린다고 자네가 무조건 따르지 않을 거라는 건 알고 있네. 하지만 나는 자네가 이 일을 해주기를 바라네. 하겠는가?"

"말씀하십시오. 하겠습니다."

검엽의 대답은 망설이지 않고 나왔다.

위경은 뜻밖이라는 표정이 되었다.

와호당의 노인들에게서도 그렇고, 무맹 측 수뇌부 인물들에게서도 그는 검엽이 대단히 소극적이어서 전장에 투입시키기 힘들 거라는 말을 들었었기 때문이다.

위경은 다행이라는 얼굴로 자신의 구상을 얘기하기 시작했다.

"위 전주가 뭐라셨어?"

위경과 독대하고 온 검엽이 군막에 들어오자마자 사람이 없는 곳으로 불러낸 운려가 물었다.

위경에 대해 그녀는 깍듯하게 존대했다. 이런저런 이유를 떠나 산장의 요인들은 그녀에게 숙부들이나 다름없었다. 그들 중 운려를 목마 태워보지 않은 사람은 없는 것이다.

검엽이 덤덤한 어조로 대답했다.

"몇 명 붙여줄 테니 군림성의 이목을 제거해 달라더라."

운려는 고개를 떨구고 발끝으로 지면을 툭툭 찼다.

"너를 끌어들이지 말아달라고 부탁드렸었는데……."

"네가 미안해할 것 없어. 어차피 위 전주가 나를 부리려는 것도 온전히 그의 뜻은 아닐 테니까."

검엽은 지나가는 어투로 말했지만 그 말을 들은 운려는 지면을 걷어차던 발질을 딱 멈추었다.

"응? 그게 무슨 소리야?"

"사전에 계획된 일이라는 소리다. 계획을 짠 사람은 아마도 무맹의 군사부에 있는 여우일 테고."

운려의 안색이 눈에 띄게 굳었다.

군사부의 여우라면 당연히 천호 구양일기다.

"출발할 때 이미 정해진 일이었다는 거야?"

"그래."

"왜 그렇게 생각해?"

운려는 미간을 잔뜩 찡그리며 고개를 갸웃했다.

검엽이 피식 웃었다.

"조금만 생각해 봐도 답이 나올 거야. 네가 아직 순진해서 무맹 수뇌부를 너무 믿는 탓에 생각을 못해내는 것일 뿐이지."

"순진다하고? 내가?"

"그렇다니까. 하하하!"

검엽은 운려의 이마를 손끝으로 밀며 웃었다.

꿈도 크고 하고 싶은 일도 많으며 머리도 천재 소리를 듣는 운려였지만 아직은 온실 속에서 컸다는 말이 어울리는 묘령의 소녀였다. 그녀의 털털한 태도와 영민함이 묻어나는 태도 때문에 그렇게 보는 사람은 드물었지만.

'강호의 바람을 맞으며 몇 년을 보낸 후라면 달라지겠지. 그때는 아주 대단한 여걸이 되어 있을 거야. 흐흐흐.'

운려의 미래를 잠시 생각한 검엽은 얼마 전 자신이 열아홉에 불과하다고 하던 그녀의 말이 떠올랐다.

그녀의 가능성은 무한했다.

'무공이 너보다 강한 여자는 있을 수 있지만 너보다 멋진 여자는 없을 거야. 너는 중원무림사에 한 획을 긋는 정말 멋진 여류무인이 될 거다.'

그가 엉뚱한 생각을 하며 웃는 것을 본 운려의 눈이 고리눈이 되었다.

"혼자 히죽거리지 마. 기분 나.쁘.다!"

딱딱 끊어지는 날이 선 어투.

검엽은 재빨리 얼굴에서 웃음을 지웠다.

그가 말했다.

"생각을 해보자구. 이번 싸움에서 군림성을 이끌 사람은 초평익이겠지?"
"당연하지."
"이 싸움은 장기전이 될 수 없겠지?"
"그럴걸."
운려의 대답은 지체없이 나왔다.
군림성과 무맹은 물론이고 전 무림이 공통적으로 예상하고 있는 일이었다.
싸움이 길어지면 희생이 커지고 그렇게 되면 정무총련만 좋은 일이 될 뿐만 아니라 변황오패천이 엉뚱한 생각을 가질 여지도 주게 되기 때문이다.
"싸움을 빨리 끝내려면 어떻게 해야 할까?"
"……?"
운려는 미간을 찌푸린 채 가만히 검엽을 노려보았다. 그러다가 놀란 듯 눈을 크게 떴다.
"초평익이 죽거나… 네가 죽거나……."
"정답."
검엽은 씨익 웃었다.
미소를 지은 채로 그는 말을 이었다.
"내가 아니었어도 이 싸움은 일어났을 거라는 생각이 들기도 하지만 어쨌든 이 싸움은 나를 요구하는 군림성과 나를 내줄 수 없는 무맹의 싸움이야. 알겠어? 싸움의 열쇠를 가진 사람은 우습게도 나란 말이지. 흐흐흐."
운려의 안색이 변했다.

위경, 아니, 검엽의 말대로라면 무맹의 군사 천호 구양일기가 검엽에게 군림성의 이목 역할을 하는 귀마안의 세작들을 왜 제거하라고 했는지 이유를 깨달은 것이다.

"너를 미끼로 쓸 생각이구나!"

안색이 굳은 그녀가 소리치듯 말했다.

"역시 정답. 역시 똑똑해. 흐흐흐."

검엽은 운려의 머리를 쓰다듬는 시늉을 하며 말을 이었다.

"내가 움직이고, 그 정보가 군림성에 들어가면 초평익은 반드시 나를 잡기 위해 움직인다. 과거 삼패세가 쟁패하던 시절 그가 움직였던 방식을 생각하면 가능성은 십 할이지."

머리로 다가든 검엽의 손목을 팽개치듯 쳐낸 운려가 입술을 떨며 소리쳤다.

"절대 안 돼!"

"할 거다."

운려의 얼굴이 시뻘겋게 달아올랐다.

검엽의 고집이 어떤지 천하에서 가장 잘 아는 사람이 그녀가 아니던가.

운려는 검엽의 코앞으로 다가들었다.

똑바로 눈을 마주친 그녀가 잇새로 뱉듯이 말했다.

"이건, 이건… 아무리 네가 보기 싫다 해도 어떻게 이럴 수가 있어! 네 생각이 맞다면 이건 배신이나 마찬가지잖아. 너는 그걸 짐작하면서도 받아들일 수 있지만 나는… 나는… 정말 받아들일 수 없어! 엽아, 네가 강하다 해도 초평익을 상대로 이기지는 못해. 그는 이미 삼십 년 전 적수를 찾지 못했던 절대 초강고

수야. 지금은 얼마나 강한지 아무도 모른다고! 혈조사마나 초인 겸 같은 자들과는 비교 자체가 불가능한 진정한 절대고수란 말 야!"

거친 열기가 검엽의 턱을 후끈하게 했다.

숨결을 따라 운려의 흥분이 그대로 전해져 왔다.

"정면으로 부딪친다면 그렇게 되겠지……."

검엽은 어깨를 으쓱했다.

그는 자신이 초평익을 상대로 싸워 이길 수 있을지도 모른다는 황당무계한 생각 같은 것은 애당초 하지 않았다.

무맹에서 대륙무제 단목천을 근거리에서 만나본 그였다.

당시 그는 단목천의 잠능을 제대로 읽어내지 못했다. 단목천은 현재의 그가 이룬 성취로도 정확하게 실력을 읽어낼 수 없는 절대의 능력자였다.

그런 단목천과 비슷한 수준이라 평가받는 절대고수를 무슨 수로 상대한단 말인가.

그의 자질을 생각할 때 십 년 후라면 가능할 수도 있었다. 그러나 지금은 불가능했다. 그건 너무나 분명해서 일말의 의심도 들지 않았다.

'일백 초를 받아내면 최상이지 않을까 싶은데…….'

그가 말을 이었다.

"나도 내 목숨 귀한 줄 알아. 여우가 나를 그런 일에 내모는 것도 나를 그냥 내어주기 위한 것도 아니고. 나는 그냥 미끼일 뿐이라고. 초평익을 끌어내기만 하면 되는. 그러다가 죽으면 여우가 좋아하겠지만 나는 그럴 생각 없다. 그러니까 염려하지 않아도 돼."

"어떻게 안 해! 내가 널 산장에서 데리고 나온 사람이잖아. 내가 네게 바란 건 이런 게 아니란 말이야! 나는 그저… 그저 네가 네 삶을 행복하게 만들 계기를 산장 밖에서 잡을 수 있기를 바랐을 뿐인데……."

이를 악문 운려가 검엽의 어깨를 강하게 부여잡았다.

그녀의 손등을 토닥거린 검엽이 말했다.

"이 싸움은 빨리 끝나야 해. 순둥이 려아, 세상은 네 생각보다 더 복잡하고 음험하거든."

검엽의 말에는 따스한 온기가 담겨 있었다.

운려의 눈꼬리가 떨렸다.

"엽아, 너는 어떤 세상을 보고 있는 거야. 네가 보는 세상을 나도 함께 보고 싶어."

검엽은 소리없이 웃었다.

"나중에는 보기 싫어도 보게 될 거야. 네 꿈을 이루는 과정에서. 하지만 지금은 볼 필요 없다. 봐서 좋을 게 하나도 없으니까."

운려와 마주친 검엽의 눈은 심연처럼 깊었다.

지난 일 년간 그는 놀라울 정도로 성숙해졌다.

특히, 사마결과 함께한 시간은 그 자신도 잘 의식하지 못한 사이 그를 완전히 다른 차원의 정신세계로 이끌었다.

짧다면 짧은 시간이었지만 그 시간은 검엽이 인간의 욕망에 대해 적나라하게 들여다볼 수 있는 기회가 되었다.

그 덕분에 그는 이번 싸움에 얽힌 이면의 의미들을 어렴풋하게나마 읽어내고 있었다.

'려아, 후기지수들을 단련시키고 기회를 부여하기 위해 만들었다는 승룡단은… 소모품이야. 너희들 중 몇 명을 제외한 나머지 사람들은 죽으면 죽을수록 무맹에 득이 된다. 후일 수뇌부의 자리를 위협하며 치고 올라올지도 모르는 하부 세력들의 후기지수들은 자연스럽게 죽어갈 거다. 그들 가문의 어른들은 복수심에 불탈 것이고 또 그만큼 무맹의 결속력도 강해지겠지. 하지만 나는 죽어가는 동료들 옆에서 피눈물을 흘릴 널 보고 싶지 않다. 적어도 내가 옆에 있는 동안은. 그러니까 이 싸움은 최대한 빨리 끝나야 돼. 아마도 내가 네 곁에 있는 동안 해줄 수 있는 일은 이것뿐인 거 같다.'

정신적인 성숙과 더불어 검엽이 중원무림과 한 걸음 떨어진 입장인 것이 정세를 읽는 데 큰 도움이 된 것은 분명했다.

정세의 한복판에 휩쓸려 들어가 있는 사람들이 보지 못하는 것을 그는 볼 수 있는 것이다.

검엽은 말을 이었다.

"나는 미끼가 될 거야. 초평익은 나를 잡으려 들겠지. 그리고 무맹의 여우는 그런 초평익을 잡을 거야. 군림성에 머리가 있는 자가 있다면 조금 더 복잡해질 것이고……."

운려는 한숨을 내쉬었다.

검엽은 이미 마음을 정했다.

그녀도 검엽의 마음을 바꿀 수는 없었다.

"제발, 조… 심해……."

검엽은 이를 드러내며 소리없이 웃었다.

"말했잖아, 나도 내 목숨은 귀하게 여긴다고. 그리고 네가 생각하는 것보다 내 명줄은 꽤 굵어. 흐흐흐."

그의 뇌리엔 사마결의 모습이 떠오르고 있었다.

* * *

장성을 넘어 북쪽으로 계속 가다 보면 하늘을 이고 있는 듯한 거대한 산맥과 조우하게 된다.

사방 이천여 리에 달한다는 북방의 대산, 평정산이다.

평정산의 심처.

까마득히 치솟은 웅장한 산봉우리를 뒷담 삼아 세워진 낮은 초막.

초막의 앞은 백여 평의 정원이었고, 탁 트인 정면을 제외한 삼면은 천 년 이상의 수령을 자랑하는 거목들로 둘러싸여 있어 아늑한 느낌이 묻어났다.

그 정원의 한가운데에 낮은 평상이 있었다.

평상 위는 흐릿했다.

사람의 형상으로 일렁이는 운무에 가려졌기 때문이다.

백의노인은 평상을 향해 걸었다.

무심히 내딛는 한 걸음이 십 장의 공간을 뛰어넘는다.

가히 전설의 축지성촌지경.

"고학, 왜 왔나?"

아지랑이에 휩싸인 듯 몽롱한 운무 속에서 흘러나오는 음성은 여전히 신비로웠다.

백의노인, 창궁고학 연휘람은 빙긋 웃었다.

"자네가 심심할 거 같아서 말동무 하러 왔네. 싫은가?"

"킁, 능구렁이처럼 말하는구먼. 내가 볼 때 심심한 사람은 오히려 자네인 듯싶은걸?"

운중천부의 주인, 신무자(神霧子) 동방록의 말에 연휘람은 흔쾌한 웃음을 터트렸다.

"허허허허. 면벽에 들어가더니 눈과 입이 과연 날카로워졌네그려."

"앉으시게."

동방록의 권유에 연휘람은 평상 위로 올라가 앉았다.

운무가 일렁이더니 그 속에서 찻물이 가득 담긴 찻잔이 날아와 연휘람의 앞에 수줍게 내려앉았다.

축지성촌에 이어지는 허공섭물.

무림인들이 보았다면 인세를 떠난 신선이라 오인할 만한 광경이었다.

연휘람은 말없이 차를 마셨다.

동방록은 그런 연휘람을 조용히 지켜볼 뿐이었다.

검엽을 구하는 대가로 그는 삼 년의 면벽을 자청했다.

이는 금약(禁約)에 정해진 바였고, 그는 금약을 지킨 것이다.

그러나 면벽이라고 해서 불문의 스님들이 행하는 것처럼 골방이나 동굴에서 벽을 보며 세월을 보내는 것은 아니었다.

무맥에서는 사방 삼백 장 이내를 벗어나지 않으며, 외부인과 접촉을 금하는 상태를 면벽이라고 불렀다.

찻잔을 내려놓은 연휘람이 먼저 말문을 열었다.

"그 아이를 만나보았네."

운무 속의 동방록의 눈이 커졌다.

"자네가 직접?"

연휘람은 고개를 끄덕였다.

"아주 잘 자랐더구먼."

"잘 자랐다고? 그 천 년 묵은 칡넝쿨처럼 꼬일 대로 꼬인 아이가 말인가?"

"허허허허, 꼬여 보이는 건 사실이지. 하지만 꼬인다고 근본이 어디 가는 건 아닐세. 그는 누가 뭐래도 신마의 지존이라는 창룡신화종의 마지막 후인이 아닌가."

동방록은 호기심 어린 어투로 물었다.

"그 아이가 가문을 이을 가능성을 발견했다는 말처럼 들리네만."

"허허허, 잘못 보았네. 나는 그 아이에게서 자네가 말한 것과 같은 가능성을 발견하지는 못했다네."

동방록은 눈살을 찌푸렸다. 연휘람은 그에게 실없는 농담을 할 사람이 아니었다.

"그럼 근본이 어디 가지 않는다는 말은 대체 무슨 뜻인가?"

"신마기를 이은 자가 진 숙명을 그도 지고 있네. 자네도 알다시피 그것은 그 아이가 뿌리치려 한다고 해서 뿌리쳐지는 것이 아닐세. 하지만 그 숙명을 어떻게 받아들이고 어떻게 풀어나갈지는 온전히 그 아이의 몫이지. 그 아이의 선대 분들이 그러했던 것처럼."

동방록은 생각에 잠겼다.

연휘람의 말에는 깊은 의미가 담겨 있었다.

안타깝게도 연휘람은 자신의 말을 풀어서 설명해 줄 의사는 없는 듯했다.

혀를 찬 동방록은 화제를 바꾸었다.

그의 눈빛이 삼엄해졌다.

"고학, 이곳에 들어앉기 전 제자들이 보내온 정보 중에 자네가 주목했으면 하는 것이 있네."

"말해보게."

"태군룡의 움직임이 묘하네."

동방록의 음성은 낮았다.

연휘람은 빙긋 웃었다.

"그는 어린 시절부터 항상 묘했지 않은가."

크게 신경 쓰지 않는 태도.

동방록은 혀를 찼다.

"십여 년 전부터 그의 종적을 잡기 점점 어려워지는가 싶었는데 최근 수년 동안은 아예 잡을 수가 없네. 본부의 제자들이 무맥의 종사들을 살피는 건 천여 년을 이어온 전통이고, 어느 정도는 형식적인 것일세. 그걸 굳이 피할 필요가 있나? 지난 세월 동안 각 무맥의 선대 분들 중에 지금의 태군룡처럼 행동했던 사람은 없었네."

연휘람의 백미가 부드럽게 물결쳤다.

"자네는 태군룡 절대천궁주가 파약(破約)을 준비하고 있다 생각하는 건가?"

운무가 출렁였다.

동방록이 고개를 끄덕인 것이다.

"그런 의심을 하고 있네."

그는 말을 이었다.

"사십칠 년 전 태군룡이 궁주로 취임한 이후 절대천궁의 움직임은 극단적으로 은밀해졌네. 겉으로는 특이하게 보이지 않으려고 노력했지만 본부의 눈을 피할 수는 없는 일이지."

강한 자부심이 묻어나는 어조.

"제자들로부터 간간이 태군룡과 절대천궁에 대한 정보가 올라오긴 했었네. 그러나 십여 년 전까지는 나도 태군룡을 크게 주목하지 않았네. 설마 했으니까. 그래서 은밀하게 드리워진 천궁의 장막 뒤에서 그들이 무엇을 하고 있는지 특별하게 알아낸 것은 없었네. 하지만 그것은 내가 그들을 크게 주목하지 않은 탓만은 아닐세. 혹여 봉황금약을 어기게 될까 걱정스러웠기 때문이지."

동방록의 어투는 조심스러웠고 고민의 흔적이 역력했다.

그럴 수밖에 없었다.

운중천부는 연휘람의 무맥을 도와 다른 무맥들을 살피는 책무를 가지고 있었다. 그러나 운중천부가 살필 수 있는 영역은 각 무맥의 종주들이 움직이는 동선에 한정되어 있었다.

각 무맥의 전체를 살피는 것은 허락되지 않았다.

이는 금약이 최초 만들어질 당시부터의 제약이었다.

각 무맥의 자부심은 절대적이었다.

그들 중 누구도 자신들의 무맥이 타 무맥의 전적인 감시하에 놓이는 것을 허락하지 않았다. 만약 그런 조항이 금약에 들어 있었다면 금약은 이루어지지도 못했으리라.

"십여 년 전 태군룡은 천궁의 공식적인 행사에서 완전히 모습을 감추었네. 그리고 그때 이후로 그는 타 무맥의 종주들과도 일체 만나지 않고 있네. 천궁에서는 그가 폐관에 들었다는 얘기를 흘리고 있지만 솔직히 나는 그 말을 믿기 어렵네. 그가 모습을 감추고 일 년 후 신화곡이 멸문했고, 이 년 후 축융열화종주가 실종되었으며, 작년에는 광한루주가 궁도들에게도 아무런 언질을 남기지 않고 사라졌네. 본부의 제자들의 역량으로도 사라진 그들을 추적하는 것은 가능하지 않았네. 금약이 성립되고 일천이백여 년 동안 봉황천 십방무맥의 종주들이 이런 식으로 행동했던 적은 단 한 번도 없었네."

동방록은 자신의 얘기를 듣는 연휘람의 표정이 전혀 변화가 없는 것을 보고 혀를 찼다.

천하의 무엇이 있어 연휘람의 표정을 바꾸게 할 수 있을 것인가.

봉황천 십방무맥의 수호자.

대대로 독보천하 하는 환우제일 혼천무극문의 주인을.

"고학, 태군룡이 엉뚱한 생각을 하고 있는 건 아닌지 걱정스럽네. 내가 나갈 때까지 그에 대한 주의를 소홀히 하지 마시게."

동방록은 걱정스러운 어조로 말을 맺었다.

연휘람은 고개를 끄덕였다.

친우의 진심 어린 충고였다.

"명심하도록 하지."

그의 눈빛은 깊디깊은 심연을 연상시켰다.

절대의 능력을 가진 동방록조차도 연휘람의 눈에서 그의 마음을 읽어내지 못했다.

第八章

바람 한 점 없는 청명한 날씨였다.

무맹이 신녕에 도착한 지 이틀째.

하루 전 산운전은 군림성이 융주를 떠나 동북방을 향해 다가오고 있다는 소식을 전해왔다.

무맹 숙영지의 분위기는 금방이라도 깨질 듯한 살얼음판으로 변했다.

무맹의 숙영지와 삼 리가량 떨어진 야산의 그늘 밑에 엉덩이를 붙이고 앉은 방건은 검엽과 헌원미림의 얼굴을 번갈아 보고 있었다.

세 사람 모두 꿀 먹은 벙어리처럼 말이 없었다.

검엽은 혀를 차고 있었고, 헌원미림은 곤혹스러운 웃음을, 방건은 어이없다는 표정이었다.

방건이 어렵사리 말문을 열었다.

"고 대협, 정말 우리 세 명이 답니까?"

"그런 모양이오, 방 형."

검엽의 대답을 들은 방건의 얼굴이 확 일그러졌다.

"내 본 맹의 윗분들이 대협을 눈엣가시처럼 여긴다는 얘기는 심심치 않게 들었지만 이건 너무합니다. 달랑 세 명이 본 맹의 주력 근처에서 암약하는 세작들을 제거하라니! 위에서 까라면 군말없이 까는 저지만… 이건 가서 죽으라는 소리와 마찬가지 아닙니까."

헌원미림이 방건의 말을 이었다.

"저도 심한 처사라는 생각이 드는군요. 고 소협이 어떤 일을 하고 있는지 군림성이 안다면 저들의 주력이 우리를 노릴 건 자명한 일인데……."

검엽이 두 사람의 말을 받았다.

"드러나면 그렇게 되겠죠. 그러니까 드러나지 않게 일을 해야 합니다, 헌원 소저."

헌원미림은 미간을 좁혔다.

"가능할까요? 우리가 제거해야 되는 대상은 은밀성을 최우선으로 하는 귀마안의 세작들이에요. 드러나지 않게 일을 하는 건 우리가 아닌 그들의 전문 분야잖아요. 대체 윗분들은 우리의 무엇을 믿고……."

검엽이 소리없이 웃었다.

"믿기야 하겠습니까. 죽기 싫으면 알아서 하라는 거죠. 살면 다행이고 죽으면 운명이고. 그렇게 생각하고들 있을 겁니다."

듣고 있는 방건의 입이 쩍 벌어지는 소리와 함께 검엽은 자리에서 일어났다.

밤이 길면 꿈도 많은 법이다.

명령은 떨어졌고, 되돌릴 수 없다는 건 분명했다.

그럼 명령을 수행해야 하는 것이다.

어처구니없다고 불만을 토로할 대상도, 들어줄 사람도 없었다.

'무맹의 여우, 뒤끝이 끝내주게 질긴 인간이야.'

검엽은 쓴웃음을 지으며 그늘 아래 우뚝 섰다.

헌원미림의 말은 옳았다.

추종의 달인은 귀마안의 세작들이지 그들이 아니었다.

일류에 머물고 있는 방건과 달리 검엽과 헌원미림은 그 나이에 찾아보기 어려운 절정고수다. 그러나 그런 그들도 추종술에는 조예가 깊지 않은 것은 부인할 수 없는 사실이 아닌가.

'어설프게 움직이다가 초평익에게 꼬리를 잡히기를 바라겠지만… 뜻대로 해줄 수야 없지. 난 살아서 할 일이 몇 개 있거든, 구양일기.'

방건과 헌원미림은 갑자기 전신을 덮치듯 휘감는 오싹한 느낌에 흠칫했다.

검엽과 그들의 거리는 이 장가량.

적지 않은 거리임에도 검엽의 전신에서 흘러나온 기운이 그들에게 닿고 있었다.

헌원미림의 미간에 내 천 자가 그려졌다.

그녀는 불문의 성지, 보타암 출신이다.

'이건 귀기(鬼氣)?'

그녀는 검엽을 둘러싼 기운이 변화하고 있다는 것을 알 수 있었다.

생기가 빠르게 물러난 자리를 음산한 귀기가 채웠다.

방건의 안색이 파리해졌다.

"뭐… 뭡니까, 이건? 왜 갑자기 분위기가 공동묘지처럼……?"

그의 말은 끝까지 이어지지 않았다.

나타날 때만큼이나 빠르게 귀기가 사라졌기 때문이다.

방건의 안색이 제 빛을 찾았다.

그러나 헌원미림의 미간에 그려진 내 천 자는 사라지지 않았다.

그녀의 빛나는 두 눈은 검엽의 머리 위 십여 장 상공을 보고 있었다.

방건의 눈에는 보이지 않는 것이 그녀의 눈에는 희미하게나마 보였다.

안개와 같은 기류를 날개 뒤로 흘리며 허공을 부유하는 그것은 새의 형상을 하고 있었다.

날개를 편 길이가 일 장 오 척이 넘는 괴조.

정확한 모습을 본 것은 아니었다.

단지, 일그러진 공간과 아지랑이처럼 그것을 휘어감고 있는 귀기로 추정한 것일 뿐.

그녀가 믿을 수 없다는 얼굴로 중얼거렸다.

"풍도… 귀왕공?"

검엽이 조금 놀란 기색으로 헌원미림을 돌아보았다.

"아시오?"

"사부님께서 풍도문에 대해 말씀하신 적이 있어요. 천하에서 가장 기이한 문파 중의 하나라고. 하지만 귀왕공은 이십여 년 전 마지막 후예이던 풍도유자께서 은거하신 후로 강호상에 나타난 적이 없다고 하셨는데."

"어쩌다 그분과 연이 닿았소."

검엽은 귀웅을 보며 팔짱을 꼈다.

'더 크고 단단해졌구만. 신마기와 관련된 것들은 이제 규칙을 찾기 어려울 만큼 제멋대로이지만 귀웅만은 착실하게 성장하는군. 시험을 해봐야 알게 될 일이긴 해도 지속 시간이 꽤 길어진 것도 같고. 기뻐해야 되는 건가.'

그는 내심 혀를 찼다.

예전 같으면 귀웅을 불러낼 때의 상쾌함은 곧 사라지고 썰물처럼 빠져나가는 진력과 정신력에 피곤을 느끼고 있을 시점이었다. 그러나 그의 전신은 여전히 상쾌했다.

혹 하는 마음으로 어느 정도 기대는 했지만 기대 이상이었다.

그동안 제대로 수련한 적이 한 번도 없는 귀왕공이 저 혼자 진일보한 것이다.

* * *

귀마안(鬼魔眼)은 일백팔 개의 조로 이루어져 있다. 각 조는 한 명의 조장과 아홉 명의 조원 등 십 인으로 구성된다.

군림성에서 이번 싸움에 투입한 귀마안의 세작들은 칠십조부터 백팔조까지 삼십팔 개 조 삼백팔십 명이었다.

초인겸이 대륙을 남북으로 종단하며 검엽을 추적하는 동안 그를 보좌했던 것이 귀마안 소속의 삼 개 조 삼십 명이었다. 당시 그들 삼십 명이 검엽을 찾기 위해 조사했던 영역은 신녕 인근의 전장에 비하면 수백 배의 넓이다.

당시의 수백분지 일에 불과한 영역에 그때보다 열두 배가 넘는 인원을 투입한 것을 생각하면 군림성이 이번 싸움을 얼마나 중시하는지 알 수 있었다.

귀마안 칠십구조 조장 학도는 숨을 더 가늘게 하려고 필사적으로 노력하고 있는 중이었다.

은신포는 그가 기댄 암석과 같은 색이었고, 그는 귀식대법에 가까운 수법을 사용하고 있어서 그보다 몇 배 강한 고수라도 그의 종적을 찾는 건 불가능에 가까웠다. 그가 결정적인 실수를 하지 않는 한.

그럼에도 그의 퍼렇게 질린 얼굴엔 선명한 공포의 빛이 떠올라 있었다.

'동료 열네 명의 연락이 두절되었다. 누군가 우리를 죽이고 있어.'

전장에 투입된 삼백팔십 명의 귀마안 고수들은 한 시진 간격으로 자신과 가장 가까운 사람에게 신호를 보내도록 되어 있었다.

신호 체계는 만약의 사태에 대비해 두 단계를 건너뛸 수 있도록 고안되었다. 그 체계대로라면 학도는 두 시진 전 뒤에 있는 동료의 신호를 받았어야 했다.

하지만 신호는 오지 않았다.

경각한 학도는 앞뒤의 동료들에게 연락을 취해보았고, 그 과정에서 동료 열네 명의 종적이 묘연해졌다는 것을 알게 되었다.

한 명이 없어져도 경악할 일인데 열네 명이 불과 한 시진 사이에 사라졌다.

사라진 자들 중에는 조장 한 명도 포함되어 있었다.

학도는 즉시 이곳에서 귀마안을 지휘하는 남도정에게 보고했고, 대경실색한 남도정은 즉시 비상을 걸었다.

귀마안은 초긴장 상태로 돌입했다.

그리고 두 시진.

학도는 자신을 감시하는 적의 이목을 알아차렸다.

종적이 발각된 것이다.

경악한 그는 적의 뒤를 잡으려 최선을 다했다. 그러나 그의 시도는 실패했다.

적은 은신과 추적에 있어 그보다 고수였다.

공포에 질려 시퍼렇던 학도의 얼굴빛이 하얗게 탈색되었다.

그는 멍한 눈으로 은신포를 뚫고 들어와 자신의 가슴을 관통한 청강장검을 내려다보았다.

그의 눈에서 빛이 꺼졌다.

"열일곱."

은신포를 걷어내고 이미 숨이 끊어진 쥐상의 사내를 확인한 헌원미림이 차분한 음성으로 숫자를 세었다.

그 옆에서 시체만큼이나 흰 얼굴의 검엽이 묵묵히 고개를 끄덕였다.

"고 대협, 괜찮으십니까?"

방건은 검엽의 호위무사라도 된 듯 그의 옆에 붙어선 자세로 물었다.

검엽이 쓴웃음을 지었다.

"아무래도 쉬어야 할 것 같습니다. 조금 무리를 하긴 했습니다."

귀왕공을 운기했을 때보다 확연하게 힘이 빠진 어투로 대답한 검엽은 힘없이 그 자리에 주저앉았다.

그와 동시에 헌원미림은 십여 장 상공이 일그러지며 귀웅이 모습을 감추는 것을 볼 수 있었다.

귀웅을 세 시진 동안 운용했다.

선기를 잡기 위해 무리를 한 것이다.

검엽은 가부좌를 틀며 숨을 골랐다.

언제나 충만한 기의 파도가 느껴지던 하단전이 텅 빈 듯 허전했다.

일각의 운기로 어느 정도 기운을 차린 검엽이 자리에서 일어났다.

그가 헌원미림과 방건을 보며 말했다.

"은신할 수 있는 곳을 찾읍시다. 다시 움직이려면 다섯 시진은 운공해야 합니다."

검엽의 창백한 안색을 들여다보던 방건이 걱정스러운 얼굴로 물었다.

"다섯 시진으로 충분하시겠습니까? 안색이 너무 좋지 않으십니다, 고 대협."

"충분합니다. 그리고 다음부터는 지금까지처럼 쉽지 않을 것이기에 두 분도 힘을 비축해 놓아야 합니다."

헌원미림과 방건은 고개를 끄덕였다.

적이 투입한 귀마안의 무사가 총 몇 명인지는 알지 못해도 그들은 열일곱을 죽였다.

귀마안의 정보망은 심각한 구멍이 났을 것이고, 군림성 측도 대비를 할 터였다.

'귀옹의 역할이 생각보다 크다. 잘만 활용하면 전장의 흐름을 바꿀 수도 있을 듯. 하지만 운용 시간에 제한이 있고, 귀옹을 불러내면 내가 힘을 쓰기 어려워진다. 이 점만 보완할 수 있다면……'

귀옹의 도움이 없었다면 가능한 일이 아니었다.

귀옹은 검엽과 헌원미림의 눈에만 보였다. 무맹이든 군림성이든 다른 사람은 보지 못하는 것이다.

그렇게 보이지 않는 존재가 십 장 상공에 떠서 무맹 주력 주변과 군림성이 북진하는 방향을 샅샅이 훑었다.

귀옹이 보는 것은 검엽이 보는 것과 마찬가지.

귀옹이 세작의 종적을 발견하면 방건이 퇴로를 막고 헌원미림이 제거했다.

검엽도 십여 명의 세작을 죽였다. 그러나 가능하면 마지막은 방건과 헌원미림의 몫으로 남겼다.

십여 번의 살수를 썼음에도 이전과 같은 기괴한 현상은 벌어지지 않았지만 계속 그럴 것이라고는 그도 확신할 수 없었기 때문이다.

죽음에 대한 신마기의 불규칙한 반응이 엉뚱하게 나타나면 그런 낭패가 없는 일이었다.

* * *

역 팔자로 곤두선 푸른 눈썹 밑으로 무시무시한 신광이 쏟아졌다.

산악처럼 무겁고 패도적인 살기가 평원을 짓눌렀다.

이동을 멈추고 초평익의 주변으로 모여든 군림성의 수뇌부는 숨소리도 크게 내지 못했다.

"남도정, 다시 한 번 말해보라. 무엇이 어찌 되었다고!"

조근조근한 음성.

하지만 실린 기세는 천지를 뒤집어 버리는 태풍과 같다.

초평익의 기세에 휩쓸린 남도정의 안색이 시체처럼 푸르죽죽하게 죽었다.

"전주님, 이틀 동안 귀마안에서 투입한 삼백팔십 명의 수하들 중 오십구 명이 사라졌습니다. 적의 손에 당한 것으로 추정됩니다. 죽은 수하들은 주로 무맹 주력을 감시하던 자들로, 그들의 죽음으로 인해 감시망에 중대한 공백이 발생했습니다. 그래서 무맹 주력의 움직임이 제대로 파악되지 않고 있습니다."

두려움 때문에 입술이 갈라터지면서도 남도정은 지체없이 대답했다.

겁나는 건 겁나는 거고 일은 일이다.

화광이 이글거리는 눈이 그의 눈을 똑바로 부딪쳐 오고 있었다.

남도정은 입술을 악물었다.

고개가 저절로 떨어졌다.

말없이 남도정을 보던 초평익이 시선을 하늘로 돌렸다.

융주를 떠난 지 사흘째였다.

호남 땅으로 들어선 것이 어제.

신녕까지 절반 조금 넘게 왔다.

그가 했던 말마따나 산천 유람하는 것처럼 여유있는 행보였다.

그동안 적의 모습은 흔적도 보이지 않았다.

겉으로는 여유있어 보이는 행보를 하는 중에도 초평익은 경계를 세울리하지 않았다.

대륙무맹의 전격적인 기습전은 삼패세의 쟁패 시 군림성의 학살만큼이나 악명이 자자하지 않았던가.

당시 그도 무맹의 기습에 의해 목숨처럼 아끼던 수하들을 무수하게 잃은 경험이 있었다.

초평익은 이동 병진으로 사상진을 취했다.

선두는 융주 지부장 난마검 감승이 맡았고, 좌우익은 독안비검 낭악의 혈풍대와 천살장 능표의 잔풍대가 맡았다.

후미는 그의 제자인 패천마도객 곡웅이 이끄는 패천도귀전이, 그는 중앙에서 혁련화와 함께 지휘를 맡았다.

사상진은 이동 시 사용할 수 있는 방어형 병진 가운데 최고봉에 속한다.

변화가 적어 단순한 대신 전투 시 병력 이동이 손쉽고 집중도가 높은 것이다.

기습에 대비한 최적의 진형이라 할 만했다.

철저한 준비를 하고 이동하는 중에 예상치 못한 소식이 그의 평정을 깨뜨렸다.

기습이 없는 동안 조용히 귀마안의 무사들이 죽어가고 있었던 것이다.

초평익이 중얼거렸다.

"구양일기의 생각이로군."

혁련화가 말을 받았다.

"천 마리의 여우를 머릿속에 넣고 다닌다는 그다운 발상이군요. 귀마안의 감시망을 무너뜨리고 무맹의 특기인 전격적인 기습으로 허를 찌를 생각인 듯해요."

남색 무복 차림의 그녀는 얇은 면사로 눈 아래를 가리고 있었다.

초평익은 고개를 끄덕였다.

"단순하지만 아주 효과적인 전략이다. 귀마안은 본 성의 눈과 귀. 그들이 무력화되면 우리는 눈뜬장님이나 다를 바 없는 상태가 된다. 무맹의 기습에 효과적으로 대처하는 것도 당연히 어려워지고. 하지만 마음이 있어도 시행하기 어려운 전략이야. 누가 추종과 은신의 달인들인 귀마안의 무사들을 이틀 동안 육십여 명씩이나 풀 베듯 베어버릴 수 있단 말인가. 본 성에서도 마음은 있지만 산운전의 세작들을 제거하지 못하고 있거늘……."

삼패세가 정립된 이후 가장 치열하고 또 참혹하게 싸워온 곳이 각 세력의 정보 조직들이었다.

비각, 산운전, 귀마안.

지난 삼십 년간 그들의 능력은 가공할 정도로 발전을 거듭해왔다. 발전하지 않으면 살아남을 수 없는 환경이었으니까.

귀마안 일백팔 개 조, 일천팔십 명의 구성원이 거대한 군림성의 영역뿐만 아니라 정무총련과 대륙무맹의 영역에서 정보를 가져온다. 그들 일천팔십 명 개개인의 능력이 어떠할지는 두말이 필요없는 것이다.

이틀 동안 그런 능력자 오십구 명이 죽었다.

초평익도 솔직히 제자나 다름없는 패천도귀전의 수하들 전부를 이끌고 산운전의 세작들을 잡으러 다닌다 해도 그런 성과를 얻을 자신이 없었다.

귀마안의 세작들을 제거하고 있는 자의 능력은 초평익을 경악케 하기에 충분했다.

그의 시선이 다시 남도정을 향했다.

"무맹에서 투입한 자들의 정체는 알아냈느냐?"

남도정의 이마에 식은땀이 알알이 맺혔다.

"죄송합니다, 아직 알아내지 못했습니다."

초평익은 실망하지 않았다.

그처럼 철저하게 훈련된 귀마안의 세작들을 흔적도 남기지 않고 죽이고 다니는 자였다.

뒤를 잡힐 자가 아닌 것이다.

그는 곡웅을 돌아보았다.

패천도귀전의 부전주이기도 한 곡웅은 사십구 세로 삼패세가 쟁패하던 삼십여 년 전부터 그를 따른 제자였다. 그리고 그가 십 년 전 일선에서 반 은퇴하다시피 하며 초인겸을 가르치는 데 전념한 이후 지금까지 패천도귀전을 이끌어왔다.

"부전주."

"예, 전주님."

공식적인 석상이기에 두 사람은 서로의 직책을 불렀다.

"오십 명의 도귀를 데리고 귀마안을 흔드는 적을 죽여라."

"알겠습니다."

지시는 간단명료했고, 그에 대한 답변도 마찬가지였다.

초평익의 지시는 계속되었다.

"곡 부전주가 그자를 잡을 때까지 이곳에 머물겠다. 기습에 대한 방비를 철저히 하고 별명 시까지 대기하라."

초평익은 사람들의 대답을 기다리지 않고 남도정에게 후려치듯 말을 이었다.

"무맹의 주력을 감시하는 인원을 최소한으로 줄여라. 그들 외의 다른 자들은 모두 이곳을 중심으로 십 리 이내에 포진시키도록. 무맹의 기습로가 될 가능성이 있는 곳은 하나도 빼놓지 마라. 답답한 놈이 먼저 움직이게 될 것이고, 그때 승패가 갈릴 것이다. 이 싸움은 길게 갈 싸움이 아님을 명심하라."

"알겠습니다."

남도정을 비롯한 사람들이 일제히 고개를 숙이며 복명했다.

* * *

신녕의 무맹 숙영지.

위경의 군막.

위경은 다섯 명의 고수와 함께 지도가 펼쳐진 탁자를 내려다보며 숙의 중이었다.

다섯 명, 그들은 철혼단 부단주 귀검 벽소일, 목혼단 부단주 철각 황오, 그리고 승룡단주 단목린, 척천산장에서 합류한 이십 명의 고수를 이끄는 천잔검객 도만량, 무맹 총타에서 선별한 삼십 명의 명숙을 대표하는 혈수대선생 유억이었다.

이들 중 최고의 고수는 위경의 옆에 서 있는 청수한 백삼노문사, 혈수대선생 유억이었다.

그는 십이초 대라혈수(大羅血手)로 대강 남북을 종횡했던 절세의 고수로 육기(六奇)의 일인이었다.

그의 청수한 외모를 보고 심성도 그와 같으리라 속단하면 안 된다. 그는 손속이 잔혹하기 그지없어 정사 중간으로 분류되는 인물이기 때문이다.

단목린의 젊음과 기상은 군계일학처럼 빛났다. 하지만 그가 입을 열 기회는 없을 터였다. 이곳에 있는 사람들의 경험에 비하면 그는 아직 풋내 나는 애송이였으니까.

위경이 광서와 호남의 경계에서 호남의 안쪽으로 조금 더 들어온 지점을 지휘봉으로 짚으며 말문을 열었다.

"현재 군림성은 이곳에서 걸음을 멈추고 있소. 그들을 지휘하는 자는 예상대로 초평익이오. 그리고 그들의 대형은 사상진을 유지하고 있는 것으로 보이오."

사람들의 안색은 납덩이처럼 딱딱했다.

이들 중 단목린을 제외한 다른 사람들은 모두 삼패세의 쟁패 시절을 온몸으로 겪은 사람들이다.

그래서 그들은 아는 것이다.

패마성 초평익이라는 이름이 갖는 무게와 그 공포스런 의미를.

그들 중 표정의 변화가 없는 사람은 유억뿐이었다.

하지만 자세히 살펴보면 그의 눈빛도 무겁게 가라앉아 있음을 알 수 있었다.

육기의 일인이라는 유억조차도 긴장한 것이다. 다른 사람들은 말할 것도 없었다.

위경이 사람들을 돌아보며 말을 이었다.

"혈풍대와 잔풍대, 그리고 패천도귀전의 도귀들로 이루어진 저들의 숫자는 우리보다 약간 적은 일천칠백여 명 정도라고 하오. 하지만 초평익이 저들 속에 있는 이상 삼백의 수적 우위는 우위가 아니라는 걸 모두 잘 아시리라 믿소."

사람들은 일제히 고개를 끄덕였다.

절대고수 한 명은 전황을 바꾼다.

그것은 구주삼패세의 쟁패 시절 누구나 절실하게 느꼈던 진실이 아니던가.

귀검 벽소일이 물었다.

"위 대협, 초평익이 북진을 멈춘 이유를 아시오?"

이 자리에 있는 사람들 모두가 궁금해하는 일이었다.

위경은 고개를 끄덕였다.

"여러분들도 고검엽이라는 이름을 알 것이오. 그와 몇 명에게 본 맹의 주변을 얼쩡거리는 귀마안의 세작들을 제거하라고 명했었소. 그 성과가 적지 않은 덕분에 초평익이 걸음을 멈춘 것이오."

"오!"

사람들의 입에서 탄성이 터졌다.

그들에게 통보하지 않고 이루어진 일이지만 초평익의 걸음을 멈출 정도의 성과를 냈다면 불만을 가질 수 없는 일이었다.

위경은 말을 계속했다.

"초평익은 아마도 본 맹의 기습에 대비하고 있을 것이오. 본 맹의 움직임을 알 수 없으니 무작정 진군하는 것도 부담스러울 것이고 말이외다."

위경의 음성이 강해졌다.

"이 싸움의 승패는 초평익의 움직임을 어떻게 효과적으로 봉쇄하느냐에 달렸다고 해도 과언이 아니오. 하지만 지나치게 많은 전력을 그를 상대하기 위해 뺄 수 없다는 데 우리의 고민이 있소. 그렇게 되면 다른 자들을 상대할 전력이 너무 약해질 테니까. 우리도 정예지만 혈풍대와 잔풍대, 그리고 패천도귀전의 도귀들도 약하지 않소. 고견들이 있으면 기탄없이 말씀해 주시기 바라오."

좌중의 사람들은 쉽게 입을 열지 못했다.

그들의 수는 군림성에 비해 삼백 명이 많다. 단순하게 삼백 명이 초평익을 잡아두면 된다고 생각할 수도 있다. 그러나 삼백 명으로 초평익을 잡아둔다는 게 가능할지는 차치하고라도 집단전은 그런 식으로 이루어지지 않는다.

집단전은 단순히 병력 수의 더하기 빼기로 승패가 갈리지 않는 전투 방식이다. 그리 쉽다면 고래 이래로 위대한 병법가와 명장들이 왜 병사들의 사기에 그처럼 신경을 썼겠는가.

 전장의 승패를 좌우하는 진정한 요소는 사기(士氣)와 투지(鬪志)다.

 수가 많고 장비가 좋아도 높은 사기와 투지로 뭉친 적과 싸워 승리하는 것은 지난하다.

 무림 문파 간의 집단전도 다르지 않다.

 그래서 무림의 집단전에서 한 명의 절대고수가 무서운 것이다.

 절대고수 한 명을 막지 못하면 사기와 투지는 지리멸렬할 수밖에 없으니까.

 사기가 무너지면 대열이 무너지고 혼란에 빠진다. 그 상태에서 절대고수가 포함된 적을 어떻게 이길 수 있으랴.

 무사의 질과 수가 압도적인 우위에 있다면 상황이 다를 수도 있다. 하지만 지금처럼 삼백 명이라는 근소한 수적 우세로는 초평익이라는 양떼 속에 뛰어들 맹호 한 마리의 광란을 막아내지 못한다.

 모두 그 사실을 잘 알기에 입을 열지 못하는 것이다.

 그때 묵묵히 귀를 기울이던 유억이 말문을 열었다.

 "노부가 한마디 하겠소이다."

 유억의 예리한 시선이 좌중을 훑었다.

 그가 말을 이었다.

 "무맹을 나서기 전 구양 군사의 은밀한 전언이 있었소."

위경은 보일 듯 말 듯 눈살을 찌푸렸다.

그런 일이 있었다면 총지휘권을 가지고 있는 자신에게 먼저 말해야 하는 것이 예의가 아닌가. 물론 그도 산장을 떠나기 전 소진악을 통해 구양일기의 전언을 들은 게 있었고, 신녕에 와서 그것을 실행에 옮겼다.

하지만 그의 입장은 유억과 다르다. 그는 무맹 전 무사에 대한 지휘권을 가진 사람인 것이다.

그러나 유억은 그의 기색을 신경 쓰는 눈치가 아니었다.

"구양 군사는 노부에게 군림성의 본진이 진군을 멈추면 수일 내에 초평익이 본진을 벗어나는 일이 생길 것이라고 했소. 그가 본진을 떠나면 군림성은 지휘 계통이 제대로 기능하지 못할 것이니, 그때 기습을 하면 승리할 수 있을 것이라는 말을 위 전주께 전해달라고 하였소."

유억은 입을 다물었다.

구양일기는 더 많은 얘기를 했다. 그러나 그가 한 것 이외의 얘기는 아직 공개할 시점도 아니었고, 여기 있는 사람들은 그 대상도 아니었다.

사람들은 어안이 벙벙한 얼굴이 되었다.

유억의 말은 암호처럼 해석하기가 어려웠다.

군림성이 진군을 멈춘 것은 귀마안이 제거되면서 이목이 차단되었기 때문이다. 충분히 이해할 수 있는 일이었다.

하지만 초평익이 본진을 떠날 일이 생길 것이라니.

무맹에서 무서워하는 것은 초평익이지, 그가 이끄는 자들이 아니었다. 초평익이 본진을 떠나면 수가 승패를 좌우할 결정적인 요인으로 작용하게 되는 것이다.

초평익이 바보가 아닌 다음에야 그런 사실을 모를 리 없었다.

이제는 눈에 보일 정도로 눈살을 찌푸린 위경이 유억에게 물었다.

"유 선배, 설명을 해주셔야 하지 않겠소이까? 거두절미하고 그렇게 본론만 말씀하시면 누가 알아듣겠습니까?"

유억은 무표정한 얼굴로 대답했다.

"내가 아는 것도 그뿐이라 더 할 말은 없소. 구양 군사도 내게 설명을 해주지는 않았소이다."

사람들은 곤혹스러운 얼굴로 생각에 잠겼다.

이해할 수 없는 전언이고, 사실상 명령이나 다름없는 말이었다.

하지만 그들이 생각에 잠긴 시간은 그리 길지 않았다.

조언을 한 사람이 다름 아닌 구양일기였기 때문이다.

구양일기가 어떤 사람인가.

검엽에게는 뒤끝이 진하게 있는 인간이라는 평가를 받고 있긴 하지만 세간의 평가는 그와는 완전히 달랐다.

중견 문파들의 연합체여서 정무총련과 군림성에 비해 열세일 수밖에 없었던 대륙무맹을 현재와 같은 초거대 세력으로 만들어 낸 사람이라고 평가받는 절세의 지자(智者)가 그였다.

위경이 말문을 열었다.

"군사의 전언이 그와 같다면 총타에서 우리가 모르는 작전을 세웠으며 현재 실행되고 있다고 봐야 할 것 같소."

사람들은 일제히 고개를 끄덕였다.

구양일기의 전언은 그렇게밖에는 해석할 수 없었다.

위경이 말을 이었다.

"우리가 움직일 때는 산운전이 알려줄 것이오. 그때까지 전원 출정 준비 상태에서 대기해 주시오."

"알겠소이다."

짧은 대답을 끝으로 사람들은 군막을 떠났다.

홀로 남은 위경의 안색이 무거워졌다.

그는 검엽을 떠올렸다.

귀마안의 세작들을 제거하고 있는 자가 검엽이라는 건 극비였다.

'배신… 이란 말인가…….'

그는 삼패세의 쟁패를 거치며 척천산장의 초석을 다진 노강호다.

이번 싸움의 원인을 제공한 검엽과 초평익의 관계, 그리고 현재 검엽이 하는 일과 초평익이 본진을 떠날 것이라는 구양일기의 전언을 종합하면 생각하기 싫은 결론에 도달할 수밖에 없었다.

위경은 씁쓸한 얼굴로 눈을 감았다.

그는 무맹 무사들을 지휘하는 위치에 있었지만 그 권한은 절대적이지 않았다.

第九章

태양이 서편으로 저물었다.
 빛이 물러난 자리를 어둠이 차지하는 데는 오랜 시간이 걸리지 않았다.
 검엽은 호흡을 끊었다.
 엎드린 그를 덮은 두 자 높이의 수풀 너머로 매섭게 눈을 빛내며 지나가는 일단의 무인들이 보였다.
 십 장 간격으로 늘어선 다섯 명이 한 줄이었는데 그런 줄이 열 개였다.
 대략 오십 명.
 그들과 검엽과의 거리는 사십여 장.
 하나같이 다섯 자 길이의 대도를 어깨에 둘러맨 자들이었다.
 삼척동자라도 그들이 동일한 무공을 배운 자들이라는 것을 알 수 있는 풍모.

그리고 툭 튀어나온 태양혈과 바람처럼 가볍게 내딛는 걸음.

고수들이었다.

특히 선두 무사들에 의해 호위받으며 달리고 있는 자의 기세는 검엽을 긴장하게 만들 정도로 무겁고 날카로웠다.

'초평익의 제자인 곡응과 패천도귀전의 인물들인가 보구만.'

위경의 지시를 받고 무맹의 본진을 떠난 그지만 하루에 한 번은 산운전의 세작들을 통해 진행 상황을 보고했고, 위경도 검엽이 필요한 정보를 보내주었다.

덕분에 검엽은 신녕으로 진군해 오는 군림성의 요인들에 대해서는 모르는 것보다 아는 것이 더 많아진 상태였다.

[곡응인 듯하군요.]

검엽이 결론을 내렸을 즈음, 감정이 담기지 않았음에도 쟁반에 구슬이 굴러가듯 듣기 좋은 음성이 그의 귀를 파고들었다.

그의 오른편으로 석 자 떨어진 곳에 엎드려 있는 헌원미림의 전음이었다.

검엽은 고개를 끄덕였다.

[초평익이 작정을 한 모양입니다.]

[철수해야 하지 않을까요? 지금까지 귀마안의 세작 팔십삼 명을 제거했어요. 셋이 한 일로는 충분한 성과라고 생각해요. 철수한다고 해도 위 전주님은 질책하지 못하실 거예요.]

세작 팔십삼 명의 제거. 세 명이 이룩한 성과라고는 믿을 수 없을 정도로 큰 성과다. 포상을 해도 부족할 일이었다.

[철수는 합니다. 단, 헌원 소저와 방 형만.]

헌원미림의 얼굴이 놀람으로 굳어졌다.

[고 소협은 남으시겠다는 건가요?]

[예.]

[그런 말도 안 되는! 고 소협의 무공은 알지만 혼자서 상대하기엔 적의 수가 너무 많아요.]

헌원미림의 태도에서 이상함을 느낀 것일까.

검엽의 왼편에 엎드려 있던 방건이 두 사람에게 고개를 돌렸다.

[고 대협, 왜 그러십니까?]

[방 형도 헌원 소저를 따라 철수하시오.]

[예?]

방건의 눈이 얼마나 놀랐는지 쟁반만 하게 커졌다.

[무슨 말씀이십니까?]

질문에 대한 답은 없었다.

헌원미림은 정면을 응시하는 검엽의 옆모습을 힐끔 보고 내심 고개를 저었다.

무슨 생각을 하는지 알 수 없는 눈이었다.

검엽의 과단성과 고집, 그리고 무공은 정남에서 익히 경험한 그녀다.

그녀는 방건에게 눈짓을 했다.

방건이 헌원미림과 검엽을 번갈아 보다가 입술을 깨물며 조금씩 뒤로 몸을 물렸다.

헌원미림도 뒤로 빠지기 시작했다.

지금은 검엽의 뜻을 따라야 할 때였다.

그가 무엇을 생각하고 있는지 정확하게 알 수는 없었지만 그가 자신들을 떠나보내려 하는 이유는 대략 짐작할 수 있었다.

아마도 자신들의 안전을 보장할 수 없고, 자신들이 있으면 도움이 되기보다는 방해가 되기 때문일 터였다.

십여 장을 미끄러지듯 물러난 두 사람이 경공을 펼쳐 멀어지는 기척을 들으며 검엽은 앞으로 조심스럽게 전진했다.

몸은 지면과 두 치가량 이격시킨 채 두 손끝과 발끝만으로 바닥을 밀며 나아가는 그의 움직임은 가히 소리없는 질풍이라 할 만했다.

검엽의 머릿속은 복잡했다.

곡웅이 왔다는 것은 귀마안의 세작들을 제거한 당사자가 검엽임을 초평익이 모르고 있다는 뜻이었다.

이는 구양일기가 아직 그에 대한 정보를 적에게 전해주지 않았다는 뜻.

'미끼 노릇하기 어렵구만. 여우의 지시를 받은 자는 아마 나에 대한 정보를 흘릴 시점을 재고 있겠지. 그렇다면 내가 갈등의 시간을 줄여주지.'

검엽의 눈빛이 스산하게 빛났다.

뒤를 따르는 동안 그와 곡웅이 이끄는 무사들 사이의 거리는 이십여 장까지 좁혀져 있었다.

검엽의 오른손에는 십여 개의 암기가 들려 있었다.

모양은 동전처럼 둥글지만 두께가 종잇장처럼 얇은 그것은 검엽이 임무에 투입되기 전에 급조한 것이었다. 본래 지니고 있던 것은 백여 개. 투입된 후 계속 사용하여 현재 남은 건 육십여 개였다.

귀마안의 세작들을 제거할 때 그는 동행한 헌원미림과 방건이 놀랄 만큼 암기의 사용을 꺼리지 않았다.

그라고 암기의 사용이 달가운 건 아니었다. 하지만 달갑지 않다고 해서 능력 밖의 결과를 바랄 정도로 그는 자기 자신을 모르지 않았다.

그는 고수였지만 절대고수는 아니었다.

귀응의 도움이 없었다면 귀마안의 세작을 그처럼 쉽게 잡아내지도 못했을 것이다.

귀응 또한 그의 능력이긴 하나 귀응을 운용하며 적과 정면 대결을 하는 건 위험을 자초하는 짓이었다. 귀응의 운용은 지속적인 내력의 소모를 필요로 하기 때문이다.

'타초경사.'

미끄러지듯 움직이는 검엽이 떠올린 생각이었다.

패천도귀전의 도객들이 이룬 대형의 맨 뒷자리에 있는 자와 오 장의 거리를 둔 곳에 이르렀을 때 암기를 쥔 검엽의 손가락이 미미하게 흔들렸다.

스스슷.

암기가 공간을 가르는 소리는 절정고수가 귀를 기울여도 들을 수 있을까 싶을 만큼 작았다.

대열의 후미 열 왼쪽 끝을 맡고 있던 도객의 걸음이 그 자리에서 정지했다.

그의 눈은 이미 빛을 잃고 있었다.

우측에서 파고든 암기는 그의 목을 관통했다.

피는 목의 양쪽에서 살짝 내비칠 정도밖에 나오지 않았다.
 패천도귀전의 도객들은 최하 이십 년 이상 무공을 수련한 고수들이다.
 대열에 이상이 생긴 것은 발생과 거의 동시에 발각되었다.
 "적이닷!"
 몇 명이 동시에 질러대는 외침과 함께 도객들의 진형이 순식간에 밖을 경계하는 원형진으로 변했다.
 중심에 선 자는 곡옹.
 그는 무서운 눈으로 쓰러진 수하의 옆으로 다가섰다.
 자신의 죽음을 의식하지도 못한 듯 죽은 자는 약간 이상하다는 기색을 떠올린 채 눈을 뜨고 죽어 있었다.
 곡옹은 살기가 흐르는 눈으로 사방을 둘러보았다.
 수십 년간 생사고락을 같이해 온 수하가 죽었다. 그의 마음은 살기로 들끓었다. 하지만 그는 평정을 잃지 않았다.
 간간이 구릉이 보이긴 해도 이곳은 잡풀이 우거진 평야였다. 그리고 잡풀이라고 해야 무릎을 간신히 넘는 정도라서 몸을 숨긴 채 접근하기도 어려웠다.
 하지만 적은 그런 환경적 제약을 받는 상태에서 근접해 왔고, 수하를 죽였으며 미처 대응을 하기도 전에 종적을 감추었다.
 곡옹의 미간이 깊게 파였다.
 '은신과 추적의 달인들인 귀마안의 무사들이 속절없이 죽어간 이유를 알겠군.'
 적은 그가 생각한 것보다 더 고수였다.
 '그런데 왜 우리를 건드린 걸까? 세작들만을 죽이는 것이 임무가 아니라 눈에 띄는 군림성 무사라면 누구라도 죽이는 것이 임무란 말인가? 하지만 그건 너무 무모한 짓이다. 이런 식으로 나오면 사부님 정도의 고수가 아닌 한 꼬리를 잡힐 수밖에 없다는 걸 모르지는 않을 텐데?

의문이 가슴 가득 차올랐다.

하지만 적의 마음속에 들어가 보지 않는 이상 이유를 알 수는 없는 일이었다.

곡웅은 의혹을 풀기보다 진형을 바꾸는 데 신경을 쓰기로 마음을 정했다.

도객들은 세 명이 한 조가 되고 두 개의 조가 횡으로 이 장 간격을 두고 주변을 수색하는 형태로 대형을 바꾸었다. 앞뒤 도객들의 간격도 이 장이 되었다.

대형을 변경한 직후 곡웅은 품에서 신호용 폭죽을 꺼내어 하늘로 쏘아 올렸다.

근방에서 활동하고 있는 귀마안의 무사들 중 활동 반경이 패천도귀전과 겹치는 자들에게 적이 이곳에 있다는 것을 알려주는 신호였다.

곡웅의 무리와 이십여 장의 거리를 둔 곳에서 검엽도 하늘에서 터지는 폭죽을 보았다.

용도를 짐작하는 건 어렵지 않았다.

'천라지망을 깔려는 것이겠지. 비각의 천라지망과 비교할 수 있는 좋은 기회로구만. 쩝, 이런 생각할 때냐.'

검엽은 긴장했다. 하지만 위기라는 생각은 하지 않았다.

비각의 천라지망을 겪은 그였다.

게다가 당시에는 내상 때문에 쓸 수 없었던 귀응을 지금은 세 시진 동안 불러내 써먹을 수 있었다.
 귀응의 시야는 사방 백 장에 미친다. 백 장 내에서 움직이는 자들을 먼저 볼 수 있다는 이점은 상상 이상이다. 그것은 귀마안의 세작들을 제거하면서 증명되었다.
 정면으로 충돌하지 않는다면 그는 위험한 상황에 맞닥뜨리지 않을 자신이 있는 것이다.
 곡응과 도객들의 대응을 지켜본 검엽은 내심 혀를 찼다.
 '풀을 건드려 놀란 뱀이 뛰쳐나오게 하려고 했는데… 뱀보다는 나은 자로구만.'
 통상 암습을 받은 자는 적을 잡기 위해 주변부터 수색한다.
 철저하게 훈련된 패천도귀전의 도객들이 수색할 때 빈틈을 드러낼지는 알 수 없었지만 가능성은 있었다.
 그는 그렇게 발생할 가능성이 있는 빈틈을 만들어내기 위해 도객을 암살했다. 찰나간이라도 빈틈이 생긴다면 그는 곡응을 죽일 생각이었던 것이다.
 아직 그가 전장을 누비고 있다는 것이 초평익의 귀에 들어가지 않은 지금이 적의 전력을 약화시킬 수 있는 기회였다.
 초평익이 그를 쫓기 시작하면 다른 자들에게 눈을 돌릴 여유가 생길 리 없었으니까.
 하지만 곡응의 대처는 그의 바람과 너무 달랐다.
 곡응은 삼패세의 쟁패 시기라는 대난세를 거친 인물.
 암습이나 기습을 받은 경험은 헤아릴 수 없을 정도로 많았다. 그 대처 방법도 실전 경험이 적은 풋내기와는 다를 수밖에 없는 것이다.

일정한 거리를 두고 곡웅의 무리를 추적하는 검엽의 신형은 유령과 같았다.

암귀행.

귀신이 어둠 속을 걸어간다는 신법의 명칭 그대로의 움직임.

귀마안의 세작들이 곡웅을 중심으로 사방을 샅샅이 수색하고 있었지만 아무도 어둠과 동화되어 움직이는 그를 잡아내지 못했다. 공격을 하려고 했다면 그들도 검엽의 기척을 잡을 수 있었을 것이다. 하지만 검엽이 피하는 것에 집중한 이상 그들이 검엽을 잡을 가능성은 대단히 낮았다.

암귀행의 오묘함과 더불어 귀마안과 곡웅의 무리가 펼친 것의 수십 배 규모로 펼쳐진 천라지망을 겪은 경험 덕분이었다.

그러나 검엽도 곡웅을 칠 기회를 쉽게 잡지는 못했다.

수색과 역추적이라는 미묘한 상황은 두 시진 동안 계속되었다.

축시 초, 검엽은 이런 식으로는 자신도 잡히지 않을 테지만 그가 곡웅을 잡을 수도 없다는 것을 인정해야 했다.

곡웅이 포진한 패천도귀전의 도객들은 흐트러지지 않았고, 귀마안의 천라지망도 약화되지 않았다.

다른 방법이 필요했다.

'남 노야와 구양 노야의 가르침을 혼합하면 기회를 만들 수도 있을 듯한데……'

은신한 상태로 한곳에 모여 휴식을 취하고 있는 군림성 무사들을 바라보는 검엽의 눈빛이 깊게 가라앉았다.

와호당에서 그를 가르친 진수재 남일공은 진법과 기관진식의 대가이고, 풍도유자 구양문은 귀기의 다룸에 있어 독보적인 경지에 오른 인물이다.

'복잡한 진법을 펼치는 건 불가능하니 오행진에서 화(火)와 수(水)의 기운을 키우고, 귀웅의 기운을 풀어놓자. 급조하는 것이라 본래의 위력을 기대할 수는 없지만 열을 셀 시간 정도는 도객들의 포진과 천라지망을 혼란스럽게 만들 수 있을 거다.'

사람을 살상할 만한 위력의 기운을 만들어내려면 지형의 도움이 절대로 필요하다. 하지만 단순히 혼란만 줄 정도의 화기와 수기를 강화시키는 건 어렵지 않았다.

이곳은 대륙의 남부, 화기가 성한 곳이고 수기는 지하에 흐르는 물만으로도 충분했다.

마음을 정한 검엽은 군림성 무사들과 이십여 리의 거리를 둔 곳까지 이동했다. 귀마안의 천라지망에서도 외곽이었고, 곡웅의 무리가 수색하는 범위도 살짝 벗어난 지역이었다.

군림성 무사들의 이목이 약한 지역이었지만 검엽은 여전히 조심스럽게 운신하며 땅을 조금 파거나 돌을 옮기고 작은 나뭇가지를 잡풀 속에 세우기 시작했다.

그가 움직인 범위는 오백여 장.

남일공과 구양문이 보았다면 어이없어했을 것이 분명할 만큼 넓은 영역이었다.

남일공도 오백 장 넓이에 검엽이 생각한 진을 설치할 수는 있었다. 넓이가 그래서 그렇지 진 자체는 어려운 것이 아니었으니까.

그러나 그 일을 성공적으로 완수하기 위해서는 수일간의 지형 조사와 방대하고 복잡한 계산이 필요했다.

진법은 주역에 기초한 것이고, 주역은 수리를 기본으로 한다. 완벽한 수리 계산은 포진의 필수적인 사항이다.

한두 사람이 해서는 완성 자체를 확신할 수 없는 일이었다.

규모가 오백 장인 것이다.

그런 일을 검엽은 혼자서 하고 있었다.

그가 진을 완성했을 즈음 동녘 하늘에 여명이 찾아들었다.

묘시 중반.

도객들과 함께 운기조식으로 두 시진가량의 휴식을 마치고 대열을 정비하던 곡웅은 이십여 리 밖에서 터진 신호용 폭죽을 보며 눈을 빛냈다.

"귀마안이 그자의 꼬리를 잡은 듯합니다."

조금 흥분한 음성이 그의 뒤에서 들렸다.

그의 수족이나 다름없는 단서광이었다.

곡웅은 고개를 끄덕였다.

그는 지체없이 이동 지시를 내렸다.

미꾸라지처럼 천라지망을 빠져나가던 자의 꼬리를 귀마안이 잡았다는 것을 안 도객들의 얼굴이 환해졌다.

암습을 경계하며 진행하는 수색이란 통상의 수색 작업보다 피로도가 몇 배는 높다.

무공을 익힌 후 체력 때문에 곤란한 경험을 한 적이 거의 없는 도객들도 피로를 느끼고 있었다. 두 시진의 휴식만으로 풀리기에는 긴장의 강도가 너무 높았다.

당연히 그들은 이 상황이 빨리 종결되기를 바랐다. 귀마안의 신호가 반가운 이유였다.

도객들과 함께 질풍처럼 이십 리를 주파한 곡웅은 무릎 높이의 잡풀이 우거진 평원에서 걸음을 멈췄다.

그의 눈매가 가늘어지며 살처럼 날카로운 예기가 흘러나왔다.

어둠과 빛이 공존하는 여명기.

수증기를 연상시키는 흐릿한 안개가 바람을 따라 평원 이곳 저곳을 부유하고 있었다.

시야를 가릴 정도로 짙은 안개는 아니라서 곡웅은 자신의 사방을 철통처럼 지키며 사방을 수색해 나가는 수하들의 모습을 선명하게 볼 수 있었다.

곡웅은 고개를 갸웃했다.

예감이 이상했다.

하등 특이할 것이 없는 풍경이었음에도 그는 말로 표현하기 힘든 섬뜩함을 느꼈다. 그는 천천히 애도 혈정을 빼 들었다. 피를 머금은 듯 붉은 도신이 몸을 드러냈다.

그의 기색을 읽은 도객들도 긴장한 얼굴로 도병을 움켜쥐었다.

무겁고 음산한 기운이 평원을 덮어갔다.

그 순간,

그를 호위하던 도객 십여 명의 안색이 확 변하며 경호성을 질렀다.

"헛!"

"흑!"

신음을 토하는 수하들을 본 곡웅의 안색도 변했다.

십여 명의 도객은 자신의 다리를 뱀처럼 휘어감으며 기어오르는 검은 손을 떨어뜨리기 위해 온몸을 비틀고 있었다.
 다섯 치는 되는 반투명한 손톱이 달린 두 손은 도객들의 다리를 넘어 복부와 가슴을 더듬었다.
 장내는 공동묘지에서 귀신을 보았을 때와 같은 괴괴한 분위기가 흘렀다.
 흑수(黑手)에 의해 물리적인 피해를 입은 사람은 없었다.
 그러나 안개 속에서 튀어나와 온몸을 넝쿨처럼 칭칭 휘어감은 시커먼 손이 주는 기괴함은 좌중에 있던 이들의 사고를 일시적으로 마비시켰다.
 "정신들 차렷! 사술이다!"
 굉렬한 곡웅의 일갈이 평원을 뒤흔들었다.
 도객들은 일류와 절정의 경계에 선 고수들.
 곡웅의 일갈이 끝나기도 전.
 차차차창!
 일수유지간 흑수가 솟아난 지면에서 일 장여를 물러난 도객들은 패도를 빼 들었고, 흑수를 베었다.
 그러나 폭풍처럼 공간을 벤 그들의 도는 허무하게 허공을 두 쪽으로 갈랐을 뿐이었다.
 흑수는 여전한 모습으로 물러난 도객들을 따라붙었다.
 도객들의 경공에 못지 않은 속도.
 사람들의 안색이 납처럼 굳어졌을 때.
 곡웅은 자신의 미간을 향해 소리없이 날아드는 경기의 흐름을 경각하고 안색이 대변했다.
 "적?"

더 이상 말을 할 여유 따위가 있을 리 없었다.

번개처럼 날아든 암기가 종이 한 장 차이로 머리를 비틀어 피한 곡웅의 관자놀이를 길게 찢으며 피를 튀겼다.

암기는 그가 혈정도를 휘둘러 막을 엄두를 내지 못할 정도로 빨랐다.

그가 어찌 알겠는가.

암천(暗天)을 가르는 한줄기 유성(流星)의 넋[魂]을.

입술을 질끈 깨문 곡웅의 얼굴빛은 하얗게 질려 있었다.

암기를 피했다 싶은 순간 발밑이 무너지며 가공할 경력이 담긴 육장이 그의 가슴 오 개 대혈을 눌러왔던 것이다.

검엽이 산장을 떠난 후 두 번째로 펼치는 영접천뢰장.

"우압!"

맹렬한 기합성이 곡웅의 입에서 터져 나왔다.

그는 이를 악물며 상체를 비틀었고, 두 걸음 뒤로 물러나며 혈정도를 미친 듯이 휘저었다.

황망한 중이었으나 그의 도는 정해진 길을 따라 흐르며 막강한 기세로 전방 일 장을 폭풍처럼 휩쓸었다.

일대거마 초평익의 평생이 담긴 경천패도의 최후삼절초 가운데 제일초 일도참룡세였다.

쾅!

첫 번째 충돌의 여파로 인해 방원 이 장 이내가 격렬한 돌풍에 휘말리며 땅거죽이 뒤집혔다.

"흐윽!"

곡웅의 악문 입술 사이로 억눌린 신음이 흘러나왔다.

평원에 들어선 후 경계를 풀지 않은 그였지만 흑수의 등장으로 혼란한 가운데 이루어진 적의 공세는 가공할 정도로 빠르고 강력했다.

그에 대한 그의 반응 속도도 눈부실 만큼 빨랐지만 적보다는 빠르지 못했다.

게다가 적은 마치 그의 도법을 손바닥처럼 들여다보듯 일도참룡격의 기세가 정점에 달하기 바로 직전에 도세와의 충돌을 유도해 냈다.

곡웅의 얼굴은 하얀색에서 시퍼런 색으로 변하고 있었다.

'패천기가 통하지 않는다?'

적의 장(掌)은 패천기의 인력을 무인지경처럼 뚫고 들어와 그의 혈정도와 부딪쳤다. 있을 수 없는 일이었다.

그러나 그의 생각은 더 이상 이어지지 않았다.

혈정도와 일차 충돌한 적의 장세가 물러나기는커녕 더 막강한 기세를 품고 여전히 그의 가슴을 눌러왔기 때문이다.

'헉!'

비명과도 같은 신음은 밖으로 흘러나오지 못했다.

그럴 틈이 없는 것이다.

일도참룡격의 도세가 확장되며 무서운 위력으로 영겁천뢰장의 두 번째 여파와 충돌했다.

경천패도 최후삼절초의 제이초 일도단혼세.

쾅!

날벼락이 떨어지는 듯한 굉음과 함께 곡웅의 신형이 튕기듯 뒤로 다섯 자를 물러났다.

물러나는 그의 입술 부근에 긴 핏물의 궤적이 그려졌다.

검엽의 영겹천뢰장은 거듭될수록 위력이 강해진다. 하지만 그보다 곡웅을 경악케 한 것은 속도였다.

그의 일도단혼세는 다 펼쳐지기도 전에 검엽의 천뢰장과 부딪쳐야만 했다.

원했을 리가 없었다.

그렇게 하지 않을 수밖에 없는 가공할 속도가 장세에 담겨 있는 것이다.

두 번째 충돌이 있은 다음에야 곡웅은 자신을 공격하는 자의 모습을 볼 수 있었다.

허리까지 오는 길고 숱이 많은 머리카락, 칠흑 같은 흑의, 표정이 없는 얼굴, 얼음처럼 차갑게 그를 응시하는 흑백이 뚜렷한 눈동자.

그리고 눈처럼 희고 고운 손!

검엽의 손을 중심으로 공간이 무참하게 일그러지고 있었다.

가공할 경기의 소용돌이.

검엽과 그와의 거리는 다섯 자.

삼패의 쟁패 시기에도 그가 적에게 허용한 적이 없는 거리였다.

곡웅은 본능적으로 예감했다.

이번의 공격을 막지 못한다면 그에게 다음 기회란 없을 거라는 것을.

그는 찢어질 듯 눈을 부릅떴다.

검엽의 오른손이 어깨부터 사라졌던 것이다.

지켜보고 있었음에도 그는 검엽의 손이 사라지는 순간을 잡아내지 못했다.

"으드득!"

이를 간 그의 도세가 무시무시한 기세를 뿌리며 검엽을 난자해 들어갔다.

경천패도의 최후삼절초 가운데 마지막 초식, 일도균천세.

그러나 일도균천세는 절반도 펼쳐지지 못했다.

문제는 두 가지였다.

하나는 거리.

곡웅의 혈정도는 다섯 자 길이였다. 게다가 경천패도가 제대로 된 위력을 내기 위해서는 최소한 적과 이 장의 거리를 필요로 했다. 적을 묶어두는 공능의 패천기가 필요한 이유가 그것에 있었다.

그런 거리를 곡웅은 확보하지 못했다.

경천패도가 제대로 펼쳐질 수 없는 일이었다.

두 번째는 속도.

곡웅은 검엽이 움직이는 속도를 일정하게 잡아내지 못했다.

갑자기 빨라졌다가 느려지는 검엽의 속도는 예상이 가능하지 않았다.

불규칙했기 때문이다.

게다가 빨라질 때의 속도는 믿어지지 않을 정도였다.

구환공상의 수유일관홍이다.

검엽의 속도를 따라가지 못한 곡웅의 호흡은 흐트러졌다. 그리고 그 결과는 참혹했다.

꽝!

화탄이라도 폭발하는 듯했다.

영겁천뢰장의 세 번째 여파와 충돌한 혈정도의 도신이 산산이 부서지며 파편으로 뿌려졌다.

혈정도를 부순 검엽의 손은 멈춤없이 곡웅의 가슴을 그대로 강타했다.

곡웅은 이를 갈며 눈을 부릅뜨고 검엽을 노려보았다.

마치 검엽의 모습을 죽어서도 기억하겠다는 듯이.

콰드득!

경천쇄마력의 호심진기가 보호하려 했지만 영겁천뢰장의 역도는 불가항력의 기세로 경천쇄마력을 부수었다. 이어 곡웅의 상체를 으스러뜨리며 그를 뒤로 날려 버렸다.

삼 장여를 튕겨 날아가 지면에 떨어지는 곡웅의 숨은 이미 끊어진 뒤였다.

패천도귀전의 도객들은 넋을 잃었다.

상상도 할 수 없는 일이 그들의 눈앞에서 벌어진 것이다.

상황은 그들이 어떻게 손을 쓸 틈도 없이 진행되었다.

흑수가 나타나고, 숨이 끊어진 곡웅의 시체가 피 화살을 뿌리며 허공으로 날아올랐을 때까지 걸린 시간은 눈 두세 번 깜박일 정도에 불과했다.

흑수로 인해 호흡이 흐트러진 그들이 정신을 차리고 움직이려 했을 즈음엔 곡웅의 시신만이 남아 있을 뿐 적의 모습은 사라진 후였다.

야산의 그늘.

"흐으, 흐으."

등을 바위에 기대고 앉은 검엽은 거칠게 숨을 몰아쉬었다.

변체환용공이 풀린 그의 얼굴은 시체처럼 창백했다.

과도한 심력과 영겁천뢰장이라는 희대의 장법을 시전하며 소모한 내력, 경천패도와 충돌하며 입은 내상 때문이었다.

검엽은 호흡을 골랐다.

십여 리의 거리를 벌렸지만 운기로 몸을 다스리기에는 불안한 거리였다.

'운이 좋았다.'

검엽은 숨을 내쉬며 어깨를 늘어뜨렸다.

전신이 쇠망치에 얻어맞은 듯 욱신거렸고, 적의 붉은 도와 충돌한 오른손은 어깨까지 마비된 듯 감각이 없었다.

'초인겸과 싸우며 그의 도법과 기공을 곁눈질로 배우지 않았다면 이기기 힘들었을 강자였다. 초인겸보다 강했어.'

곡웅은 절정의 고수였지만 정말 운이 없었다.

그를 노린 사람이 다름 아닌 검엽이었기에.

그의 무공은 초인겸보다 한 수 위였다. 하지만 그가 사용한 무공은 초인겸의 것과 같았다. 그것이 그의 패인이었다.

초인겸과 있었던 두 번의 싸움 후 검엽은 초인겸의 도법과 기공을 연구했었다.

곡웅이 펼친 경천패도는 초인겸의 그것보다 분명 강력한 위력을 담고 있었지만 투로와 흐름은 동일했다. 같은 무공이었으니까.

손바닥의 손금 보듯 경천패도의 투로를 알고 있는 검엽이 그 투로의 변환점을 영겁천뢰장으로 타격했고, 도세를 이어갈 수 없었던 곡웅은 시체가 되었다.

원하는 결과를 얻은 검엽이다.

그런데도 그의 안색은 좋지 않았다.

'도가 초인겸의 도와 같은 패도류였기에 그가 사용하는 도법이 초인겸의 것과 같을 것이라는 예상은 들어맞았다. 하지만 곡웅을 쉽게(?) 죽일 수 있었던 건 암습 덕분이었어. 암습이 아니라 정면 대결이었다면 족히 삼백 초는 싸웠어야 승패가 갈렸을 상대였다. 제자가 저런 고수인데 초평익은 대체 얼마나 강할까……. 빌어먹을.'

검엽은 손을 내려다보았다.

'육 첩이었다. 십이 첩 이상만 연이어 펼칠 수 있다면…….'

그가 펼친 영겁천뢰장은 세 번 곡웅의 혈정도와 충돌했다. 세 번의 여파. 하지만 그가 펼친 천뢰장은 여섯 번 중첩되었다. 일 수에 두 번의 장세가 중첩된 것이다.

그리고 간신히 그 자리를 벗어날 정도의 내력만 남았다.

아직도 그가 영겁천뢰장을 창안할 당시 꿈꾸었던 일만 번 중첩되는 장세, 만첩지경(萬疊之境)은 과연 이룰 수 있을 것인지 의심스러울 정도로 요원하기만 했다.

투덜거리던 검엽은 자리에서 일어났다.

일단은 몸을 추슬러야 했다.

다음에 그가 상대해야 할 자는 아마도 초평익일 테니까.

第十章

"대사형."

천운기가 서너 번을 부른 후에야 태장천은 정신을 차렸다.

그는 조금 어색해진 얼굴을 사제들에게 보이기 싫어 지평선 끝으로 시선을 돌렸다.

천운기는 짐짓 모르는 척 물었다.

"무엇을 보고 계셨기에 그처럼 집중하셨습니까? 무공 이외의 것에 대사형이 그렇게 집중하시는 모습은 처음 봅니다."

"별거 아니다. 수천 명의 무사가 모여 있는 광경을 보기 쉬운 건 아니잖느냐."

태장천이 담담하게 말했다.

하지만 말을 하는 태장천조차 자신의 말을 천운기가 믿을 거라 생각하지는 않았다.

그들이 서 있는 곳은 무맹의 숙영지가 한눈에 내려다보이는 야산의 칠부능선이었다.

 숙영지와의 거리는 오육 리가량.

 보통 사람이라면 숙영지에 모인 사람들이 개미만 하게 보였을 테지만 태장천과 천운기는 코앞에 있는 것처럼 분명하게 무맹 무사들의 움직임을 볼 수 있었다.

 천운기는 더 이상 태장천에게 질문을 던지지 않았다. 그가 태장천을 여러 차례 부른 것은 반응을 보기 위해서였고, 태장천의 반응은 그가 예상했던 것 이상이었다.

 천운기가 더 이상 질문을 하지 않자 태장천은 지평선에 두었던 시선을 다시 무맹의 숙영지로 돌렸다.

 그의 시선은 한 사람에게 고정되었다.

 후리후리한 키에 적포를 걸친 검수.

 언뜻 보면 아름다운 청년으로 착각하기 쉬웠지만 적포의 검수는 여자였다.

 태장천의 목울대가 눈에 뜨일 정도로 심하게 움직였다.

 그는 주먹을 움켜쥐었다.

 양물이 무서운 기세로 부풀어 오르고 있었다.

 육체가 의지의 통제하에 든 것이 언제인지도 모를 만큼 오래전인 그였다. 그런 그의 육체가 의지의 통제를 벗어나 있었다.

 평소 그의 마음 깊은 곳에 단단하게 자리 잡고 있던 위대한 무(武)의 적통을 이은 자라는 자부심은 더 이상 흔적이 없었다. 자부심이 자리를 비운 그곳을 채운 것은 타는 듯한 갈증, 참기 어려운 욕정뿐이었다.

태장천은 완벽에 가까운 사내였다.

외모의 수려함은 그저 기본에 불과했다.

문무 양면의 자질은 그의 스승들을 감탄케 할 정도였고, 그런 자질을 더욱 빛내는 치열한 노력을 할 줄 알았다. 지도력 또한 견줄 사람이 없을 정도여서 사형제들과 수하들의 신망을 한 몸에 받았다.

하지만 그 완벽함에도 한 가지 단점이 있었다.

그것은 그의 여성 취향이 독특하다는 것이었다.

그는 현모양처형의 여자를 좋아하지 않았다. 미모가 뛰어난 여자도, 염기가 제아무리 강한 여자도 그의 마음을 흔들지 못했다. 그가 마음에 들어 하는 여자는… 기이하게도 남성적인 기질을 가진 여자들이었다.

사내의 옷을 걸친, 겉만 사내 같은 여자가 아니라 기질 자체가 남성적인 여자.

스승과 사형제들은 어렴풋이 그의 여성 취향을 알고 있었다. 얼마나 심각한지는 잘 몰랐지만.

태장천과 운려를 번갈아 보며 천운기는 내심 하얗게 웃고 있었다. 태장천의 여성 취향을 태장천 외에 가장 잘 아는 사람은 그였다.

'사부님들과 사매, 결아는 대사형이 폐관하지 않을 때 무슨 짓을 하고 다니는지 알지 못한다. 하지만 나는 알고 있지. <u>흐흐흐흐</u>. 창천곡 인근의 마을에서 사내처럼 구는 계집들이 간간이 실종된 그 사건들의 배후에 대사형이 있다는 것을, 수중에 넣은 계집들을 어떻게 처리했는지도. 그렇지 않았다면 이런 계획을

구상하지 못했을 것이다.'

그는 태장천의 비밀을 알게 된 날을 생각했다.

넘어설 수 없는 거대한 벽, 사람이 아닌 초인처럼 보이던 대사형이 비루한 인간으로 전락하던 그날을.

'대사형처럼 약점이 있는 사람이 회(會)의 후계자가 되어서는 절대로 안 된다. 천하를 수호하는 회의 주인이 사내 같은 계집을 보며 침을 흘리고, 그런 여자를 얻기 위해 음악한 짓을 불사하는 자라면 어떻게 회를 이끌 수 있을까. 밝혀지는 날엔 회의 미래는 끝장이 난다.'

충정에 불타는 듯한 내심의 독백.

그러나 그의 눈 깊은 곳은 야망이라는 이름의 불길이 이글거리고 있었다. 겉으로는 존경하는 대사형을 수행하는 사제의 모습밖에 보이지 않았지만.

말없이 무맹의 숙영지를 바라보고 있던 태장천이 물었다.

"어제부터 결아가 안 보이는데, 어디 갔느냐?"

"막내 사제는 무맹과 군림성을 다 보고 싶어 하더군요."

태장천은 고개를 끄덕였다.

이틀 전 무맹 숙영지에서 운려를 본 후 그는 다른 곳으로 움직일 생각도 하지 않았다.

처음 보는 대규모 싸움의 이모저모를 보고 싶어 하는 사제들 입장에서는 답답했으리라. 평소에도 돌아다니기 좋아하는 막내 사제는 더욱 그랬을 것이다.

* * *

초평익은 말을 잃었다.

어이상실이 지나치면 그처럼 된다.

그뿐만 아니라 군막에 있는 사람들은 모두 비슷한 표정이었다.

혁련화조차 반쯤 넋을 잃은 채 중얼거렸다.

"곡 사형이······."

곡웅의 죽음을 전하고 난 후 땅만 내려다보고 있던 남도정은 입술을 질끈 물었다.

아직 보고는 끝나지 않았다.

고개를 든 그가 말했다.

"본 성의 세작들을 제거하고 곡 부전주를 죽인 자가 고검엽이라는 정보를 얻었습니다."

번갯불 같은 신광이 이글거리는 눈이 남도정의 눈과 마주쳤다.

"또··· 그자란 말인가!"

"······."

"남도정."

"예, 전주님."

"그자를 가르친 놈들이 이천륭과 장현, 노굉이라고 했었지?"

"그렇습니다."

"고작 수절과 암절에게 배운 무공으로 인겸이와 곡웅을 죽이는 것이 가능할 거라고 생각하느냐? 더구나 이제 열아홉에 불과하다는 애송이가?"

지나가듯 묻는 평이한 어투.

하지만 남도정은 자신의 목숨이 대답에 달렸다는 것을 직감했다. 대부분의 절세고수들은 감정의 진폭이 클수록 냉정해진다는 것을 잘 알고 있었기 때문이다.

"불가능합니다, 전주님. 하좌는 산장이나 무맹에서 최고의 역량을 투입해 키운 자일 가능성이 높다고 판단하고 있습니다."

초평익은 천천히 자리에서 일어났다.

일어서는 그를 중심으로 막대한 기파가 동심원을 그리며 퍼져 나갔다.

사람들은 입고 있는 옷자락이 바람도 없는데 펄럭이는 것을 보며 침을 꿀꺽 삼켰다.

초평익의 분노가 손에 잡힐 것처럼 느껴진 것이다.

초평익은 오른편에 서 있던 혁련화를 슬쩍 돌아보며 말했다.

"네가 말한 순간이 온 듯하구나."

"예, 삼조부님. 저도 그렇게 생각해요."

혁련화의 음성은 모깃소리처럼 가늘었다.

침중한 얼굴로 장내에 모인 사람들을 둘러보며 초평익이 입술을 뗐다.

"이곳의 지휘는 잔풍대의 능표가 맞는다. 혈풍대의 낭악과 혁련화는 그를 보좌하라. 나는 자객을 죽이고 오겠다."

놀란 천살장 능표가 무성한 구레나룻에 가려진 입을 떡 벌렸다.

예상치 못한 지시였다.

하지만 반대는 무의미했다.

초평익은 벌써 군막을 벗어나고 있었던 것이다.

* * *

"살아 있다는 소문을 듣고 많이 놀랐다."

사마결은 정말 놀랐었다는 듯 검엽을 보는 시선에 호기심이 가득했다.

검엽은 쓴웃음을 지었다.

"나한테는 네가 이곳에 있는 게 더 놀랍다."

삼십여 장 높이의 야트막한 야산 뒤편.

그늘 아래서 검엽과 사마결이 마주 보며 서 있었다.

자신이 은신하려던 장소에 먼저 와 있는 손님의 정체가 사마결이란는 걸 알고 검엽은 진심으로 깜짝 놀랐다.

자신의 생존 소식이야 사마결에게 알려질 거라는 생각은 당연히 했었다.

삼패세의 둘이 싸우는 원인을 제공한 그였다.

절정고수들을 손가락으로 부리는 사마결이 모르고 있을 리가 없는 것이다.

그러나 사마결이 그를 찾아오리라는 생각은 그도 하지 못했다.

사대겁혼을 검엽이 거두었다는 것을 안다면 몰라도 그를 찾아올 이유가 없었으니까.

"담담하군. 뜻밖이야. 날 보면 죽이려고 미친놈처럼 달려들 거라 생각했거든."

"그건 절반쯤 미친놈인 네 생각이고."

심드렁한 얼굴로 말을 받은 검엽은 이어서 물었다.

"왜 왔냐?"

"죽일까 봐 걱정돼?"

검엽의 목숨이 손바닥 위에 있는 듯한 어투.

검엽은 이를 드러내며 소리없이 웃었다.

자존심이 상하는 말이었다. 하지만 그는 사마결과 드잡이를 할 생각은 없었다. 벌써 마음속에 묻어버린 자가 아닌가.

"그럴 거면 이렇게 대화를 나눌 생각을 하지 않았겠지. 그리고 너무 자극하지 마라. 네 말마따나 미친 척하고 생사결하자는 마음이 들 수도 있어."

사마결은 눈을 가늘게 떴다.

이미 알고 있는 것이지만 검엽은 머리가 너무 잘 돌아간다.

억누른 살기가 조금씩 그의 마음을 잠식해 갔다. 하지만 그 살기는 표면화될 수 없는 것이었다. 이곳에는 그만 와 있는 게 아니었고, 그가 검엽을 죽이면 그들의 주목을 끌게 될 것은 자명했다.

그는 길게 숨을 뱉으며 마음을 다잡았다.

"주제 파악 못하는 것도 여전하군. 오고 싶어서 온 것은 아니다. 잡아끌고 온 사람 때문에 어쩔 수 없이 온 거지……."

사마결은 떨떠름한 어조로 대답했다.

검엽의 눈이 빛났다.

'강제로 끌려왔다는 말이잖아. 이런 놈을 제어할 수 있는 사람이 있단 말인가?

그의 머릿속이 어지럽게 헝클어지려는 것을 이어지는 사마결의 말이 끊었다.

"어떻게 빠져나왔는지 또 멀쩡하긴 한 건지 궁금하기도 하고 확인하고 싶은 것도 있어서."

"대답하지 않겠다면?"

사마결은 어깨를 으쓱했다.

"강요할 생각은 없다. 몰라도 상관없는, 그저 단순한 호기심일 뿐이니까."

검엽은 사마결의 말이 진심이라는 것을 알 수 있었다.

"폭발의 위력이 커서 동굴이 무너졌다. 물에 빠져 죽기 직전에 수면 위로 나올 수 있어서 살았고. 궁금한 건 풀어준 거 같은데 확인할 건 뭐냐?"

거짓은 아니지만 진실의 절반은 은폐되었다. 하지만 사마결은 그 사실을 알 수 있는 방법이 없었다.

"악운이 강하군."

"그런 편이지."

사마결의 눈빛이 은밀해졌다.

"혹시 네가 빠져나올 때 광장에 있던 네 개의 옥미인상이 어떻게 되었는지 아냐?"

"옥미인상?"

"그래, 사방의 위치를 점하고 있던 그 옥상들 말이다."

"모른다. 나 살기도 바쁜 판국이었다. 그런 것들에 신경 쓸 틈이 있었을 거라고 생각하는 거냐?"

검엽의 대답에 사마결은 입맛을 다셨다.

그가 생각해도 그랬다.

진원이 손상된 상태에서 화탄이 터져 동굴이 무너졌다. 옥미인상 따위에 신경 쓸 여유가 있을 리 없었다.

"그렇겠지······."

나직하게 중얼거린 그가 말을 이었다.

"초인겸과 곡웅을 죽인 것 때문에 초평익이 너를 죽이러 올 거다. 악운이 계속해서 너를 지켜주지 않는다면 이번에는 죽을 거야."

"호오, 역시 네 수하들은 능력이 있다. 몇 시진 지나지 않은 일인데도 다 알아다 주는구만."

검엽의 어투가 마음에 들지 않은 듯 사마결의 눈빛이 싸늘해졌다.

"무맹의 구양일기가 이것저것 손을 쓴 모양이긴 하지만 그것들이 네 목숨을 지켜줄 수 있을까. 궁금해서라도 끝까지 지켜볼 생각이다. 이렇게 재미있는 일은 또 보기 어렵지 않겠어?"

검엽의 눈빛이 굳었다.

사마결이 한 말은 무맹의 내부 사정, 그것도 최고위층의 내부 사정을 모르면 할 수 없는 말이었다.

'이 자식, 정체가 도대체 뭐야?'

하지만 검엽은 의문을 내색하지 않았다.

그가 말했다.

"보든지 말든지, 생각대로 해. 말리고 싶은 마음은 조금도 없다. 호호호."

* * *

"초평익이 본진을 떠났다고 하오."

위경의 말이 떨어진 순간 군막 안은 삼엄한 긴장에 휩싸였다.

"확실한 정보입니까?"

철각 황오의 질문에 위경은 단호하게 고개를 끄덕였다.

"산운전의 명예를 건 정보요."

분위기가 조금씩 달아올랐다.

위경이 말을 이었다.

"초평익은 본진을 떠나며 패천도귀전의 수하 일백오십 명과 우리의 동태를 살피던 세작들 중 반 정도를 데려갔다고 하오. 전력상 그들 무력의 삼 할에 해당하는 자들이 빠져나간 거요."

흥분을 감출 수 없는 듯 그의 어조도 높았다.

이것은 절호의 기회였다.

신중한 기색으로 위경의 말을 듣고 있던 벽소일이 물었다.

"지난날 보여준 초평익의 성향은 분명 기습이나 암격과는 담을 쌓은 것이었습니다. 하지만 세월이 지나며 그가 변했을 가능성도 있습니다. 그에 대해서 산운전은 충분히 살피고 있는 것입니까?"

에둘러 말하긴 했지만 벽소일은 초평익이 기습을 할 수도 있다는 의견을 피력하고 있었다.

사람들은 움찔했다.

우회나 기습 같은 용어는 과거 초평익의 행적과 하늘과 땅만큼 거리가 멀었다. 그래서 그들의 생각이 미치지 못했던 부분을 벽소일은 꼬집어 말했던 것이다.

위경은 미소를 지었다.

"좋은 질문이오. 충분히 의심할 만한 움직임이기도 하고. 하지만 초평익이 이곳까지 와서 기습하거나 허장성세로 우리를 속여 공격을 유도할 일은 없으니 그에 대해서는 안심해도 좋소. 그는 그런 전술을 구사할 마음의 여유가 없소이다."

"그 이유를 알 수 있겠습니까?"

질문자는 역시 벽소일.

"초평익의 제자인 패천마도객 곡웅이 죽었소. 초평익은 곡웅을 죽인 사람을 추적하기 위해 본진을 떠난 것이외다."

"아!"

"그럴 수가!"

사람들은 저마다의 방식으로 놀람을 표했다.

벽소일과 어깨를 나란히 하고 서 있던 황오가 눈을 빛내며 물었다.

"본진에 있었다면 곡웅이 죽을 일은 없었을 테고… 외부에 나갔다가 당한 것입니까?"

벽소일도 궁금증을 참을 수 없다는 듯 황오에 뒤이어 물었다.

"누가 곡웅을 죽인 것입니까? 곡웅은 군림성 내에서도 스무 손가락 안에 드는 절정의 고수가 아닙니까?"

위경은 고개를 저었다.

"미안하지만 그와 관련된 사항은 초일급 비밀에 속하는 것들이라 말씀드릴 수 없소이다. 한 가지 말씀드릴 수 있는 건 곡웅의 죽음은 귀마안의 세작을 제거하던 우리 측 고수를 추적하던 중에 일어났다는 것뿐이오."

이렇게 말하는데 더 물을 수는 없는 일이다.

혈수대선생 유억이 손가락으로 탁자 위를 톡톡 치며 물었다.

"초평익이 없는 본진의 지휘자는 누구요?"

"천살장 능표입니다, 유 선배."

"능표……?"

유억의 눈매가 가늘어졌다.

그는 의혹이 어린 어조로 말했다.

"그는 절정의 고수이고, 군림성에 맹목적으로 충성하는 자이긴 하지만 이천여 무사를 지휘할 만한 자격을 갖춘 자는 아닌데……?"

유억의 말은 옳았다.

수평으로 비교할 수는 없지만 잔풍대 부대주라면 무맹의 단주보다 낮고 부단주보다는 조금 높은 위치였다.

그가 말을 이었다.

"알려지기로 능표는 저돌적인 자라 하오만 초평익이 지휘를 맡긴 것은 그만한 이유가 있을 것이오. 혹여 공성계와 같은 계책을 쓸 수도 있지 않을까 우려되오만……."

위경은 웃으며 고개를 저었다.

"그는 감히 그럴 담량이 없을 것입니다. 초평익은 평생 동안 적을 피해본 적이 없는 인물이고, 자신의 지휘하에 있는 자가 그런 계책을 쓰는 걸 용납한 적도 없는 패도의 화신과 같은 인물입니다. 능표가 공성계를 쓰려 한다면 아마도 죽을 각오를 한 이후일 겁니다."

똑 부러지게 말한 그는 좌중을 둘러보며 말을 이었다.

"초평익이 본진에 없는 이상 저들은 긴장 상태에서 대기 중일 것이오. 우리가 저들의 본진에 도착하려면 길을 재촉한다 해도 사흘은 걸릴 것이고, 그 시간 내에 초평익이 돌아오지 않는다면 저들의 피로 누적은 상당한 수준이 될 거요. 모두 출진을 준비해 주시오. 이각 후 출발하겠소이다."

"알겠습니다."

사람들은 급하게 군막을 빠져나갔다.

* * *

간간이 보이는 야산 외에는 일 장 높이의 나무를 찾기 어려울 정도로 드넓은 평원.

본진을 떠난 초평익은 귀마안의 세작들과 패천도귀전의 도객들을 풀어 사방 일천여 장 이내를 샅샅이 수색하며 전진했다.

그는 곡웅과 달리 아무런 호위도 주변에 두지 않았다. 도객들도 그를 호위할 기미는 전혀 보이지 않았다.

곡웅과 초평익은 그만큼 달랐다.

십여 리 떨어진 야산의 능선에서 초평익의 움직임을 지켜보던 검엽은 혀를 찼다.

'곤란하구만. 곡웅과는 차원이 아예 다른 자다. 암습은 불가능해. 흔적을 들키지 않고 오 장 이내로 접근할 방법이 없다. 정면에서 공격하는 수밖에 없는데……'

귀마안과 도객들에게 들키지 않고 초평익의 근처까지 갈 수는 있었다. 그러나 단숨에 초평익을 쓰러뜨리지 못하면 세작은 차치하고 일백오십 명의 도객이 그를 난자할 것이다.

성공 가능성은 거의 없고, 난자당할 가능성은 십 할에 가까웠다.

그가 고민에 빠져 있을 때였다.

"젊은 친구, 이쯤에서 우리가 나서면 될 거라고 하더구먼."

뜬금없는 말과 함께 세 명의 노인이 검엽의 오른쪽 십여 장 떨어진 곳에 있는 바위 뒤에서 느긋하게 걸어나왔다.

각기 황의와 회의, 남의를 입은 세 명의 노인은 만 명 속에 섞여 있어도 눈에 뜨일 정도로 개성이 강한 외모를 갖고 있었다.

황의를 입은 노인은 검엽과 비슷한 키의 장신에 이목구비가 굵직굵직하고 이백 근은 나갈 듯한 거구라 호방한 느낌이었는데, 그 덩치에 어울리는 일 장 길이의 방천화극을 한 손에 들고 있었다.

그리고 다섯 자 여섯 치가량의 단신에 눈매가 음산한 회의노인의 비어 있는 두 손은 기이하게도 옷과 같은 회색이어서 시체의 손을 연상시켰다.

마지막 세 번째 남의노인은 봉두난발에 가시 같은 구레나룻이 얼굴을 반을 덮고 있어서 용모를 알아볼 수가 없었고, 키는 황의노인보다 작은 육 척가량이었지만 덩치는 비슷했다. 그 역시 거구에 걸맞은 칠 척 길이의 낭아봉을 한 손에 쥐고 있었다.

최소한 육십이 넘었을 나이로 보이는 그들의 기세는 검엽이 압박감을 느낄 정도로 막강했다.

그가 만나본 사람들 가운데 나타난 노인들보다 강한 사람은 다섯 손가락을 채우기 어려울 정도.

말을 한 사람은 단신의 회의노인이었다.

노인들은 검엽의 반응을 보고 눈살을 찌푸렸다. 기대와 다른 반응이었기 때문이다.

검엽은 별반 놀란 기색이 아니었다.

회의노인이 물었다.

"너, 우리가 있는 걸 알고 있었던 거냐?"

"몰랐습니다."

"그런데 왜 그렇게 태평해?"

"구양 군사가 누군가를 보낼 거라고 생각했으니까요. 초평익을 제거할 수 있는 기회를 저에게만 맡겨둘 만큼 구양 군사는 저를 믿지 않거든요."

노인들은 재미있다는 표정이 되었다.

회의노인이 음산한 어조로 검엽의 말을 받았다.

"저 잘난 맛에 사는 구양 여우도 사람을 잘못 볼 때가 있구나. 그놈은 너를 무공이 그럭저럭 쓸 만하고 반골 기질이 강한 어린 놈이라고만 생각하는 것 같던데, 상황 파악 능력이 강호의 노물들도 따르기 어려울 정도인 걸 보니 머리가 꽤나 잘 돌아가는 아이들 축에 속하는 것 같구나, 클클클."

검엽은 혀를 찼다.

아이 소리 들을 나이는 지난 그가 아닌가.

하지만 그는 회의노인의 말에 토를 달지 않았다.

세 명의 인상착의를 보면서 그는 강호상에 유전되고 있는 몇 명의 절세고수를 떠올린 상태였다.

그의 짐작이 맞는다면 세 노인은 그를 아이라 부를 자격을 충분히 갖고 있었다.

물론 그 호칭에 동의할 생각은 추호도 없었지만.

회의노인과 검엽의 대화를 듣고 있던 황의노인이 불쑥 끼어들었다.

"초평익과 도귀들은 상대하기 까다롭다. 계획이 있느냐?"

"세 분이 도와주신다면 성공 확률이 꽤 높은 계획이 있습니다."

노인들은 미심쩍은 눈초리로 검엽을 보았다.

그들은 초면이다.

신뢰는 당연히 없었다.

앞으로 신뢰가 형성될 것이라고 장담할 수도 없었고.

* * *

군림성 숙영지.

혁련화와 나란히 마련되어 있는 자리에 앉는 능표의 표정은 무거웠다.

덩달아 군막 안의 분위기도 무겁게 가라앉았다.

능표가 안색만큼이나 무거운 어투로 말문을 열었다.

"여러분을 부른 것은 전주님의 근황이 도착했기 때문이오. 세작들의 전언에 의하면 고검엽의 흔적을 발견한 전주님께서 현재 량산 인근까지 추적해 들어가신 상태라 하오. 그자를 잡는다 해도 돌아오시려면 적어도 이틀은 더 걸릴 수밖에 없는 거리요. 수하들의 피로가 높아지고 있음을 나도 아오만, 전주님께서 돌아오실 때까지는 다른 방도가 없소. 모두 힘을 내주시구려."

입을 여는 사람은 없었다.

이번 전쟁은 온전히 초평익의 주장으로 시작되었다.

군림성 내부에서는 무맹과의 전쟁을 반대하는 목소리가 훨씬 높았다. 군림칠마성 중 반수 이상이 전쟁을 반대했었으니 말이 필요없는 분위기였다.

정무총련이 어부지리를 얻을 것은 자명한 전쟁이었고, 삼패의 균형이 무너질 정도로 큰 규모로 이루어질 수도 없는 전쟁이었다.

이긴다 해도 호남성 남부 이상을 얻을 수 없는 전쟁이었기 때문이다. 만약 군림성이 그 이상의 욕심을 부린다면 무맹과의 전면전을 각오해야 했다.

그런 상황을 원하는 사람은 아직 아무도 없었다. 그리고 변황오패천을 생각한다면 가능하지도 않았다.

초평익이라고 군림성이 처한 상황을 모를 리가 없었다. 그러나 그는 주장을 굽히지 않았고, 누구도 손자를 잃은 초평익의 고집을 꺾지 못했다.

더 말리면 혼자서라도 무맹에 쳐들어갈 것이 분명했는데 누가 그를 말릴 수 있었겠는가.

그래서 이번 전쟁에 투입된 인물들 가운데 진정한 절정고수들의 수가 극소수에 불과했던 것이다.

무맹도 그런 사정은 군림성과 다를 바가 없었다.

겉으로 볼 때 고수의 수는 무맹 측이 군림성보다 많았다. 하지만 그건 초평익이라는 절대고수를 고려한 머릿수 맞추기밖에 되지 않았다.

무맹 사람들도 그 사실을 인정하고 있었다.

그렇지 않았다면 초평익이 본진에 있을 때 어떤 방식으로든 공격이 감행되었을 것이다.

침묵을 깬 사람은 혁련화였다.

"삼조부님께서 이곳을 떠난 지 사흘이 되었어요. 소식이 무맹에 전해졌다면 그들은 반드시 공격을 하려 할 거예요. 다시 오지 않을 기회니까요."

사람들은 고개를 끄덕였다.

그들이 무맹의 입장이라도 그렇게 했을 것이다.

"그들이 길을 서둘렀다면 공격은 오늘 밤이 될 수도 있어요. 저는 늦어도 이틀 안에 그들의 공격이 있을 것이라고 생각해요. 이대로 이곳에 있다가 그들의 공격을 받을 생각들이신가요?"

사람들의 안색이 변했다.

혈풍대 부대주 낭악이 돌처럼 딱딱하게 굳은 얼굴로 혁련화의 말을 받았다.

"대공녀님, 설마……! 무슨 생각을 하시는지 알겠지만 그건 안 됩니다. 전주님께서 돌아오셔서 알게 되신다면 이번 전쟁에서 이기든 지든 그분은 우리 전부의 목을 일도에 날려 버리실 겁니다."

혁련화는 부드럽게 웃었다.

그녀가 어찌 초평익의 패도적인 기질을 두려워하는 사람들의 심정을 모르겠는가.

"삼조부님의 칼은 제가 받지요. 여러분은 저의 의견을 따라주시는 것뿐 아무런 책임도 없어요. 제 이름을 걸고 약속드려요."

사람들의 얼굴에 갈등의 빛이 뚜렷해졌다.

그들은 패천도귀전의 인물이 한 명이라도 남아 있었다면 혁련화도 말을 꺼내기 어려웠을 것이라고 생각했다. 하지만 이 자리에는 초평익의 직계수하들이 포함되어 있지 않았다.

혁련화의 미소가 진해졌다.

군막 안은 상황에 어울리지 않는 화사한 기운이 감돌았다.

그녀의 미소를 본 사람들의 마음이 조금씩 흔들렸다.

그녀는 마도의 대종사 혁세기의 후손이었다.

그리고 초평익이 눈 안에 넣어도 아프지 않을 만큼 아끼는 사람이기도 했다.

第十一章

량산.

고대 순임금이 직접 이름을 지었다는 전설이 남아 있는 량산은 신녕 인근 일백여 리에 걸쳐 있고, 육십 리를 휘돌아 흐르는 부이강과 천하제일항(天下第一巷) 등의 무수한 절경을 품고 있는 산이다.

미시 말.

초평익은 량산의 깊은 숲 속에 들어와 있었다.

그리고 그의 앞에는 삼엄한 기도를 풍기는 사십 후반의 도객이 미간을 잔뜩 찡그린 얼굴로 서 있었다.

곡웅이 죽은 지금 패천도귀전 서열 이위자가 된 단혼도 진필이 그였다.

진필이 긴장한 어투로 말했다.

"전주님, 흔적은 천하제일항 내로 이어져 있습니다."

초평익은 진필의 손끝이 향한 곳으로 시선을 돌렸다. 그곳엔 천하에 유명한 량산의 천하제일항이 있었다.

천하제일항은 깎아지른 두 개의 절벽 사이로 난 사십여 장 길이의 좁은 길을 말한다.

절벽 사이의 폭은 좁은 곳이 일 척, 넓은 곳도 삼 척에 미치지 못한다.

천하의 절경이라 이름난 풍광이지만 추적자에게는 달가워할 수 없는 곳이었다.

초평익은 청염을 쓰다듬으며 스산하게 웃었다.

"도를 쓰지 못하게 하면 해볼 만하다는 생각이더냐. 자존망대한 놈. 인겸이와 웅아를 죽였다고 보이는 게 없는 모양이로구나."

진필이 조심스럽게 말했다.

"전주님, 저희가 먼저 들어가겠습니다."

"필요없다."

초평익은 한 걸음 앞으로 내딛으며 말했다.

진필은 망설이지 않고 옆으로 물러나 길을 열었다.

그가 먼저 들어가겠다고 한 것은 초평익이 손을 쓰게 한다는 게 죄스러워서였다. 초평익을 걱정해서가 아닌 것이다.

절벽의 틈으로 들어선 초평익은 산보를 하듯 천천히 걸어갔다.

그는 느끼고 있었다.

전방에서 뿜어져 나오는 강렬한 살기를.

길고 푸른 눈썹 아래 자리 잡은 그의 눈이 무저갱처럼 깊어졌다.

 '묘하고 묘하도다. 분명 한 사람의 기세이거늘… 두 개의 기세가 느껴진단 말인가…….'

 점증되는 살기 어린 기세는 의심할 여지없이 무공에 의한 것이었다.

 하지만 다른 하나의 기세는 정체가 불분명했다.

 신기(神氣)와 마기(魔氣)가 혼재되어 있었고, 그 둘의 기운을 흐트러뜨리는 혼란스러운 기운도 느껴졌다.

 초평익의 눈빛이 갑자기 무서운 신광을 발했다.

 '두 번째 기운은 무언가에 막혀 있는 것 같군. 외부로 제대로 투사되지 못하고 있어. 하지만 희미하게 느껴지는 것만으로도 내 평정심에 파문을 일으키다니. 저 기운은 그것을 느끼는 자들의 마음에 어떤 식으로든 영향을 미치는 듯하다. 다행히 봉인된 것과 다름없어서 영향을 크게 미치지 못할 뿐……. 인겸이와 웅아가 당한 것이 이해가 가는군.'

 그는 대부분 어깨를 비스듬하게 틀어 전진할 수밖에 없는 절벽 틈새의 길을 십오 장쯤 나아갔다. 그리고 그곳에서 그는 오장 앞에 팔짱을 끼고 서 있는 기세의 주인을 볼 수 있었다.

 약간 마른 느낌을 주는 장신의 흑의인.

 길고 숱이 많은 머리를 뒤로 넘겨 흑건으로 질끈 묶은 흑의인, 검엽의 얼굴을 본 초평익의 눈에 순수한 감탄의 빛이 어렸다.

 "대단한 미모로군. 네가 고검엽이더냐?"

"그렇소."

검엽은 시큰둥한 어조로 대답했다.

상대가 상대인 터라 그는 변체환용공을 풀었다. 그것에 할애할 내공의 여유 따위는 없었기 때문이다.

역용을 풀었지만 그는 초평익의 첫말이 그의 외모에 대한 것일 거라고는 생각지 못했다.

그런데 초평익이 보자마자 그의 얼굴을 논했으니, 그것도 잘생겼다는 표현이 아니라 여자의 외모를 평할 때나 사용하는 미모라는 표현을 써서.

기분이 좋을 턱이 없었다.

초평익은 청염을 쏟아내렸다.

손이 내려오는 것과 보조를 맞추듯 산악과도 같은 패기가 그의 전신을 휘감으며 서서히 일어섰다.

검엽의 눈빛이 침중해졌다.

각오한 바였다. 하지만 직접 보는 초평익의 패기는 그가 최악으로 상정한 것보다도 강했다. 각오가 무색해질 정도로.

'도법을 펼치기 어려운 장소로 끌어들이지 않고 평원에서 부딪쳤다면… 생각만 해도 끔찍하구만.'

초평익은 물처럼 고요한 눈으로 검엽을 바라보며 등에 멘 패도의 손잡이를 잡았다. 그의 전신 어디에서도 검엽을 향한 증오나 분노는 보이지 않았다.

검엽은 그런 초평익이 더 위험하다는 것을 잘 알고 있었다. 증오와 분노, 살기가 사라진 것이 아니라 초평익의 내부에서 더 강하게 응집되고 있기 때문이었으니까.

스르릉.

주인의 의지를 배신한 적이 없는 패천마도의 시퍼런 도신이 햇살 아래 모습을 드러냈다.

초평익은 패천마도를 머리 위로 들며 한 발을 앞으로 내디뎠다.

도를 처음 잡는 이들이 배우는 단순하기 그지없는 상단세.

하지만 그 도세를 상대하는 검엽의 안색은 단숨에 허옇게 변하고 있었다.

초평익이 상단세를 취하는 순간, 패천마도의 도신에서 다섯 자 길이의 시퍼런 도기가 불쑥 튀어나왔다.

그리고 직후 초평익은 사라지고 일 장이 넘는 거대한 도만이 남았다.

'도기상인(刀氣傷人)… 신도합일(身刀合一)… 도강(刀罡)이 펼쳐지지 않은 걸 감사해야겠구만.'

도법을 수련한 자 중에서 절정지경의 끝에 도달한 자들만이 깨달음의 조각이나마 볼 수 있다는, 가히 전설이나 다름없는 무공의 경지가 그의 눈앞에서 구현되고 있었다.

'초식을 펼치기에는 제약이 심한 장소니까 도기(刀氣)로 승부를 내겠다 이거지.'

검엽은 이를 악물었다.

초인겸의 패천마도에 형성된 도기(刀氣)는 환상이 아니었다. 오히려 실제의 도신보다 더 강하고 예리했다. 스치기만 해도 그의 몸은 썩은 고목 잘리듯 두 쪽이 날 터였다.

'최단시간 내에 승부를 내야 한다. 여우가 분명 엉뚱한 언질을 했겠지만 저 노인네들도 초평익을 쓰러뜨리기 전까지는 제 역할을 해주겠지. 안 그러면… 다 죽을 테니까. 그래도 마군이라 불리는 노인네들이니까.'

검엽은 혼신공력을 끌어올렸다.

단전이 용광로처럼 달아오르는가 싶더니 전륜구환공의 아홉 진결이 연이어지며 그의 전신을 진기로 가득 채웠다.

가슴 앞에 들어 올린 두 손의 장심에 무형의 기가 무서운 소용돌이를 만들며 회전했다.

초평익의 눈이 번뜩였다.

'약관 정도로 보이는 놈이거늘. 성취가 실로 경이롭구나. 젊은 층에선 화아보다 나은 녀석이 없으리라 믿었거늘. 이대로 사오 년만 지난다면 능히 초절정을 넘볼 자질이다. 저놈과 같은 나이에 저와 같은 성취를 이룬 사람이 있었던가? 저 나이 때는 대형도 저놈만 못했다. 적수가 될 만한 싹은 날개를 펴기 전에 부수는 게 좋지.'

검엽은 거대한 도의 기세가 무서운 살기를 담아가고 있다는 것을 느꼈다.

패천마도가 휘둘러진다면 그는 기회를 찾을 수 없게 될 것이라는 것도.

'노인네들, 시간이 없다구!'

검엽이 마음속으로 외치는 소리를 들었음인가.

갑자기 허공이 시커멓게 물들었다.

초평익은 눈살을 찌푸렸다.

상단세의 기세가 정점을 향해 치솟고 있는 순간이었다. 일도면 고검엽의 목을 자를 수 있었다. 그것을 방해하는 자가 있는 것이다.

"감히 어느 놈이 본좌를 방해하느냐!"

굉량한 일갈이 터져 나오며 패천마도가 한일자로 허공을 그었다.

쑤와아아아악!

가공할 패도의 기세를 이기지 못한 허공이 둘로 갈라지고 있었다.

콰콰쾅!

"흐흡!"

화탄이 연속해서 터지는 듯한 굉음과 억눌린 신음 소리가 절벽을 뒤흔들었다.

후두두두둑—

흙먼지와 부서진 돌 조각들이 비산하며 안개를 만들어 시야를 방해했다.

"붕악마군(崩岳魔君) 냉홍조(冷紅朝)?"

조금 어리둥절해하는 기색이 담긴 초평익의 음성이 흙먼지 속에서 났다.

흐릿하게 드러난 초평익은 더 이상 한 자루의 거대한 도의 모습이지 않았다.

그는 중단세로 패천마도를 잡고 허공에 시선을 주고 있었는데, 그의 머리 오 장 위의 절벽 틈에는 다리를 벌려 양쪽 절벽 면에 한 발씩을 걸치고 아래를 내려다보고 있는 거구의 황의노인이 있었다.

황의노인, 냉홍조는 입가를 적시고 있는 핏물을 방천화극의 날에 뱉으며 말했다.

"아쉽군. 네놈 머리를 부술 수 있는 기회였는데 말이야."

초평익의 입가에 명백한 비웃음이 떠올랐다.

"너 혼자서? 그 나이가 되었으면 철이 들 때도 되지 않았나? 오마군(五魔君)이란 명성에 취해 아직도 미망에서 깨어나지 못했군. 그 나이가 되어서도 정신을 차리지 못하고 단목천의 발을 핥을 줄 알았으면 삼십 년 전 그때 단칼에 베어 죽여주었을 텐데. 개처럼 비는 게 불쌍해서 살려준 본좌의 잘못이로다."

"이… 이놈!"

얼굴이 시뻘겋게 달아오른 냉홍조의 입에서 괴성과도 같은 욕설이 터져 나오며 그의 신형이 수직으로 내리꽂혔다.

부우웅!

그의 애병 단패극(斷覇戟)이 지나가는 공간이 길게 찢어지며 격렬한 파공음을 냈다.

방천화극이 이르기 전에 유형화된 기가 먼저 이른다.

가공할 위세.

그러나 초평익은 입가에 떠오른 비웃음을 지우지 않았다.

"너와 저 아이만으로 나를 상대하겠다고? 그렇게 죽여달라고 애원한다면 기꺼이 죽여주마."

말과 함께 도를 쥔 그의 신형이 반전하며 뒤로 직각으로 꺾였다. 그리고 지면을 향했던 패천마도의 도신이 하늘을 향해 뒤집어지며 수직으로 허공을 그어갔다.

잔상도 남지 않는 경쾌한 운신.

패천마도와 단패극이 막 충돌하려는 순간,

"나도 있다, 초 가야!"

괴악한 외침과 함께 음울한 회색조영(灰色爪影)이 초평익의 하체를 휩쓸어갔다.

"고루시마조(骷髏屍魔爪)? 으하하하, 시마군(屍魔君) 장흠도 왔구나! 강호의 떨거지들이 다 모인 날이더냐!"

일진광소가 량산을 뒤흔들었다.

검엽은 초평익의 광오함에 혀를 내둘렀다.

오마군에 속한 두 명의 초절정고수를 강호의 떨거지 취급하는 자가 무림에 몇 명이나 있을 것인가. 아니, 과연 한 명이라도 있기는 있을 것인가.

구양일기가 보낸 세 사람은 중원무림에서 일마제, 쌍마군의 다음 서열이라 공인된 정사 중간의 초절정고수 오마군(五魔君) 가운데 세 명이었다.

둘은 냉홍조와 장흠이었고, 지금 천하제일항의 입구에서 패천도귀전의 도객들을 막고 있을 사람은 한 자루 낭아봉으로 대강남북을 휩쓸던 미친 늑대, 광랑마군(狂狼魔君) 양계상이었다.

검엽보다 강한 양계상이 다른 두 사람과 함께 초평익을 상대하지 않고 입구를 틀어막는 역할을 맡은 이유는 간단했다.

초평익을 잡아두기 위해서는 검엽이 필요했으니까.

입을 놀려도 초평익의 손은 놀지 않았다.

그의 패천마도는 냉홍조의 단패극을 거침없이 튕겨 버렸고, 석 자 위로 솟구친 후 수직으로 내려그은 단 일 도에 장흠은 사색이 되어 손을 거두며 세 걸음을 물러나야 했다.

하지만 냉홍조와 장흠 또한 당세의 초절정고수들.

물러남은 당연히 끝이 아니었다.

허공에서 신형을 한 바퀴 회전하며 가속과 원심력을 얻은 냉홍조의 단패극이 다시 한 번 수직으로 내려그었고, 비스듬히 신형을 앞으로 숙인 장흠의 고루시마조가 초평익의 단전을 향해 날아들었다.

장소가 장소인만큼 그들과 초평익은 평생 고련한 기고한 초식들을 사용하지 않았다.

폭이 두 자를 간신히 넘는 장소였다.

이곳에서 초식을 펼친다면 다 펼치기도 전에 막힐 수밖에 없고, 그것은 파탄으로 연결될 수밖에 없었다.

대신 그들은 내력의 운용과 속도, 정확성으로 승부를 내려 했다. 그렇다 해도 그들의 싸움은 흉험하기 그지없었다.

그들은 초식의 구애를 받는 경지를 넘어선 사람들이었기 때문이다.

세 사람의 공격은 단순히 내려긋거나 올려치거나 찌르는 동작으로 이루어졌다.

굳이 이름을 붙인다면 저잣거리의 약장수들에게도 익숙한 일도양단, 태산압정과 같은 초식들이었다.

그러나 초식이 단순해질수록 세 사람의 움직임은 육안으로 잡을 수 없을 정도로 빨랐다.

어지간한 무공을 익힌 자들은 그저 휙끗휙끗거리는 그림자밖에 볼 수 없었을 것이다.

검엽은 눈을 감고 심안을 열었다.

눈으로 보는 것보다 더 분명하게 세 사람의 모습이 잡혔다.

그들의 몸 안에서 움직이는 기의 흐름과 외부로 발현되는 기의 흐름까지도.

냉홍조와 장흠의 내부를 흐르는 기는 진폭이 심했고, 순간순간 흐트러졌다. 하지만 초평익의 기는 두 사람의 기운과 달리 대해처럼 안정되어 있었다.

기의 움직임으로 볼 때 초평익은 냉홍조와 장흠보다 힘의 여유가 있었다. 더구나 냉홍조와 장흠은 초평익의 패천기 때문에 운신에 제약을 받고 있었다.

초평익의 패천기, 경천쇄마력은 초인겸이나 곡웅과는 차원이 달랐다.

오마군에 속하는 냉홍조와 장흠의 신형이 거미줄에 걸린 파리처럼 움찔움찔 묶이며 무공을 펼치는 데 심각한 장애를 받을 정도인 것이다.

'초평익 혼자서 오마군의 둘을 맞아 우세를 점한다. 노야들이 말씀하셨던 강호의 서열이라는 것… 정말 의미없구만.'

검엽의 호흡이 깊어졌다.

초평익을 상대로 우세를 점하지 못하는 오마군 개개인은 그보다 강했다. 그런 그가 싸움에 끼어든다고 오마군에게 크게 득이 되지는 않을 터였다.

그러나 그는 오마군이 갖고 있지 못하고, 초평익조차 상상도 하지 못한 이점을 두 가지나 갖고 있었다.

하나는 초평익이 사용하는 경천쇄마력을 이미 알고 있다는 것이었고, 두 번째는 수유일관홍의 찰나적인 움직임이 오마군보다 빠르고 초평익의 움직임에 버금간다는 것이었다.

초인겸과 곡웅 덕분에 알게 된 경천패도법의 투로도 이점이라 할 수 있었다. 하지만 그것을 펼치는 사람이 초평익일 때는 싸움에 별 도움이 되지 못했다.

절정과 초절정은 앞에 한 글자가 더 붙었을 뿐이지만 실질적인 능력의 차이는 하늘과 땅만큼 난다.

같은 경천패도법이라도 초절정을 넘어 절대라 평가되는 초평익이 펼칠 때는 죽어간 두 사람의 절정고수가 펼친 것과는 아예 다른 무공이나 다름없게 된다.

그래서 검엽은 초평익을 천하제일항으로 끌어들였다.

초평익을 보좌하는 패천도귀전의 도객들도 염두에 두었다. 그러나 그보다는 넓은 공간에서 초평익이 펼치는 경천패도법을 막아낼 수 있을 거라는 망상을 애당초부터 하지 않았던 것이다.

그 모든 계획의 기저에는 초평익의 무공이 단목천과 비견될 정도라는 전제가 깔려 있었다.

검엽은 최악을 상정하고 계획을 짰고, 그의 추정은 틀리지 않았다.

초평익은 단목천에 버금가는 절대의 고수였다.

'실전에서 사용해 본 적은 없는데 잘 되려나… 통하지 않으면… 죽겠지, 쩝.'

검엽은 속으로 중얼거리며 혀를 찼다.

긴장감이 느껴지지 않는 어투.

그러나 초평익에게서 한시도 떨어지지 않는 그의 두 눈은 시간이 갈수록 차갑고 강렬하게 변해갔다.

그는 단 한 번의 기회를 기다리고 있었다.

십여 초가 지나기도 전에 냉홍조와 장흠의 열세는 확연해졌다.

패천마도의 맹렬한 도기를 이겨내기에 그들의 단패극과 시마조의 기세는 미흡했다.

초평익의 입가에 비웃음이 짙어졌을 때 검엽의 입술이 달싹였다.

[제가 기회를 만들겠습니다. 놓치지 마십시오.]

냉홍조와 장흠의 눈이 커졌다.

검엽의 무공이 절정에 달했음을 들어 아는 그들이었다. 그러나 지금의 싸움에 한 명의 절정고수는 도움이 될 수 없었다. 더구나 기회를 만들다니, 상식 밖의 일이었다.

그러나 검엽은 두 사람이 무슨 생각을 하는지 전혀 관심이 없었다. 관심을 가질 여유도 없었고.

그의 전신을 가득 채웠던 전류구환공의 기운이 일시에 사라지며 단전에서 일어난 기운이 그 자리를 채웠다.

전류구환공과는 전혀 다른 기운.

그 기운의 이름은 경천쇄마력이었다.

냉홍조의 화극을 쳐낸 후 튕겨 나간 극의 궤적을 따라 허공으로 솟구치던 초평익의 눈매가 와락 일그러졌다.

그의 눈에 떠오른 기색은 의혹과 경악이었다.

고검엽이 서 있는 장소에서 익숙하기 그지없는 기운이 느껴졌기 때문이다.

그것은 이 자리에 있을 수 없는 기운이었다. 아니, 그 이외의 다른 사람에게서는 느껴져서는 안 되는 기운이었다.

그 기운을 발현할 수 있는 사람은 그 외에 모두 죽었으니까.

그는 자신도 의식하지 못한 채 시선을 검엽 쪽으로 돌렸다.

'패천기?'

사람은 상상도 하지 못했던 일과 직면하면 전신이 순간적으로 경직된다.

초평익은 절대의 고수였으나 그 범주를 벗어나지 못했다. 경악의 강도가 그의 평정을 깨뜨릴 정도로 셌던 것이다.

그 순간이 바로 검엽이 기다리던 기회였다.

허공에 떠 있는 초평익의 몸을 검엽의 경천쇄마력이 거미줄처럼 친친 휘감았다.

초평익의 경천쇄마력에 비할 바는 아니었으나 그의 기세를 제약할 정도의 힘은 충분했다.

초평익은 대로했다.

보는 것만으로 절기를 배우는 검엽의 능력을 알지 못하는 그다. 그는 당연히 검엽이 초인겸을 고문해서 경천쇄마력을 훔쳐 배웠다고 생각했다.

정무총련의 지하 밀실에서 본 초인겸의 시신은 얼마나 참혹했던가.

그는 자신의 손자인 초인겸이 고문 따위에 무공의 비밀을 발설하지 않을 사람이라는 것을 미처 생각하지 못했다.

그에게 초인겸은 사랑스러운 손자였으니까.

"감히!"

꽝량한 일갈이 천하제일항을 뒤흔들었다.

그러나 그 일갈은 초평익의 분노를 검엽에게 전하기는커녕 더 좋은 기회를 주었을 뿐이었다.

검엽의 발끝이 지면을 박차는 순간 그와 초평익 사이에 있던 오 장의 거리가 단숨에 사라졌다.

부운탄섬.

전설의 이형환위를 연상시킬 정도로 경인할 속도였으나 초평익의 반응 또한 검엽에 못지않았다.

단패극을 쫓던 패천마도가 뒤집어지며 검엽의 머리를 향해 벼락처럼 떨어져 내렸다.

슈와아아아악—

대기가 진저리를 치며 찢겨 나갔다.

도가 이르기 전에 도풍이 이르렀고 그와 함께 도기가 닿았다.

검엽의 길고 풍성한 머리카락 끝이 가루가 되어 흩날렸다.

도기에 직격당한다면 생사를 장담할 수 없는 공격.

검엽은 이를 악물었다.

물러날 수 없었다.

그 비좁은 공간에서 그의 신형이 순간적으로 세 개로 불어나며 품(品) 자 형을 만들었다.

부운탄섬의 묘리에 수유일관홍의 이치가 더해진 움직임.

초평익의 두 눈이 튀어나올 것처럼 커졌다.

그의 눈에도 검엽의 신형이 세 개로 보인 것이다.

그것도 실과 허를 구분할 수 없는 상태로.

그와 같은 절대고수의 안법으로도 허실을 분간할 수 없음은 경이로운 일이었다. 하지만 도를 변화시킬 수는 없었다.

기호지세(騎虎之勢).

평지였다면 초평익은 검엽의 운신을 비웃으며 세 개의 분신을 모두 베었을 것이다. 그러나 이곳에서는 그것이 불가능했다. 공간이 허락하지 않는 것이다.

그의 패천마도가 품 자를 이룬 검엽의 분신 가운데 가장 앞에 있던 분신을 정수리부터 사타구니까지 양단했다.

그 순간,

검엽은 석 자 위로 신형을 띄우며 패천마도의 도배(刀背:칼등)에 올라타고 있었다.

그는 혼신의 공력을 기울여 천근추를 시전하며 쌍수를 휘둘렀다.

여덟 번 겹친 영겁천뢰장의 장세가 구름처럼 일어나 초평익의 상체를 뒤덮었다.

초평익의 안색이 시체처럼 창백해졌다.

검엽이 천근추로 누르고 있음에도 패천마도는 움직였다. 그러나 그 속도는 이전과 비교할 수 없었다.

그의 입술 사이로 하늘을 떨어 울리는 무서운 일성이 터져 나왔다.

"네놈 따위가!"

패천마도의 도신이 찬란한 광휘에 휩싸인 것은 일성과 동시였다.

검엽의 안색이 대변했다.

"도강(刀罡)?"

입술을 짓깨문 검엽의 두 손이 초평익의 가슴을 강타하고, 검엽의 발밑에서 별무리처럼 일어난 패천마도의 도강이 검엽의 전신을 휩쓸었다.

도강이라는 수십 년래에 강호상에 모습을 드러낸 적이 없는 초절기를 펼치는 초평익의 두 눈은 핏발이 곤두서 있었다.

그는 전력을 다하고 있었다. 그럼에도 그의 등과 하체로 쏟아지는 냉홍조와 장흠의 공세를 막을 방법이 없었던 것이다.

그는 이를 갈며 소리쳤다.

"나는 패마성 초평익이다!"

콰콰쾅!

"크헉!"

"흐윽!"

"아아악!"

"컥!"

지진이 난 것처럼 양쪽 절벽이 뒤흔들리고 처참한 비명과 신음 소리가 연이어 흘러나왔다.

후두둑, 후두둑.

떨어지는 낙석, 안개처럼 자욱한 흙먼지.

그 모두가 가신 것은 일다향이 지난 후였다.

양계상은 반쯤 넋이 나간 얼굴로 사람들을 수습했다.

냉홍조의 단패극은 두 쪽이 난 채 땅에 굴러다니고 있었고, 그는 가슴부터 배꼽까지 쩍 벌어지는 중상을 입은 모습으로 절벽에 기대어 앉아 있었다.

장흠은 양팔이 팔목부터 잘리고 목이 절반쯤 갈라진 시체가 되었다.

검엽은 바닥에 길게 누워 있었다.

무릎 아래는 허연 뼈가 보일 정도로 갈기갈기 찢겨 있었고, 상체를 가리고 있던 옷이 가루가 된 터라 드러난 가슴에는 헤아릴 수 없이 많은 자상이 피를 뿜어내고 있었다.

냉홍조와 검엽의 혈을 눌러 일단 지혈하고 품에서 꺼낸 금창약을 떡이 되도록 바른 양계상은 어이가 없다는 표정으로 검엽을 내려다보며 중얼거렸다.

"초평익의 패천도강을 정면으로 상대하고도 숨을 쉬다니… 정말 숨이 질긴 놈이로구나."

중얼거린 그가 냉홍조를 보았다.

"버틸 수 있겠소?"

냉홍조는 말도 못한 채 힘없이 고개를 끄덕였다.

검엽은 물론이고 그도 기고한 내공이 없었다면 죽어도 벌써 죽었을 중상이었다.

그가 간신히 입을 열어 물었다.

"초… 평익은?"

양계상이 검엽을 턱짓하며 대답했다.

"저놈 손에 상체가 절반쯤 부서졌소. 당신의 극이 옆구리를 찢었고, 장 형의 손이 한쪽 다리를 박살 냈소. 살 수 있을지 의심스러운 중상이오. 이곳을 빠져나가자마자 쓰러졌으니까. 아마 살아난다 해도 지난날과 같은 위세를 부리기는 힘들 거요. 도귀들이 아니었다면 내가 놈의 숨통을 끊을 수 있었을 텐데, 아쉽기 그지없구려."

냉홍조는 울컥 피를 토해내는 와중에도 웃었다.

평생 그의 가슴에 앙금으로 남아 있던 원한을 푼 날이었다.

어찌 즐겁지 않겠는가.

그의 심정을 잘 아는 양계상도 잇새로 괴괴한 웃음을 흘렸다.

"흐흐흐, 돌아갑시다. 이번 전쟁은 이걸로 끝이 날 거요. 초평익이 저 지경이 되었으니 더 큰 전쟁이 뒤에 있을지 모르지만 그건 구양일기가 고민할 일이고."

"저놈은?"

"가까운 지부에 넘겨줍시다. 죽을 놈이면 죽을 것이고, 살 놈이면 살 거요."

태평하게 말한 양계상은 검엽과 냉홍조를 양쪽 어깨에 차례로 들쳐 멨다.

두 사람의 상처에서 주르륵 흘러내린 핏물이 그의 가슴과 등을 적셨다.

그들이 떠난 자리엔 장흠의 시신만이 남았다.

* * *

전 무림이 경악했다.

호남의 신녕 인근에서 벌어진 군림성과 무맹의 싸움 결과가 사람들의 예상을 벗어나도 너무 많이 벗어났기 때문이다.

군림성의 숙영지를 기습한 무맹 측이 군림성의 공성계에 당해 칠백 여의 시신을 남기고 패퇴한 것도,

전투 와중에 놀라운 능력을 발휘한 군림성의 천상혈미인(天上血美人) 혁련화도,

매복하고 있다가 추적하는 군림성의 측면을 쳐서 난전을 이끌어내고 군림성 측에게 오백여 명의 희생을 강요하여 무맹의 위신을 세운 철협 단목린과 척천소패왕 소운려를 비롯한 승룡단의 투혼도,
 무림의 이목을 끌지 못했다.
 무림을 경악케 한 것은 그것들이 아니었다.
 전 무림은 패마성 초평익이라는 거물이 쓰러진 것과 이십여 년 동안 종적이 묘연했던 오마군 가운데 세 명이 무맹에 속해 있다는 것만을 소란스럽게 떠들 뿐이었다.
 기이하게도 이 전쟁의 원인이 되었고 또 참전했다고 알려진 고검엽에 대해서는 아무것도 알려지지 않았다.

第十二章

천마검섭전

북방의 거센 바람을 막아주는 절벽들이 하늘을 찌를 듯 솟아오른 작은 계곡.
 입구를 따라 걸어 들어가면 오백여 평의 밭과 그 뒤에 삼십여 평의 마당을 가진 고풍스럽지만 단출한 기와집이 보인다.
 마룻바닥을 휘돌던 소슬한 바람이 백의 자락의 끝을 어루만지며 빠져나갔다.
 연휘람은 조용히 찻잔을 내려놓았다.
 찻물은 절반쯤 차 있었다.
 연휘람의 안색이 어두워졌다.
 그는 고개를 들었다.
 계곡의 입구에 사람의 그림자가 어른거리고 있었다.
 입구에 보이는 그림자의 수는 셋이었다.

그들은 느린 걸음으로 마당으로 들어섰다.

백호가 포효하는 문양이 수놓인 금포중년인과 머리부터 발끝까지 검은색 천으로 가린 두 명의 흑의인.

연휘람과 눈이 마주친 태군룡이 빙긋 웃었다.

"오랜만이외다, 문주."

연휘람은 눈처럼 하얀 백염을 쓸어내리며 쓴웃음을 지었다.

"태 궁주가 이렇게까지 하리라고는 예상하지 못한 노부의 불찰이 크구먼."

그는 찻잔을 들어 마당에 찻물을 버렸다.

십수 일간 비가 오지 않아 바짝 마른 흙은 찻물을 단숨에 빨아들였다.

물 자국이 남았을 뿐 다른 변화는 없었다.

그러나 물 자국을 보는 태군룡의 표정은 더없이 밝았고, 연휘람의 표정은 반대로 더 어둡게 변해 있었다.

"황금 일만 냥의 절반을 버리시는군요. 구하기도 쉽지 않았지만 그 잔에 멸천향(滅天香)을 담기 위해 내가 얼마나 노력했는지 아신다면 그래서는 안 되는 일이외다. 무례하기 짝이 없는 짓이니까."

연휘람은 태군룡의 좌우에 서 있는 흑의인들을 일별했다.

흑의인들의 눈은 흰자위가 없었다.

온통 검은자뿐인 그들의 눈에는 생기가 보이지 않았다.

흑의인들에게서 시선을 뗀 그는 먼 하늘을 보았다.

"축융(祝融)과 광한(廣寒)… 멸절독림(滅絶毒林)… 궁주는 진정 해서는 안 되는 짓을 하는구먼."

연휘람의 얼굴을 보며 태군룡은 담담하게 웃었다.

"사십 년 전이던가. 당시 난 그대를 쓰러뜨리기 위해서라면 무슨 짓이라도 하겠다고 하늘에 맹세했었소. 지금 난 당시의 맹세를 이행하고 있을 뿐이오."

시선을 태군룡에게 향한 연휘람이 느릿하게 자리에서 일어섰다.

그의 눈빛은 준엄했다.

"봉황천 십방무맥은 천지인의 균형을 위해 존재하는 힘. 개인의 욕망을 위해 사용해서는 안 됨을 잊었는가!"

"설교를 듣기 위해 온 자리가 아니외다, 문주."

"쉽지 않을 걸세."

"천하제일인을 쓰러뜨리는 일을 감히 소홀히 할 수 있겠소? 준비는 충분하니 괜한 염려는 하지 않으셔도 되오."

두 사람은 입을 닫았다.

태군룡의 좌우에 있던 흑의인들이 태군룡과 거리를 벌리며 역삼재진의 위치에 섰다.

가공할 경기의 소용돌이가 천지를 부술 듯한 기세로 퍼져 나갔다.

기세를 이기지 못한 기와집이 쩍쩍 금이 가며 무너졌다. 하지만 땅에 닿은 건 곱게 바수어진 가루뿐이었다.

* * *

무맹.

승룡단 숙소.

"어떻게 된 게 싸움터만 거치면 몸이 이 지경이 되냐? 이걸 운이 나쁘다고 해야 해? 아니면 이러고도 살았으니 악운이 강하다고 해야 해? 너 말야, 다시 한 번 이런 중상을 입을 거면 아예 내 눈에 띄지 마. 그때는 죽지 않고 살아 돌아온 걸 후회하게 만들어줄 테니까. 무림에 관심도 없으면서 왜 그리 나서냐고. 아주 그냥… 으드득."

운려는 침상 옆에 바짝 붙은 의자에 앉아 있었다.

덕분에 검엽은 운려의 기세등등한 얼굴을 코앞에서 봐야 했다.

검엽은 속으로 길게 한숨을 내쉬었다.

운려의 투덜거림은 무맹에 돌아온 지 열흘이 지난 지금까지 한시도 쉬지 않고 계속되었다.

귀에 못이 박힐 지경인 것이다.

양계상은 검엽을 맡길 지부를 찾아갈 필요가 없었다.

군림성과 양패구상하고 회군하는 무맹의 무사들을 도중에 만날 수 있었기 때문이다.

검엽을 처음 본 운려가 기절 직전까지 갔다거나, 그가 정신을 차릴 때까지 한시도 옆에서 떨어지지 않고 간호해서 단목린을 삐치게 만든 일들은 아직도 승룡단 내에서 심심치 않게 회자되는 얘기였다.

초평익의 도강에 의해 죽음 직전까지 갔던 내외상은 남과 싸우기는 어려워도 일상 생활을 하는 데는 별 장애가 없을 정도로 호전되었다.

 그의 상처를 아는 사람 모두가 기적이라고 할 정도로 빠른 그의 회복엔 그 자신의 자연 치유력도 상당한 역할을 했다. 그러나 결정적인 도움을 제공한 사람은 운려였다.

 그녀는 무맹으로 복귀하는 도중 산장에 사람을 보내 요상성 약들을 한 무더기 가져오게 했다. 그리고 그것들을 검엽에게 쏟아부었던 것이다.

 무맹에 돌아온 후에도 최상의 치료를 지속적으로 받은 것도 큰 도움이 된 것은 물론이었다.

 밖에 소문나지는 않았지만 검엽이 삼마군과 함께 초평익을 쓰러뜨렸다는 것은 무맹 내에서 공공연한 비밀이었다.

 사람들의 수군거림을 모를 리 없는 무맹 수뇌부가 검엽을 신경 쓰는 건 당연한 일이었다.

 검엽은 손가락으로 귀를 후비며 물었다.

 "승룡단은 어떻게 할 거래?"

 운려의 잔소리가 뚝 멈췄다.

 그녀는 침상에 팔꿈치를 대고 턱을 괴었다.

 "휴우, 명확하게 정해진 건 없어. 하지만 윗분들은 해체를 고민하고 계시는 거 같아. 희생자가 워낙 많아서… 유지하려면 사람을 충원해야 하는데 죽은 동료들의 문파 분위기를 보면 쉽지 않을 거 같거든."

 이번 전쟁에서 승룡단은 일백칠십 명의 사망자를 냈다. 다친 사람은 거의 전부였고.

 "만들 때부터 각오했던 일 아니었나?"

"했었겠지. 하지만 처음 치른 싸움의 피해 규모가 예상을 뛰어넘으니까 당황들 하고 계셔."

그녀가 말을 이었다.

"좋고 나쁜 일이 막 뒤섞여서 벌어지는 중이야. 승룡단을 보호하기 위해서 산장이 전력을 다했다는 것이 알려지면서 산장을 추종하는 군소문파가 늘어나는 건 나쁘지 않은 일인데… 이게 또 다른 네 문파의 윗분들 심기를 건드리나 봐. 은인자중 하시며 피해를 복구하려 노력하는 아버지에 대해서 좋지 않은 소문도 나는 중이고. 누군가 이런 분위기를 유도하는 것 같기도 하고. 요즘 밖은 사정이 복잡해."

군림성의 숙영지를 공격했을 때 난 사상자들 중에는 산장 출신이 압도적으로 많이 포함되어 있었다.

그렇게 된 것은 군림성의 공성계로 촉발된 싸움에서 산장의 무사들이 승룡단의 후기지수들을 보호하려는 노력을 멈추지 않았기 때문이었다.

그에 반해 철혼단과 목혼단 등 무맹 총타에서 나온 사람들은 적을 주살하는 데 주력했다.

그것이 그들에게 주어진 역할이었으니 당연했다. 하지만 승룡단에 보낸 자식이 시신으로 돌아온 문파에서 무맹 총타에 서운함이 생기는 건 피할 수 없었다.

그 후폭풍이 지금 무맹에 조금씩 불고 있는 것이다.

* * *

항주 오산(吳山).
세심장(洗心莊).

정자 난간을 잡고 은빛이 산란하는 전당강과 서호를 바라보는 태장천의 얼굴은 조금 야위어 있었다. 그래서인지 그의 눈 밑에 드리워진 검은 기색이 더 짙어 보였다.

어깨를 나란히 서 있던 천운기가 걱정스러운 기색으로 말문을 열었다.

"대사형, 서호십경을 구경하러 간 막내 사제도 돌아가고 싶어 합니다. 이제 돌아가셔야 할 시간입니다. 더 늦으면 사부님들께서 의아해하실 겁니다."

"나도 안다. 하지만 발이 떨어지지 않는구나."

태장천은 탄식하며 말했다.

천운기의 눈이 번뜩였다.

태장천은 사문의 장제자라는 책임감이 강한 사람이어서 사제와 사매 앞에서는 결코 약하거나 흔들리는 모습을 보이는 사람이 아니었다.

그런 그가 자신의 앞에서 탄식을 토했다는 건 마음이 얼마나 산만하게 흐트러져 있는지 알 수 있게 하는 뚜렷한 방증이었다.

"대사형, 소운려라는 척천산장의 소장주 때문입니까?"

태장천은 움찔하며 천운기를 보았다. 하지만 곧 뒷짐을 지며 고개를 끄덕였다.

"두 달 동안 옆에 있던 너를 속일 수는 없었나 보구나. 맞다. 그 소저 때문이다."

"대사형……."

천운기는 곤혹스러워하는 기색으로 태장천을 불렀다.

태장천의 시선이 그를 향했다.

"대사형, 소운려는 대륙무맹의 다섯 기둥 중 하나인 척천산장의 후계자입니다. 그리고 전장에서 본 바로는 단목천의 후예인 단목린과 관계가 심상치 않았습니다. 이런 관계 속에 있는 여자라면 사부님들께서 결코 허락하지 않으실 겁니다. 마음을 접으시는 게……."

"나라고 모르겠느냐."

태장천의 언성이 높아졌다.

그가 익힌 무공의 성취를 생각하면 그의 이런 태도는 상상도 할 수 없는 일이었다. 마음을 수련하지 않으면 성취를 높일 수 없는 것이 그가 익힌 무공이었으니까.

당황한 천운기는 고개를 숙였다.

"심기를 어지럽혀서 죄송합니다, 대사형."

"네 잘못이 아니다. 하지만 마음이 자꾸 가는 걸 억제할 수 없으니… 어이가 없구나. 삼십칠 년의 배움이 이렇게 부족할 줄이야."

천운기는 고민하며 입술을 깨무는 시늉을 했다.

그는 주저주저하며 말문을 열었다.

"대사형, 소제는 대사형께서 이렇게 고민하실 바에야 차라리 그녀를 대사형의 여인으로 만드는 것이 어떨까 합니다."

태장천이 어리둥절한 얼굴로 물었다.

"그게 무슨 소리냐?"

"쌀이 익어 밥이 되고 난 후라면 사부님들께서 중재를 해주실 것입니다. 비록 그녀의 신분이 대사형에 비해 너무 격이 떨어지는 것이 마음에 들지 않으시겠지만 대사형께서 이처럼 마음을 두고 계시다는 것을 알면 허락하지 않을 수 없으실 거고요. 그분들께서 나서신다면 단목천도 별수 없이 단목린을 달래고 소진악을 설득할 겁니다."

태장천의 눈매가 미미하게 떨렸다.

그는 낮은 목소리로 천운기의 말을 받았다.

"사부님들께서 대로하실 것이다. 먼저 말씀을 드려야 한다."

"순리상으로는 그리해야 하지만 먼저 말씀을 드리면 절대 허락하실 리 없습니다. 소진악 정도의 딸이 대사형의 배필이 되는 걸 받아들일 수 없으실 테니까요."

태장천은 눈을 감았다.

그는 천운기의 말이 옳다는 것을 알고 있었다.

스승들은 결코 허락하지 않을 것이다.

뒷짐 진 그의 두 손에 힘이 들어갔다.

'절대로 그녀를 포기할 수 없다. 소운려는 다른 여자들과 다르다. 온 천하에 내 짝이 될 수 있는 여인은 그녀밖에 없어.'

태장천은 눈을 떴다.

그의 두 눈은 더 이상 흔들리고 있지 않았다.

"사제, 방법이 있겠느냐? 그녀는 무맹 내에서 한 걸음도 나서지 않고 있지 않느냐."

천운기는 자신의 가슴을 손으로 치며 자신만만하게 말했다.

"소제에게 방법이 있습니다. 대사형께서는 이곳에서 기다리고 계십시오. 이틀 내에 그녀를 이곳으로 데리고 오겠습니다."

"너만 믿겠다."

자신의 어깨를 잡은 태장천의 손에 힘이 들어가는 것을 느끼며 천운기는 허리를 숙여 읍을 했다.

고개를 숙인 그의 얼굴에 미소가 스쳐 지나갔다.

'대사형, 대단한 정력과 정신력입니다. 심기를 흐리게 한다는 최심음화(催心陰火)를 한 달이나 써서야 마음을 움직일 수 있을 줄이야. 당신은 내 예상보다 보름이나 더 버텼소.'

* * *

무맹 후원.
단목혜의 별원.

해시 초(밤 11시경).
단목혜는 땀에 젖은 머리를 천운기의 품에 묻었다.

"기 랑… 허억, 허억… 저는 기 랑이 없으면 살 수 없어요."

천운기는 단목혜의 풍만한 가슴을 한 손으로 어루만지며 빙긋 웃었다.

그는 단목혜의 귓불을 이로 살짝 깨물며 그녀의 귀에 대고 말했다.

"혜 매, 내가 조금 곤란한 일이 있는데 도와주려오?"

귓속을 파고드는 뜨거운 바람에 진저리를 치며 단목혜가 말을 받았다.

"하옥… 소첩이 할 수 있는 일이라면 무엇이든지……."

천운기의 손이 비파를 타듯 단목혜의 척추를 훑어 내렸다.

"아… 아… 아……."

음악 소리처럼 운율이 있는 긴 신음성이 단목혜의 입에서 흘러나오는 것을 들으며 천운기가 말했다.

"어렵지 않은 일이라오. 소운려와 친분이 있소?"

"소… 운려. 척천산장의 그년 말인가요?"

비음이 섞인 단목혜의 음성에 날이 섰다.

적의가 느껴지는 어투.

천운기의 눈이 반짝였다.

그가 모르는 사정이 단목혜와 소운려 사이에 있는 듯했다.

천운기는 싱긋 웃었다.

단목혜가 소운려에게 적의를 품고 있다면 일은 한결 쉬워질 터였다.

'속곳을 훔쳐 갔다고 금백단을 동원해 위무양을 추적케 했던 혜 매라면…….'

단목혜의 척추를 따라 내려간 그의 두 손이 달덩이처럼 풍만한 그녀의 둔부를 떡 반죽을 어루만지듯 주물렀다.

"혜 매에게 부탁할 일이 있소."

"말씀… 하세요."

"소운려를 보고 싶어 하는 분이 계시오. 혜 매가 도와주시오."

천운기의 음성에 담긴 분위기는 심상치 않았다.

그의 육체에 길들여지긴 했지만 단목혜도 머리가 나쁜 여인이 아니다.

그녀는 쉽사리 입을 열지 못했다. 소운려의 몸에 문제가 생기면 대륙무맹의 정세가 뒤틀린다는 걸 그녀도 아는 것이다.

그녀와 천운기와의 인연은 이 년 전 그녀가 서호십경을 유람하러 나서던 날 시작되었다.

그녀는 천운기의 강렬한 사내 내음에 취했고, 천운기도 그녀에게 취했다.

절륜한 정력을 가진 두 남녀가 서로에게 질리지 않으니 그 관계는 시간이 갈수록 깊어져 오늘에 이르렀다.

천운기는 자신의 신분에 대해 아무 말도 한 적이 없었다. 그녀도 묻지 않았다.

그녀는 세상에 나아갈 수 없는 신분의 여인이다. 천운기의 신분이 무엇이든 상관할 이유가 없었다.

그가 그녀를 통해 얻을 수 있는 건 하나도 없었으니까.

살을 섞은 사이일수록 상대를 더 잘 알 수 있다고 했던가.

묻지 않았는데도 그녀는 천운기에 대해 여러 가지를 저절로 알게 되었다.

천운기가 자신에 못지않은 신분을 가지고 있다는 것과 성격 같은 것들을.

천운기는 거대한 야망을 가진 사내였다. 그리고 그 야망을 펼칠 수 없는 모종의 제약 때문에 심적인 고통을 받고 있었다. 그는 자신의 고통을 그녀의 몸을 품는 것으로 풀어냈다.

그녀는 소운려의 아름답다기보다는 잘생겼다는 표현이 어울리는 얼굴을 떠올렸다. 소운려가 떠오르자 자연스럽게 그 옆에 그림자처럼 붙어 있는 조각처럼 아름다운 사내도 떠올랐다.

검엽이었다.

그녀의 눈에 독기가 어렸다. 하지만 그 독기는 곧 사라졌다. 그녀는 배시시 웃으며 말했다.

"어떻게 도와드리면 되나요?"

     *   *   *

다음날.

술시 초(저녁 8시경).

단목혜의 별원.

운려는 인상을 잔뜩 찌푸리며 별원으로 들어섰다.

능마도 혁만호의 지휘를 받는 금백단 무사들이 지키는 것으로 알고 있던 별원은 아무도 지키는 사람이 없었다.

별원의 정문에서 건물까지 난 이십 장 길이의 청석로를 걸어간 그녀는 건물 안쪽 방의 문이 열려 있는 것을 볼 수 있었다.

그곳에서 그녀를 바라보며 웃고 있는 단목혜의 모습도.

전장에서 검엽을 불러달라며 한 번 만난 사이라 낯설지 않은 모습이었다.

단목혜의 방에 들어선 그녀는 의자에 앉아 있는 단목혜를 향해 정중하게 포권했다.

저간의 소문이 어떻든 단목혜는 단목린의 혈육이 아닌가.

포권을 푼 그녀가 물었다.

"저를 부르셨다고요?"

"뭐가 그리 급하나요. 일단 앉으세요."

단목혜는 기품있게 운려에게 자리를 권한 후 그녀의 앞에 놓인 찻잔에 차를 따랐다.

"오늘 들어온 용정이에요. 입에 맞을 거예요."

운려는 몸에 닭살이 돋는 것을 느끼며 몸을 한 번 떨었다.

자신도 여자이면서 저렇게 약간 비음이 섞인 옥구슬이 굴러가는 듯한 목소리를 듣는 건 정말 사양하고 싶은 일이었다.

물론 지금은 피할 수 없는 상황이었지만.

운려가 용정차를 마시는 것을 본 단목혜의 눈이 초승달 모양이 되었다.

"호호호, 린아와 관계가 보통이 아니라는 얘기가 들리던데 사실인가요?"

운려는 올 것이 왔다는 생각에 허리를 쭉 폈다.

"예, 단목 소저. 사실이에요. 아직은 공개적으로 얘기하지 못하고 있지만 단목 소저에게까지 거짓말을 하고 싶지는 않아요."

단목혜는 부드럽게 웃으며 말했다.

"미친 계집. 너처럼 하잘것없는 계집 따위가 감히 린아의 짝이 될 생각을 한단 말이냐! 그런 일은 결코 없을 것이야!"

꿈에서도 상상치 못했던 폭언이었다.

운려는 넋을 잃었다.

뭐라 할 말도 생각나지 않았다.

머리가 텅 빈 듯했다.

그녀는 입술을 떨며 말을 하려 했다.

무슨 말이든 해야 했다.
하지만 그것은 가능하지 않았다.
그녀의 몸은 비스듬히 쓰러지고 있었다.
그녀의 눈앞에서 단목혜와 침실의 풍경이 소용돌이에 빨려드는 것처럼 빙빙 돌았다.
운려는 세 명의 사내가 문을 열고 들어서는 것을 보며 정신을 잃었다.

*   *   *

검엽이 불청객의 전음을 받은 시간은 술시 말(밤 9시경)이었다.
[고검엽.]
침상에서 눈을 감은 채 편하게 팔베개를 하고 누워 있던 검엽은 놀라 눈을 떴다.
그의 안색은 굳어 있었다.
전음의 사용 거리는 무한하지 않다.
절대고수라 할지라도 오십 장 너머로는 전음을 보내지 못하고, 오마군 정도의 고수라도 삼십 장 정도가 한계다.
내상이 완치되지 않은 상태라 검엽의 내공은 정상 수준의 팔성 정도였지만 십 장 이내라면 그의 이목을 피할 수 있는 사람은 극히 드문 것이 현실.
'고수다.'
생각을 이을 틈도 없이 전음은 이어졌다.

[후후후, 한가하군. 네 친구는 지금 생사를 장담할 수 없는 처지에 떨어졌는데.]

검엽의 시선이 창밖을 향했다.

그는 상대의 기척을 파악하지 못했다. 하지만 전음이 들려오는 곳이 어느 방향인지는 알아냈다.

그의 입술이 달싹였다.

[무슨 소리냐?]

[소운려가 네 친구가 아니었나?]

검엽은 벼락에라도 맞은 사람처럼 놀라 상체를 일으켰다.

[운려?]

[그렇다. 소운려. 그녀가 위험해.]

[누가? 왜?]

[누군지는 말할 수 없고. 그자는 사내 같은 여자를 품는 게 취미야. 가끔은 품은 후 살인멸구를 하기도 하지.]

[……]

검엽은 이를 악물었다.

[네 말을 어떻게 믿지? 얼굴도 드러내지 않는 자를?]

[믿든지 말든지는 네 자유다. 하지만 네가 그렇게 질문을 던지고 있는 동안 소운려는 참혹한 짓을 당하고 있을 거야.]

[계속 말해봐. 사실이라면 네가 원하는 대로 움직여 주마.]

전음을 날리던 천운기는 흠칫했다.

검엽이 마치 그의 의도가 무엇인지 알고 있기라도 한 것처럼 말했기 때문이다.

'설마… 제아무리 똑똑한 놈도 그럴 수는 없지.'

[별원에 단목혜라는 계집이 있다. 그녀에게 가보면 소운려의 행방을 알 수 있을 것이다.]

[나를 믿게 해봐라.]

검엽의 전음이 끝나기도 전에 무엇인가가 열린 창문을 통해 화살처럼 날아들었다.

물건을 날린 자의 내력 운용은 경탄할 만했다.

날아든 물건은 검엽과 반 자 떨어진 허공에 도착한 순간 힘을 잃고 뚝 떨어졌다.

떨어지는 물건을 잡아챈 검엽의 안색은 흙빛이 되었다.

그의 손에서 은은한 자색 빛을 발하는 것은, 그가 운려에게 선물했던 싸구려 목걸이였던 것이다.

[얼마나 되었지?]

[반 시진이 조금 더 되었을걸. 서둘러야 할 게다. 못 볼 꼴 보기 싫으면. 후후후후!]

          *   *   *

흰색의 비단 속옷만을 입고 동경을 보며 머리를 손질하던 단목혜의 커다란 눈이 두 배는 될 정도로 커졌다.

동경 안에 그녀 말고 다른 사람의 모습이 들어 있었던 것이다.

칠흑처럼 검은 흑의, 조각처럼 아름다운 얼굴에 드리워진 창백함.

그녀의 놀람은 곧 가라앉았다.

그리고 그녀의 얼굴에 떠오른 것은 화사한 미소.

그녀는 의자에서 일어나 돌아섰다.

드러난 어깨와 등은 유리로 빚은 듯 매끄러웠고, 두 팔과 허벅지는 손을 대면 튕겨 나올 것처럼 탄력이 넘쳤다.

혀를 내밀어 선홍빛 입술을 가볍게 축인 그녀가 말했다.

"아무리 보고 싶다고 해도 여인의 방을 불시에 찾을 시간은 아닌 듯하군요. 고 소협."

단목혜를 바라보는 검엽의 눈은 푸르스름한 빛을 내고 있었다.

귀기가 느껴질 정도로 무시무시한 눈빛.

그의 분위기가 전에 만났을 때와는 완전히 다르다는 것을 깨달은 단목혜의 얼굴도 딱딱하게 굳어졌다.

위험을 느낀 그녀가 움직일 틈은 없었다.

검엽의 여인처럼 길고 선이 아름다운 손가락들이 가녀린 단목혜의 목을 쇠 집게처럼 단단하게 움켜잡았던 것이다.

부운탄섬과 수유일관홍.

초평익도 어려워한 무공을 이류를 간신히 벗어난 단목혜가 피하는 것은 가능하지 않았다.

단목혜의 두 발이 한 자 높이 허공에 떴다.

"운려는?"

"컥컥… 네가… 감히……!"

시퍼렇게 질린 단목혜가 쥐어짜듯 말했다.

검엽의 푸르스름한 눈빛이 강렬해졌다.

그는 말없이 비어 있는 왼손으로 단목혜의 오른팔을 잡아 팔꿈치부터 뒤로 꺾었다.

우두둑!

부러진 뼈가 살갗을 뚫고 나오며 피를 뿌렸다.

"욱욱욱……."

목을 쥔 손의 힘이 강한 탓에 단목혜는 비명도 제대로 지르지 못했다.

"운려는?"

"대… 체… 왜 여기서… 그녀를… 찾는……?"

우두둑!

왼팔마저 부러진 단목혜의 얼굴이 눈물과 콧물로 범벅이 되었다.

"운려는?"

"몰……."

검엽은 무표정한 얼굴로 발을 움직였다.

퍼억!

우두둑!

오른쪽 무릎이 으스러진 단목혜의 눈이 뒤로 돌아가며 입에서 침이 흘러내렸다.

"운려는?"

"…오… 산의… 세심… 장."

"누구지?"

"천… 운… 기……."

"다른 자는?"

"흐윽… 흐윽……. 몰… 라… 정… 말… 제발… 살려……."

그녀는 공포에 질린 눈으로 검엽을 보았다.

허공에 뜬 그녀와 검엽의 눈높이는 비슷했다.

그녀의 눈을 마주한 검엽이 무심한 어조로 말했다.

"만약, 운려의 머리카락 한 올이라도 상한다면 이 일에 연루된 자는 구족의 씨가 마를 거야."

들릴 듯 말 듯 낮고 조용한 음성.

눈물과 콧물, 침으로 뒤덮인 단목혜의 입가에 미소가 떠올랐다.

표독스러운 미소, 그리고 눈빛.

그녀는 웃으며 말했다.

"우우욱… 제발… 그래 줘. 단목 성을 쓰는 자들을 다… 죽여줬으면 좋겠어. 안타깝게도 그전에 아버지가… 너를 죽이겠지만……."

"희망을 갖고 죽는 것도 괜찮겠지."

우두둑!

목이 부러진 단목혜의 눈에서 빛이 꺼지며 입술을 비집고 나온 혀가 축 늘어졌다.

툭.

사지가 기괴하게 꺾이고 목이 부러진 채 널브러진 단목혜의 시신을 내려다보는 검엽의 눈에는 감정이 깃들어 있지 않았다.

단목혜는 지나칠 정도로 많은 것을 알고 있었다. 그것이 의미하는 바는 하나였다.

하지만 검엽은 그 의미에 대해 고민하지 않았다.

단목혜를 죽인 것은 뒷일을 생각할 때 어리석은 짓이었다. 단목혜에 대한 단목천의 애정은 깊었으니까.

검엽도 알고 있었다.

하지만 그는 개의치 않았다.

단목혜의 죽음은 필요했다.

그녀의 죽음을 본 단목천은 검엽을 잡기 위해 적어도 수하들을 대거 풀거나 최상의 경우 본인이 직접 나설 수도 있었다.

단목천은 그를 죽이려 하겠지만 운려는 살릴 것이다.

그는 운려를 구하기 위해서라면 그 어떤 위험도 기꺼이 감수할 의사가 있었다.

검엽의 신형이 그 자리에서 꺼지듯 사라졌다.

* * *

무맹 후원.

맹주의 거처.

얇은 백색의 침의를 걸치고 의자에 앉아 있던 단목천은 자리에서 벌떡 일어섰다.

"혁 조장, 방금 무어라 했느냐!"

바람도 없는데 그의 장포 자락이 태풍을 맞은 것처럼 펄럭였다.

"소저께서… 죽임을 당하셨습니다."

한쪽 무릎을 바닥에 대고 보고를 하는 혁만호의 얼굴은 처참하게 일그러져 있었다.

단목천은 회색으로 변한 얼굴로 혁만호를 바라보며 물었다.

"말하라."

"시신이 발견된 것은 반 각 전입니다. 고문의 흔적이 있었습니다. 주변을 탐문한 결과… 흉수는 승룡단의 고검엽으로 생각됩니다."

귀밑까지 이어진 단목천의 긴 눈썹이 용처럼 꿈틀거렸다.

"고검엽? 그 아이가 왜 혜아를? 혁 조장, 그때 너는 무엇을 하고 있었느냐?"

혁만호의 얼굴빛이 시체처럼 탈색되었다.

"아가씨께서 술시 동안은 귀하게 만날 사람이 있으니 자리를 피해달라고 하셨습니다. 일 년에 몇 번은 그런 일이 있었고, 그동안 아무런 문제가 없어서 하좌는 아가씨의 명을 따랐습니다."

단목천의 이마에 퍼런 힘줄이 지렁이처럼 튀어나왔다.

그도 이 년 전부터 단목혜가 남자를 만난다는 것을 알고 있었다. 그러면서도 모른 척한 것은 단목혜의 비틀린 삶을 애달파한 부정 때문이었다.

단목가는 대대로 여아가 귀했다.

단목천은 다섯 명의 아들을 얻었는데 그들 중에 여아를 후손으로 본 사람은 하나도 없었다.

고래로 나이가 들수록 혈육에 대한 집착이 강해짐은 진리다. 게다가 단목혜는 단목천의 하나뿐인 딸. 조손 간처럼 나이 차이가 심한 딸에 대한 그의 부정은 남들이 상상하는 것 이상으로 깊었다.

축복받을 수 없는 탄생과 비틀린 삶 때문에 더 가슴 아팠던 딸이 죽은 것이다.

단목천의 눈빛이 서서히 살기로 덮여갔다.

그가 말했다.

"고검엽이 혜아를 죽였을 가능성은 어느 정도이더냐?"

"십 할입니다. 그가 별원의 담을 들고나는 걸 본 목격자가 셋이나 있습니다."

"현재 그의 행방은?"

"수하들이 추적하고 있습니다. 오산 쪽으로 움직이고 있다고 합니다."

"안내하라. 직접 가겠다."

"존명!"

아무리 급해도 침의 차림으로 돌아다닐 수는 없다.

바람처럼 옷을 갈아입던 단목천의 시선이 방문을 향했다.

"누구냐?"

"소손입니다, 할아버님."

문을 열고 들어선 사람은 단목린이었다.

그의 안색은 돌처럼 딱딱했다.

그는 혁만호를 일별하고는 단목천에게 말했다.

"고모님이 변을 당했다는 것을 알고 있습니다. 흉수가 고검엽입니까?"

단목천의 눈이 가늘어졌다.

그도 소식을 들은 것이 방금 전이다.

단목린이 일의 전모를 알고 있다는 게 이상할 수밖에 없었다.

"네가 그것을 어찌 아느냐?"

단목린은 움켜쥐고 있던 주먹을 폈다.

손안에는 꾸겨질 대로 꾸겨진 쪽지 한 장이 들어 있었다.

그는 쪽지를 단목천에게 건네주며 말했다.

"돌에 묶여 제 방에 날아든 쪽지에 적혀 있었습니다."

한눈에 쪽지를 읽어 내린 단목천의 안색이 변했다.

"소운려? 혜아가 승룡일대주를 납치하는 데 일조했단 말이냐?"

"사실 관계는 조사가 필요합니다. 하지만 현재 그녀의 행방이 묘연합니다. 그리고 그녀의 측근들인 오유진을 비롯한 일대의 대원들은, 고모님이 불렀다며 다녀오겠다고 나간 것이 마지막으로 본 일대주의 모습이라고 말하고 있습니다. 모두 진술이 일치합니다. 무엇보다도 고검엽이 저렇게 과격하게 움직이는 건… 그는 일대주의 호위무사나 다름없는 사람입니다."

고모인 단목혜의 죽음을 과격이라는 단어로 표현하는 건, 단목린이 평소 단목혜를 좋아하지 않았기 때문이었다.

단목천도 그것을 잘 알고 있었기에 단목혜의 죽음보다 소운려의 실종에 더 관심을 기울이는 기색이 완연한 단목린을 탓할 생각은 없었다.

단목천은 입을 꾹 다물었다.

무언가 이상했다.

이성을 찾아야 한다는 경고가 계속해서 그의 뇌리를 울렸다.

하지만 단목혜의 죽음으로 촉발된 분노와 살기를 이성으로 누르는 건 무리였다.

그는 거대한 살기가 응축된 눈으로 단목린을 보며 말했다.
"조사는 뒤에. 고검엽의 시신을 보며 하겠다."
"할아버님……."
단목린은 입술을 깨물었다.
당세에 단목천이 마음을 정한 이상 그것을 뒤집을 수 있는 사람은 존재하지 않았다.
그는 무맹의 지배자였으며 천공삼좌의 일인인 것이다.

第十三章

천마
검섭전

하늘에 융단처럼 짙고 두터운 구름이 깔린 밤이었다.
일 장 밖의 사물을 분간키 어려울 정도의 어둠이 오산을 휘감고 있었다.
어둠이 평소보다 진하기 때문일까.
가끔 드러나는 달빛은 그래서 더 밝았다.
검엽은 세심장의 담을 바람처럼 타넘었다.
세워진 지 백여 년이 지난 세심장은 십여 차례 이상 주인이 바뀌었다. 그 세월 동안 주로 고관대작이나 부호의 별장으로 사용된 터라 고풍스러움과 우아함이 곳곳에 빗물처럼 스며 있었다.
하지만 검엽에게 그런 모습은 눈에 들어오지 않았다.
그의 뇌리를 가득 채운 생각은 오직 하나였다.

'려아, 무사해라… 제발.'

내상이 낫지도 않은 상태에서 오산까지 전력을 다해 암귀행을 펼친 그의 안색은 백지장처럼 희었다.

오장육부를 칼로 도려내는 듯한 고통이 쉴 새 없이 그의 전신을 엄습하고 있었다. 그러나 그는 고통을 느끼지 못했다. 마음의 고통이 너무 컸기 때문이다.

세심장 측면의 담을 넘어 안으로 진입한 검엽은 건물의 지붕 위에 섰다.

건물은 겉에서 볼 때보다 커서 안의 불빛은 밖으로 새어 나오지 않았다.

검엽은 눈을 감고 심안과 감각을 극한까지 열었다.

셋을 셀 정도의 시간이 지났을 때 검엽이 눈을 떴다.

푸르스름한 귀광이 쏟아졌다.

환상처럼 십여 장을 가로지른 그의 신형이 나타난 곳은 건물의 뒤편이었다.

지붕 끝에 선 그의 신형이 슬쩍 허공에 떠오른다 싶은 순간 벼락처럼 다섯 자를 아래로 하강했다.

그는 정면에 위치한 창문을 향해 일권을 내질렀다.

폭풍 같은 경기.

쾅!

화탄에 맞은 듯 산산이 부서진 창문의 파편들이 안쪽으로 날아갔다.

그때 먹구름 뒤에 가려져 있던 달이 살짝 반신을 드러냈다.

달빛에 드러난 방 안의 광경을 본 검엽의 얼굴이 무섭게 굳어졌다.

 화려하지만 천박하지 않은 침상 위에 운려는 상반신을 전부 드러낸 채 정신을 잃고 누워 있었다.

 보통의 여인보다 조금 더 벌어진 어깨와 늘 적포에 가려져 있어 가늠하기 어려웠던 소담스러운 가슴.

 눈처럼 흰 피부, 은은한 달빛.

 그리고,

 침상 아래 무릎을 꿇고 운려의 하의를 내리고 있는 장년인.

 놀람과 수치심으로 물든 사내의 얼굴이 격렬한 분노로 물들어갔다.

 "웬 놈이냐!"

 대답은 없었다.

 대신 검엽은 광풍처럼 창문의 턱을 한 발로 짚으며 안으로 뛰어들었다.

 태장천의 안색이 대변했다.

 흑포를 펄럭이며 짓쳐 오는 침입자의 손에 담긴 기세가 심상치 않았던 것이다.

 "고… 검엽?"

 군림성과 무맹의 싸움을 지근거리에서 구경한 그다. 당시의 검엽은 역용을 하고 있었고, 현재의 검엽은 역용을 하고 있지 않았지만 태장천은 검엽을 한눈에 알아보았다.

 익숙한 기세 때문이었다.

 상상도 하지 못한 암습.

 하지만 태장천의 반응은 침착했다.

가슴 앞에 손을 모은 그는 밖으로 반원을 그리며 손을 뿌렸다.

그의 장심에서 붉은빛이 번뜩이며 방 안이 용광로처럼 달아올랐다.

가공할 열기를 담은 경기의 파도가 검엽의 영겁천뢰장을 막아섰다.

콰콰콰콰쾅!

벼락치는 소리와 함께 두 사람이 부딪친 곳을 중심으로 양측 벽이 폭발하듯 터져 나갔다.

"이놈!"

태장천의 머리카락은 올올이 곤두서 있었다.

방 안에는 그밖에 남아 있지 않았다.

암습자는 물론이고 운려의 모습도 보이지 않았다.

암습자는 그가 펼친 홍염분심인(紅焰焚心印)의 충격을 오히려 탄력으로 이용해 운려를 낚아채서 달아난 것이다.

황망 중이라 칠성의 공력밖에 싣지 못했지만 믿기 어려운 결과였다.

"고.검.엽! 죽여 버리겠다!"

굉량한 사자후가 세심장을 뒤흔들었다.

태장천은 이를 갈며 밖으로 뛰쳐나갔다.

운려를 왼쪽 옆구리에 끼고 방을 빠져나온 검엽은 한줄기 검은 선이 되어 세심장의 담을 넘었다.

흘깃 뒤를 돌아보는 그의 입가는 자신이 흘린 피로 흠뻑 젖어 있었다.

그의 눈빛은 어두웠다.

'단 일격에 오장육부가 뒤집혔다. 그자는 전력을 다한 것 같지도 않았는데… 초평익에 버금가는 절대고수다. 무맹에 속한 자는 아니고… 어디에서 온 놈일까…….'

그는 산장을 나선 후 처음이다 싶을 정도로 긴장한 상태였다.

태장천은 그렇게 강했다.

'육로는 안 된다. 이 몸으로 운려를 데리고는 얼마 못 가 잡혀. 강으로 가자. 단목혜가 죽었으니 무맹의 고수들이 내가 남긴 흔적을 따라 세심장으로 오고 있을 것이다. 그들이 올 때까지는 버텨야 한다. 전당강으로 가자. 그곳이라면 강을 타고 몸을 피할 수 있는 기회를 만들 수도 있을 거야.'

검엽은 정신을 잃고 있는 운려를 내려다보았다.

세상에서 거침없이 그의 정강이를 걷어찰 수 있는 유일한 사람.

그의 눈가에 잔떨림이 일어났다.

'너는 살린다. 설령 내가 죽는 한이 있더라도!'

검엽은 운려를 찾으러 달려오면서 자신에게 있어 운려가 어떤 의미를 가진 사람인지 절실하게 깨달았다.

운려는 그의 친구였지만 그녀는 우정이라는 단어로 설명할 수 있는 존재가 아니었다.

운려는 그와 세상을 잇는 다리였으며, 다리 너머의 세상에서 살아가는 또 다른 그 자신이었다.

'너는 내게 천하와도 바꿀 수 없는 존재야. 네가 없는 천하는 내게 아무런 의미도 없다.'

사랑이나 우정이라는 세속적인 용어로는 그와 운려의 관계를 설명할 수 없었다.

그들은 둘이었지만 하나였다.

오산은 산(山)은 산이지만 야산보다 조금 큰 산에 불과하다.

검엽이 오산을 빠져나오는 데는 반 각도 채 걸리지 않았다.

전당강을 향해 질풍처럼 내달리던 검엽의 신형이 한순간 허공에서 급격하게 방향을 전환했다.

아무런 지지대도 없는 허공에서 이루어진 세 번의 위치 변경.

비천출운에 이은 승풍비류.

"호오! 대단한 경공이로군."

비웃음이 섞인 감탄이 들리며 두 명의 청년이 검엽의 앞을 막아섰다.

검엽의 안색은 더 이상 무거워질 수 없을 정도로 무거워졌다.

나타난 자들은 숨막히는 기세를 자랑하듯 피워 올리고 있었다.

두 사람 중 한 명의 얼굴을 본 검엽의 눈에 경악과 의혹이 떠올랐다.

'사마결?'

수려한 얼굴에 조금은 곤혹스러워하는 기색을 떠올리고 있는 자는 사마결이었다.

검엽이 무언가 말하려는 듯 입술이 조금 벌어졌을 때 사마결이 무서운 속도로 접근하며 일장을 쳐냈다. 마치 검엽이 입을 여는 게 두렵기라도 하다는 듯이.

비스듬히 사선으로 떨어져 내리는 그 일장의 위세는 검엽의 상체 요혈 서른두 개를 사정권에 두었고, 반경 이 장 안을 휘감아서 피할 곳을 찾을 수도 없게 했다.

"하하하, 막내 사제의 창궁무성장(蒼穹武星掌)의 성취가 놀랍군."

사마결의 공세를 지켜보던 청년이 유쾌하게 웃으며 말했다.

청년의 음성을 들은 검엽의 눈매가 서늘해졌다. 이를 악다물며 와선폭류로 사마결의 장세를 끌어들이던 검엽의 귓전을 낯익은 목소리의 전음이 어지럽혔다.

[쌀을 익혀 밥으로 만들 시간을 주었는데도 대사형이 쳐다보며 침만 흘리다가 닭 쫓던 개꼴이 될 줄은 몰랐어. 너나 그 사내 같은 계집한테는 다행한 일이겠지만. 아무튼 꽤나 거칠더군. 험하게 손을 쓸 거라고는 생각했지만 설마 단목혜를 죽일 거라고는 생각하지 못했어. 넌 사내도 아니다. 그렇게 아름다운 여자를 일수에 죽여 버리다니. 어쨌든 네 덕에 내가 생각했던 것보다 일이 더 커졌다. 고맙다는 인사를 하고 싶다. 넌 죽어서 좋은 곳에 갈 거야. 후후후후! 극락왕생을 빌어주마.]

전음의 주인은 유쾌하게 웃고 있는 청년이었다.

그리고 그 목소리는 검엽의 처소에서 그를 움직이게 만든 전음의 것과 같았다.

'천운기라는 놈이로구나.'

입을 열 여유는 없었다.

사마결이 펼치는 천궁무성장이라는 장법은 기고하기 이를 데 없어서 와선폭류의 인력으로도 몸에 두를 수가 없었다. 두 손을 쓸 수 있었다면 상황은 조금 달랐을 것이다. 그러나 검엽은 절대로 운려를 포기할 수 없었다.

미처 묶지 못한 일련의 장세가 검엽의 상체를 무서운 기세로 두드렸다.

쿠쿠쿠쿵!

"흡!"

가슴이 함몰된 검엽이 피를 토하며 이 장 뒤로 튕겨 나갔다.

그 뒤를 사마결이 바람처럼 쫓았다.

구슬에 꿴 듯 연이어지는 장세엔 지독한 살기가 실려 있었다.

사마결은 검엽을 죽이기로 작정한 것이다.

검엽의 피로 젖은 턱 선이 완강해졌다.

자유로운 그의 한 손이 어깨부터 흐릿해지며 가공할 장세가 구름처럼 일어났다.

전력을 다한 영겁천뢰장.

사마결은 눈빛을 굳히며 일성의 공력을 천궁무성장에 더했다.

콰콰콰콰콰쾅!

천궁무성장과 충돌한 영겁천뢰장의 다섯 번 연이은 파도가 속절없이 무너졌다.

조금 창백해지긴 했지만 회심의 미소를 지으며 마지막 일격으로 검엽의 숨통을 끊으려던 사마결의 얼굴빛이 변했다.

"헛!"

순간적으로 몸의 움직임이 그의 통제를 벗어났다.

마치 수만 근에 달하는 압력이 갑자기 그를 짓누른 것과 같은 상황.

이런 공부는 강호상에 단 한 명만이 익히고 있다.

지켜보던 천운기도 사마결을 둘러싼 기이한 경기의 흐름을 읽어냈다.

그가 어리둥절한 어조로 중얼거렸다.

"초평익의 경천쇄마력?"

그 순간 검엽의 곧추세운 검지 손가락이 송곳처럼 가늘어지며 두 자 길이로 늘어났다.

검엽은 길어진 손가락으로 칼처럼 전방을 올려 베었다.

사람의 손가락이 엿가락도 아닌데 두 자 길이로 늘어날 수 있으리라 생각하는 사람이 혼할 리 없다.

검엽의 다섯 자 앞까지 접근했던 사마결은 대경실색하며 상체를 비틀었다.

하지만 검엽의 단순하기까지 한 그 일격에는 그가 배운 평생의 무리가 모두 포함되어 있었다.

핵심이 된 무공은 벽력섬뢰탄지와 지금까지 한 번도 사용한 적이 없는 천뢰대검식의 구명절초인 뇌정관천(雷霆貫天).

손칼에 베어진 사마결의 왼쪽 어깨에서 한 주먹은 됨직한 살이 떨어져 나갔고, 왼쪽 뺨에 긴 검상이 났다.

경악한 천운기가 몸을 움직일 때 검엽의 이산퇴가 번개처럼 사마결의 가슴을 걷어찼다. 그리고 검엽은 사마결이 어떻게 되었는지 돌아보지도 않고 반동을 이용해 어둠 속으로 신형을 날렸다.

"으윽!"

비틀거리며 다섯 걸음 물러선 사마결은 어처구니가 없다는 얼굴로 검엽이 사라진 어둠을 노려보았다.

"괜찮냐?"

"예, 이사형. 놈을 너무 가볍게 본 제 불찰입니다. 상처는 별거 아닙니다."

그들이 대화를 나눌 때 마치 처음부터 그 자리에 있었던 것처럼 태장천의 모습이 나타났다.

그는 무서운 눈으로 천운기와 사마결을 보며 물었다.

"놈은?"

그는 달려오며 이곳에서 벌어진 싸움 소리를 들었고, 결과도 알고 있었다.

천운기의 손끝이 검엽이 사라진 방향을 가리켰다.

태장천은 이글거리는 눈으로 천운기가 가리킨 방향을 보며 신형을 날렸다.

그 뒤를 천운기와 내심 이를 가는 사마결이 따랐다.

"정신이 들었어?"

힘없는 목소리를 들으며 운려는 눈을 떴다.

불과 한 자도 안 되는 앞에 검엽의 얼굴이 있었다.

그녀의 얼굴이 사색이 되었다.

검엽은 칠공에서 피를 쏟고 있었다.

말 그대로 피칠갑을 한 얼굴.

하지만 더 중한 건 가슴의 상처였다.

그의 가슴은 절반쯤 뭉개져 있었다.

범인(凡人)이라면 죽어도 벌써 죽었을 상처.

"여… 엽아……."

벌떡 상체를 일으킨 운려는 그대로 자신의 가슴에 무너지는 검엽의 상체를 보듬어 안았다.

운려의 상의는 적포를 대충 여민 상태여서 검엽이 그녀의 가슴에 얼굴을 묻듯이 쓰러지자 봉긋한 가슴이 절반 이상 드러났다.

하지만 당사자인 운려는 자신의 가슴이 드러난 것을 보았음에도 전혀 관심이 없는 얼굴이었다.

그녀는 떨리는 손으로 검엽의 머리를 무릎 위에 누이고, 피에 젖어 나무뿌리처럼 엉킨 그의 머리카락을 손가락으로 빗질하듯 뒤로 쓸어 넘겼다.

그녀는 가슴이 메였다.

검엽이 왜 이런 모습으로 자신에게 기대어 있는지 알 수 있었기 때문이다.

묻지 않고, 듣지 않아도 알 수 있었다.

젖 가리개는 어디로 갔는지 알 수도 없고, 가슴은 반 이상 드러났으며, 걸쳐진 하의도 어색했다.

정확한 경과는 알 수 없었지만 자신이 기절한 이후 무슨 일이 벌어졌는지 짐작할 수 있는 행색이 아닌가.

그녀의 눈에 눈물이 맺혔다.

"그냥 두지 그랬어……."

"너라면… 쿨럭… 그냥 뒀겠냐?"

덩어리진 선지피를 토한 검엽이 힘없이 웃으며 말했다.

"바보……."

투명한 눈물방울이 검엽의 피에 젖은 얼굴 위로 똑똑 떨어져 내렸다.

손을 들어 운려의 눈물을 닦은 검엽이 말했다.

"여기… 까지인 거 같다. 내가 천하무적의 고수이긴 하지만… 흐흐흐……. 놈들이 좀 세다. 그래서… 더 이상은… 나도 무리야. 하지만 넌… 괜찮을 거야……. 그까지… 오리라고는 생각하지 못했는데, 네… 짝이 온 거 같거든……."

"제발… 제발 말하지 마……."

운려는 피가 뭉클뭉클 솟아나는 검엽의 입가를 소맷자락으로 훔치며 고개를 들었다.

그제야 그녀는 자신이 어디에 있는지 볼 수 있었다.

전당강이 내려다보이는 절벽 위였다.

심산유곡에 있는 절벽처럼 깎아지른 절벽은 아니었다. 그러나 이십여 장 높이의 절벽은 뛰어내리기엔 너무 높았다.

절벽의 높이를 본 그녀는 검엽이 왜 이곳에서 걸음을 멈추었는지 이유를 알 수 있었다.

그가 멈추고 싶어 멈추었겠는가.

더 이상 갈 수 없으니 멈춘 것이다.

절벽을 등지고 선 운려는 포위하듯 자신들을 에워싸고 있는 사람들을 돌아보았다.

오른편에는 처음 보는 세 명의 사내가 있었다.

나이는 이십대 후반에서 삼십대 중반 정도.

범상치 않은 기도의 소유자들이었고, 검엽을 보는 시선이 칼

끝 같다는 공통점이 있었다.

왼편에도 세 명이 있었다.

오른편에 있는 사내들과는 달리 그들은 운려에게 익숙한 사람들이었다.

단목천과 단목린, 그리고 혁만호였다.

단목천은 검엽을 보고 있지 않았다. 그가 보고 있는 사람은 맞은편의 세 사내였다.

그가 천천히 말문을 열었다.

"비룡천신행(飛龍天神行)을 보았네. 자네들은 창천곡에서 왔는가?"

단목친의 말을 들은 태장천의 얼굴이 딱딱하게 굳었다.

설마 했는데 알아볼 줄이야.

그는 이곳에서 단목천을 만나리라고는 상상도 하지 못했다.

입술을 깨물며 잠시 말을 하지 못하던 그가 입을 열었다.

"그렇소이다, 맹주."

"왜 승룡일대주를 납치한 것인가?"

"……"

태장천은 말을 하지 못했다.

실행은 천운기가 했으나 그가 지시한 것이나 다름없는 일이었다.

단목천의 눈썹이 하늘로 곤두섰다.

하늘을 찌를 듯한 분노가 느껴지는 눈빛.

그가 말했다.

"오늘 일은 내 반드시 곡에 계신 자네의 스승들께 책임을 묻겠네. 본 맹의 중지에서 이런 무도한 짓을 할 수 있다니!"
 태장천은 참담한 얼굴로 고개를 숙였다.
 "내 잘못을 부인하지 않겠소. 하지만 고검엽만이 상했을 뿐인 일이오. 사부님들께 고하는 것은 과하외다."
 "과하다니!"
 단목천의 입술이 부들부들 떨렸다.
 "본좌의 딸이 저놈에게 팔다리가 꺾이고 목이 부러져 죽었다. 어찌 과하다는 말이 그 입에서 나온단 말이더냐!"
 태장천의 안색이 변했다.
 그는 단목혜가 죽었다는 사실을 알고 있지 못했다.
 '미친놈이… 뒷감당을 할 수 없다는 것을 모를 정도로 바보였단 말인가.'
 어이없다는 빛이 뚜렷이 떠오른 채 그는 검엽을 노려보며 말을 잃었다.
 천운기는 새어 나오려는 웃음을 감추고 무거운 표정을 짓느라 안색이 일그러졌다.
 그는 단목천의 이 말을 끌어내기 위해 반년 가까운 시간 동안 정성을 들였다. 노력의 대가는 정말 달콤했다.
 성과는 기대 이상이었다.
 그가 기대했던 결과는 단목혜가 다치고 운려가 소진악에게 이 일을 고해 대로한 소진악이 단목천과 반목하여 대륙무맹에 풍파가 일어나는 것이었다.
 일이 그렇게 흐르면 풍파를 일으킨 태장천은 대쪽같은 스승들의 눈 밖에 날 것이고 실각하게 될 것이 자명했다. 태장천이 차지하고 있는 자리는 그의 몫이 될 터였고.

 그런데 검엽이 단목혜를 죽인 것이다. 단목천의 태도로 보아 풍파는 그가 예상했던 것 이상으로 일어날 것은 불문가지. 어찌 즐겁지 않을 수 있겠는가.

 천운기가 웃음을 참느라 고생하고 있을 때 한줄기 전음이 검엽의 귀를 파고들었다.

 [미친놈, 결국 네 악운도 여기서 끝이구나.]

 사마결이었다.

 침묵이 흘렀다.

 그때,

 운려가 검엽을 가슴에 안고 자리에서 일어났다.

 그녀도 단목천과 범상치 않은 기도의 장년인이 나누는 대화를 들었다.

 전모를 알게 된 것이다.

 분노와 경멸이 어린 눈으로 태장천을 일별한 그녀는 단목천에게 시선을 돌리며 말했다.

 "맹주님, 엽아를 죽이실 건가요?"

 성격을 그대로 드러내는 단도직입적인 질문.

 단목천은 속을 알 수 없는 눈으로 운려의 눈을 마주 보며 고개를 끄덕였다.

 "혜아가 그놈에게 죽었다."

 "그녀는 저를 납치하는 데 가담했어요."

 "그 아이는 본좌 대륙무제 단목천의 딸이다. 그 아이를 단죄할 수 있는 사람은 천하에 나밖에 없다. 근본도 알 수 없는 비천

한 동이의 오랑캐 따위에게 죽어서는 안 되는 아이란 말이다!"

말과 함께 운려에게서 눈을 떼고 검엽을 노려보는 단목천의 자세는 천 년 거암처럼 완강했다.

무엇을 생각하는지 운려의 눈빛이 깊어졌다.

그 순간 앞으로 나서는 사람이 있었다.

단목린이었다.

"려 매……."

운려는 단목린을 보았다. 그리고 씁쓸한 얼굴이 되었다.

자신을 바라보는 단목린의 눈에서 절절한 그의 마음을 읽을 수 있었기 때문이다.

단목린이 말했다.

"려 매, 그를… 포기해. 려 매와 그의 관계를 잘 알아. 하지만 그를 포기하지 않으면 려 매도 죽어. 포기해……."

짓깨문 그의 입술이 찢어지며 피가 흘렀다.

운려는 슬픔에 젖은 눈으로 단목린을 보며 천천히 고개를 저었다.

"오빠, 오빠는 여자인지 남자인지 헷갈리는 게 내 매력이라고 했었지. 오빠는 사랑하는 여자를 위해 목숨보다 아끼는 친구를 버릴 수 있겠어? 못하지? 나도 그래. 하하하……. 오빠를 사랑해. 오빠를 만난 걸 감사하지 않은 순간이 단 한 번도 없을 정도였어. 하지만 난 검엽이 죽어가는 걸 보고 있을 수는 없어. 그가 세상 밖으로 나온 것은 나 때문이야. 난 그 책임을 져야 해. 그리고……."

"그럼 넌 죽어! 죽는다고!"

운려의 말을 끊는 단목린의 외침은 처절했다.

그러나 운려의 마음을 바꾸지는 못했다.

그녀가 말했다.

"내겐 오빠에 대한 사랑보다… 검엽의 목숨이 더 소중해. 오빠는 이해할 수 없겠지만… 검엽은 내 생명보다 소중하다구……."

운려는 검엽을 내려다보았다.

그리고 볼 수 있었다.

그의 찢어진 눈가에 흐르는 두 줄기 굵은 핏줄기를.

검엽은 정신을 잃지 않았다.

손가락 하나 까딱할 수 없는 무기력한 상태였지만 그는 지금 벌어지고 있는 모든 것을 보고 듣고 있었다.

운려는 자신과 마주친 검엽의 눈빛이 변하고 있다는 것을 깨달았다.

세상과 일정한 거리를 두고 있어, 마치 스쳐 지나가는 한 가닥 바람처럼 느껴지던 그 허무에 젖은 눈빛이 아니었다.

처절한 분노와 한, 절망과 고통, 그리고 그들을 뚫고 터지는 화산처럼 폭발하는 강렬한 열망.

언제나 그를 짓누르고 있던 무언가가 비명을 지르며 부서지고 있었다.

그녀가 그토록 절실하게 바랐지만 아무리 노력해도 이루어질 기미가 보이지 않던 일이 지금 이루어지고 있었다.

그는 피를 게워내며 운려에게 말했다.

"려아… 려아……. 그러지 마라… 그러지 마……."

"너 없인 나도 사는 게 별로 재미없을 거야. 사실 여기서 끝내기에는 나도 한 가지 아쉬운 게 있긴 해. 그건 네가 다듬어준 척천대검식을 얼마 전에 있었던 군림성과 싸울 때밖에 사용하지 못했다는 거야."

운려의 뇌리에 지난날 검엽과 함께 놀던 와호당의 모습이 아련하게 떠올랐다.

그의 앞에서 척천대검식을 펼치고 노래하듯 구결을 읊던 장면과 그것을 본 검엽이 한 달여 뒤에 좀 더 강력한 위력을 가진 척천대검식을 만들어 그녀에게 알려주던 장면이…….

말을 마친 운려의 입매가 흐릿하게 일그러졌다.

두 사람을 지켜보던 사람들의 안색이 딱딱하게 굳었다.

운려의 입매에 그려진 것, 그것은 미소였기 때문이다.

단목천은 황당했다.

죽음을 피할 수 없는 상황이었다.

그런데도 웃음이 나온단 말인가.

사람들이 어이없어할 때 그들의 얼굴을 뇌리에 기억하기라도 하려는 듯 천천히 돌아보던 운려의 입술이 열렸다.

"당신들 이제 큰일 났어. 긴장하라고. 내 친구… 화났거든. 당신들은 몰라. 자신들이 무슨 짓을 했는지. 어리석은 사람들……. 깨우지 말아야 할… 사람을 깨운 거야… 당신들은!"

귀를 기울여야 들을 수 있을 정도로 낮은 음성.

하지만 사람들은 갑자기 찾아든 전율에 손끝을 떨어야 했다.

이해할 수 없게도 그 전율의 정체는, 불길함이었다.

애송이 둘 때문에 당세의 거목들이라 할 수 있는 사람들이 전율하고 있었다.

암울한 침묵에 사로잡힌 사람들의 몸이 움찔하는 순간, 운려의 신형이 튕기듯 뒤로 날아올랐다.

그녀의 뒤는 절벽이다.

동시에 움직인 사람은 단목천이었다.

"살아서 가지는 못한다!"

쿠쿠쿠쿠쿠—

굉량한 일갈과 함께 묵철 빛의 강기가 십여 장 거리를 갈기갈기 찢으며 허공을 치달렸다.

묵철탄강기(墨鐵彈罡氣).

칠기십당공을 대성하여야만 얻을 수 있다는 절대의 강기공이었다.

뒤로 날아올랐기 때문에 운려는 자신의 정면으로 엄습하는 묵빛의 강기를 온전히 보았다.

이를 악문 그녀의 신형이 팽이처럼 반회전했다.

그리고,

가공할 위력의 강기가 그녀의 등에 작렬했다.

푸확!

검엽은 운려의 입술을 비집고 분수처럼 터져 나오는 피를 보았다.

부릅뜬 그의 눈이 핏빛으로 변했다.

"려… 아……!"

혼신의 공력을 등에 모았음에도 묵철탄강기는 간단하게 그녀의 호심진기를 산산이 으스러뜨렸다.

그러나 그 충격으로 검엽과 운려의 신형은 쏘아낸 살처럼 전당강의 수면으로 떨어져 갔다.

운려와 검엽의 눈이 마주쳤다.

그녀는 떨리는 손으로 검엽의 뺨을 쓰다듬었다.

"엽아… 복수는 생각하지 마……. 알지? 나는… 그 사람… 정말 사랑했다구……. 너는 네 삶을 살아. 더 이상… 억누르지 말고… 행복하게……."

검엽은 넋을 잃었다.

그를 쓰다듬던 운려의 손이 세월의 풍상에 삭은 바위처럼 전당강의 바람을 맞으며 가루로 흩어지고 있었다.

그녀의 삼단처럼 길고 윤기 흐르던 머리카락이…….

패왕의 적포라 으스대며 아끼던 붉은 장포가…….

매끄럽고 아름답던 어깨와 별처럼 빛나던 눈, 그리고 늘 그를 타박하며 호탕하게 웃어젖히던 붉은 입술이…….

그를 안고 있던 어깨와 팔이 부서져 허공중에 흩어지는 것을 본 검엽의 눈이 텅 비었다.

피로 화한 운려의 육신이 검엽의 전신을 덮었다.

"으아아아아아아아아아아!"

구천을 사무치는 비명이었다.

천지가 공포로 숨을 죽였다.

재차 묵철탄강기를 펼치려던 단목천은 온몸의 진기가 썰물처럼 빠져나가는 것을 느끼고 안색이 변했다. 그는 발등을 연속적으로 걷어찼다.

절세의 운리변신.

그림과 같은 신법을 펼쳐 절벽 위로 되돌아간 단목천은 지면에 발을 디디며 찰나간 비틀거렸다.

비명 소리의 여운은 가공할 위력으로 그의 마음과 육신을 강타했다.

단목천은 창백한 안색으로 전당강을 내려다보았다.

검엽의 모습은 이미 보이지 않았다.

'대체 누가?'

그의 마음은 무거웠다.

마지막에 들은 비명 소리는 전장에서 많은 세월을 보낸 그조차 들어보지 못했던 참담함이 깃들어 있었다. 게다가 그 여운에 실린 기운은 그의 내부를 뒤흔들었다. 내공이 아님이 분명했음에도.

그러나 그의 마음을 무겁게 만든 것은 비명 소리가 아니었다.

그가 상상을 초월한 비명 소리의 여파를 피해 신형을 솟구칠 때 수면에 부딪치려는 검엽을 받아 안고 번개처럼 수면을 가로지르는 사람을 보았다.

눈을 의심스럽게 하는 절세의 경공이었지만 그건 분명 사람이었다.

'수면을 평지처럼 걸었다. 일보의 거리가 십오 장… 어디에서 보낸 자인가?'

단목천은 무거운 얼굴로 돌아섰다.

절벽 위엔 단목린과 혁만호밖에 남아 있지 않았다.

창천곡의 세 사형제는 운려가 묵철탄강기에 직격당하는 것을 본 순간 장내를 떠났다.

결과는 보나마나였고, 일이 끝난 후 단목천이 무슨 말을 하든 감당하기 힘들 것이 분명했기 때문이었다.

　단목린을 일별한 단목천의 안색이 침중해졌다.

　단목린은 망연자실한 모습으로 무릎을 꿇은 채 전당강을 보고 있었다.

　하지만 돌이킬 수 없는 일이었다.

　후회하지도 않는 일이었고.

　단목천은 혁만호를 보며 명령을 내렸다.

　"고검엽의 시신을 찾아내라. 소운려가 위력의 대부분을 받아 냈다고 하지만 고검엽의 몸도 강기의 여파에 휩쓸렸다. 화타가 살아온다고 해도 그를 살릴 수는 없을 것이나 시신이라도 가져와라. 그자의 목을 베어 혜아의 무덤 앞에서 개 먹이로 주리라."

　무서운 명령이었다.

　혁만호는 창백한 얼굴로 고개를 숙였다.

　"존명!"

　그는 자신이 오늘 본 것을 평생 함구해야 한다는 것을 너무나 잘 알고 있었다.

　입을 잘못 놀리면 아마도 그뿐 아니라 그의 주변에 있는 자들도 몰살을 당하리라는 것도.

第十四章

천마검섭전

검엽은 피식 웃었다.

적포를 입고 모닥불 옆에 앉아 꼬치에 꿰인 물고기를 굽고 있던 또 다른 자신이 그를 보며 빙글빙글 웃고 있는 것이 이상하게 반가웠던 것이다.

적포의 자신이 웃으며 말했다.

"간만이지?"

"그런 거 같군."

"이제 좀 편하게 대하는구만."

"두 번째니까."

"안색이 엉망이군. 그녀의 죽음이 그렇게 충격이 컸나?"

"입 다물어."

"반응이 꽤나 격하군."

적포의 그가 꼬치 하나를 내밀었다.
"꿈속인데도 현실이나 다름없구만."
검엽의 말에 적포의 그가 피식 웃었다.
"이게 꿈인 거 같아?"
"그럼 아닌가?"
"꿈이기도 하고 아니기도 하지."
"요상하게 말을 하는구만."
"너 자신이 요상하다는 걸 모르나 보군. 너를 아는 사람들은 다 너를 요상한 놈이라고 하는데."
"그랬나? 남의 평에 관심이 없어서 몰랐다."
"속편하군. 흐흐흐."
적포의 그는 웃으며 말을 이었다.
"이제 어쩔 생각이지? 지금까지처럼 살 생각은 아닐 테고."
검엽은 물고기를 한입 뜯었다.
꿈이든 아니든 정체가 불분명한 물고기는 꽤 맛이 있었다.
"그 녀석이 죽을 때 맹세했다. 내가 살아남는다면 그 녀석의 꿈을 이루어주겠다고. 천하에 존재하는 그리고 존재할지 모르는 모든 초강자와 초강세를 이 손으로 쓰러뜨리고 무너뜨리겠다고. 그래서 그 녀석이 꿈꾸었던 무림, 초강자와 세력에 의해 인위적으로 통제되지 않는 자유로운 무인의 세상을 만들겠다고······."
적포의 그가 혀를 찼다.
"심한데······."
"이 약속은 내 숨이 다하는 날까지 결코 변하지 않을 거야. 이 약속을 내가 살아야 하는 이유의 하나로 삼겠다고 맹세했으니까."

"그 맹세 말이야. 지금의 너로서는 꿈도 꾸지 못할 거라는 거 아냐?"

"안다."

"……"

적포의 그는 입을 다문 채 물고기를 뜯어먹기 시작했다.

물고기가 뼈만 남았을 무렵 적포의 그가 말문을 열었다.

"지존신마기는 선과 악, 신과 마의 경계에 있는 기운이야. 그것을 가지고 태어난 자에겐 축복이면서 저주이기도 하지. 결코 버릴 수 없는 업(業)을 이고 태어나는 거니까. 이런 말 하는 게 좀 우습군."

"왜?"

"너도 이미 알고 있는 것들이거든."

"내가?"

"그래."

"신화종의 비전들을 얻었다면 알고 있을 수도 있지만 지금의 난 아니야."

"호호호. 신화종의 비전이라… 신화종이 어떻게 만들어진 것인지 모르고 있다고 생각하는 너니까 그런 말을 할 수 있는 거겠지."

"계속해서 이해할 수 없는 말을 하는구만. 본 종이 어떻게 생겼는지 내가 어찌 알고 있다는 말이냐?"

"신화종은 지존신마기의 파편들을 이해한 자들의 비전이 모여 이룩된 거야. 그 모든 비전은 결국 지존신마기의 일부들일 뿐이지."

검엽은 눈살을 찌푸렸다.

"선조들의 노력을 너무 심하게 폄훼하는구만."

"폄훼가 아니라 사실을 말하는 거다. 지존신마기를 지닌 네가 그것들을 모른다는 건 네가 바보라는 소리밖에 안 돼. 하긴 지난 긴 세월 동안 네 선조들 중에 나를 본 자가 네 아버지를 포함해 셋에 불과한 형편이니 너를 나무랄 수만도 없는 일이지만."

어깨를 으쓱하며 한숨을 내쉰 적포의 그가 말을 이었다.

"네가 지존신마기의 전부를 알고 싶은 마음이 생기면 심마지해(心魔之海)에 한번 가봐."

"심마지해?"

"신화종의 비전이 모인 곳에는 그에 관한 내용들도 있지. 그러니까 머지않아 알게 될 거야."

"그곳에 가면 지존신마기의 전부를 알 수 있단 말이냐?"

"그래."

"신마기의 전부를 알게 되면?"

적포의 그가 소리없이 웃었다.

"신마기의 앞에 왜 지존이라는 글자가 붙어 있는지 그 진정한 의미를 알게 되겠지. 그리고 네가 그녀의 꿈을 이루겠다는 맹세를 실현하기 위해서라면 반드시 그곳에 가야 해."

"왜?"

"그곳에서 살아남는다면… 너는 원하는 힘을 얻을 수 있을 테니까."

 중얼거리듯 말한 적포의 그가 깜박한 듯 무릎을 치며 말을 이었다.

 "그곳에 가려고 한다면 꼭 기억해야 할 주의사항이 두 가지 있어."

 "뭔데?"

 "살아 돌아올 가능성이 전무에 가깝다는 것. 살아 돌아온다 해도 제정신을 유지하고 있을 가능성은 전무하다는 것."

 "훗. 멀쩡하게 살아남으려면 억세게 운이 좋아야겠군."

 "운? 운 따위로는 그곳에서 살아남을 수 없어. 흐흐흐."

 "흠… 내가 그 심마지해라는 곳에 들어갔다 치고, 그곳에는 뭐가 있지?"

 "인간의 욕망을 먹고사는 마물들."

 "무슨 소리야, 그게?"

 "가면 저절로 알게 돼."

 "언제 나오면 되는 거야?"

 "그것도 때가 되면 저절로 알게 될 거야. 살아남는다면 말이지. 흐흐흐."

 검엽은 쓴웃음을 지으며 물었다.

 "네가 나라는 소리 말고 정체를 말해봐. 너는 누구지?"

 "신(神)으로 화(化)한 마(魔)의 영(靈)!"

 검엽은 눈을 떴다.
 그의 눈앞에 근심스러운 기색이 완연한 얼굴로 그를 보고 있는 아름다운 중년 여인이 있었다.
 진애명이었다.

*　　　*　　　*

"좀 쉬어갈까?"
 진애명은 걱정스러운 얼굴로 물었다.
 땀으로 범벅이 된 모습이었지만 검엽은 고개를 저었다.
 그는 자로 잰 듯 일정한 보폭으로 쉬지 않고 걸음을 옮겼다.
 하늘이 보이지 않을 정도로 울창하게 우거진 숲이었다.
 '떠날 때는 앞을 보지 못하는 열한 살의 아이였었지. 구 년이 지났을 뿐인데… 나는 너무 많이 변했다.'
 이곳은 다갈산이었다.
 다시 돌아오지 않겠다고 다짐했던 고향.
 반 시진을 더 걸은 후 진애명은 걸음을 멈췄다.
 그녀는 감회가 어린 눈으로 앞을 보았다.
 무성한 나무들에 가려져 일반인은 알 수 없는 그곳에, 까마득히 치솟은 절벽이 병풍처럼 삼면을 에워싸고 있는 아름다운 계곡의 입구가 있었다.
 "나는 이곳에 있겠네. 들어가시게. 곡주님께서 기다리고 계실걸세."
 검엽은 진애명을 향해 정중하게 읍했다.
 예전의 인연을 떠나 그녀는 그의 생명의 은인이었다.
 그녀가 아니었다면 그는 전당강가에서 죽었을 것이다.

검엽은 망설이지 않고 계곡의 입구로 들어섰다.

입구에 펼쳐진 천극미로진세는 그를 막지 못했다.

당연했다.

그는 이곳의 주인이니까.

천극미로진세는 절진 중의 절진이었지만 지존신마기를 지닌 사람들에게는 없는 것이나 다를 바 없는 진이었다.

잡풀이 우거진 계곡 안은 황량했다.

검엽은 계곡의 중심부를 향해 걸었다.

오래전 막대한 힘에 의해 함몰한 지면은 여전한 모습으로 남아 있었다.

그 구덩이를 내려다보며 여은향이 서 있었다.

그녀는 쓸쓸한 눈으로 구덩이를 보며 물었다.

"왔느냐?"

검엽은 깊이 읍했다.

"예, 고모님."

"몸은 어떠냐?"

팔 년 만의 만남이었으나 여은향은 마치 검엽이 수일 전 집을 나갔다 돌아오는 아들을 맞이하듯 말했다.

그래서일까.

검엽은 오히려 더 서글퍼졌다.

지난 세월 동안 그는 너무 많이 변한 것이다.

"많이 나았습니다."

여은향이 검엽을 향해 돌아섰다.

검엽의 얼굴을 본 그녀는 보일 듯 말 듯 한숨을 내쉬었다.

검엽의 눈과 얼굴에서는 감정을 읽어낼 수가 없었다.

무심, 무표정.

'운려라는 아이의 죽음이 그처럼 큰 충격이었는가……'

그녀는 안타까운 마음이 담긴 따스한 눈으로 검엽을 보며 물었다.

"왜 이곳에서 만나자고 한 것이냐? 애명과 오는 석 달 동안 상세가 많이 호전되었다는 소식은 들었다만, 그래도 아직 요상이 필요하지 않느냐. 쉬기 위해서는 정가장이 더 나았을 텐데?"

검엽은 잠시 침묵했다.

일다향 정도가 지났을까.

"그곳은 너무 평화롭습니다, 고모님."

여은향의 눈빛이 살짝 굳어졌다.

검엽의 대답에서 느껴지는 여운이 심상치 않았기 때문이다.

검엽을 살피듯 보던 그녀의 얼굴에 흠칫한 기색이 스쳐 지나갔다.

'이 아이는 지존천강력을 배운 적이 없거늘… 어이해 이 아이의 몸에서 파멸천강지기가 느껴지는 걸까……?'

그녀는 내심 고개를 갸웃했다.

하지만 검엽에게 묻지는 않았다.

그것은 그녀가 질문할 영역 밖에 있었으니까.

여은향은 천천히 걸음을 옮겼다.

소슬한 바람이 그녀의 백의 자락을 가볍게 흔들며 지나갔다.

한 걸음 뒤에서 자신을 따르는 검엽을 일별한 그녀가 말했다.

"너를 보자고 한 것은 내가 알아낸 것에 대해 너도 알아야 한다고 생각했기 때문이다."

검엽은 무표정한 얼굴로 귀를 기울였다.

"천강 오라버니는 봉문에 드시기 전 본 곡에 찾아오신 적이 있었다. 그분과 나는 많은 얘기를 나누었었지. 그때 지나가듯 하신 말씀 중에 혼돈귀원대법에 관한 것이 있었다. 그분은 선대의 누구도 구현하지 못하셨던 그것을 구현할 수 있는 방법을 찾으셨다고 했었다. 하지만 그 방법이 쉽지는 않다고도 하셨지."

대화를 나누는 사이 두 사람은 후면의 절벽 앞에 도착했다.

검엽은 여은향의 눈길을 따라 절벽으로 시선을 향했다.

"너를 척천산장에 보낸 후 나는 오라버니께서 말씀하셨던 것을 떠올리고 혼돈귀원대법을 찾아보았다. 그리고 마침내 그것을 찾을 수 있었지. 내가 그처럼 대법을 찾아 연구할 생각을 한 것은 오라버니의 죽음을 이해할 수 없었기 때문이었다. 오라버니는 실패할 가능성이 있는 일은 결코 실행에 옮기지 않는 분이셨다. 성공 가능성을 확신한 후에야 움직이는 분이셨어. 그런 분이 신화종의 멸문을 불러일으킬 정도의 일을 고집으로 밀어붙였다는 걸 난 이해할 수가 없었단다. 대법을 찾은 후 난 계속해서 그것을 연구했다. 그리고 오라버니가 혼돈귀원대법을 실패한 이유를 알아낼 수 있었다."

검엽의 눈이 강렬하게 빛났다.

여은향은 검엽의 눈을 피하지 않았다.

그녀의 눈이 섬광을 발했다.

"대법이 시행되던 중에 손을 댄 자가 있었다. 그자는 대법의 경로를 미세하게 틀었고 그로 인해 대법은 폭주하며 오라버니와 다른 분들을 죽음으로 이끌었다. 아마도 그분들이 사력을 다하지 않았다면 너도 죽었을 것이다."

검엽은 더 이상 무표정하지 않았다.

그는 멍하게 풀린 눈으로 절벽을 바라보고 있었다.

여은향은 입을 다물고 검엽을 보았다.

그녀는 자신이 예상한 것과는 전혀 다른 검엽의 반응에 당황했다.

검엽은 놀라지도 흥분하지도 않았다.

그는…….

울고 있었다.

털썩.

무릎을 꿇고 절벽을 바라보는 그의 눈에서 폭포수처럼 눈물이 흘러내렸다.

"아버지… 아버지……."

검엽은 미친 듯이 흐느끼며 아버지를 불렀다.

절벽 면.

여은향이 보았던 황금의 은하수를 그도 보았다.

그리고 깨달았다.

그도 그렇게 믿어왔고, 여은향이 지금도 믿고 있는 것과는 반대로 대법은 실패하지 않았다는 것을.

자신에게 일어났던 변화들도 이해할 수 있었다.

그를 괴롭히던 냄새와 소리, 심안, 되찾은 시력, 사기와 원념으로 내공이 불어났던 일… 타인의 죽음이 미쳤던 영향과 그 영향이 불규칙하게 적용되던 일… 경이적인 신체 회복 능력과 일시에 그 능력이 사라졌던 이유…….

그리고 적포의 그, 신화 마령의 존재까지.

그 모든 것들의 이유가 분명해졌다.

그는 먼 길을 돌아온 것이다.

하지만 먼 길을 돌아왔기에 그는 깨달을 수 있었다. 만약 어린 시절 그가 그대로 곡에 머물렀다면 그는 이 사실을 결코 깨달을 수 없었으리라.

그렇다 해도 가슴이 무너지는 회한은 피할 수 없었다.

삶에 만약은 없다.

그러나 만약 그가 좀 더 일찍 이 사실을 깨달았다면 그는 허무의 바다에서 허우적거리며 쓸데없이 삶을 낭비하지 않았을 테고, 운려도 죽지 않았을 것이다.

검엽의 소리없는 통곡은 반 시진이 넘게 지속되었다.

그는 탈진할 정도가 되어서야 눈물을 멈췄다.

여은향은 눈물을 멈춘 검엽의 눈에서 허무를 보았다.

그러나 그 허무는 어린 시절 그녀가 검엽의 멀어버린 눈에서 본 허무와는 완전히 다른 것이었다.

'이 아이는 허무의 극을 넘어 또 다른 허무의 단계로 들어섰다. 도대체 이 짧은 시간 동안 이 아이의 마음에 무슨 일이 있었기에 이런 변화가 일어난 것일까…….'

검엽은 천천히 자리에서 일어났다.

그리고 여은향을 향해 깊게 읍했다.

"곡주님, 감사합니다."

검엽이 그녀를 부르는 호칭이 달라진 것을 깨달은 여은향의 얼굴이 환해졌다.
 "종주, 마음을 정한 것인가?"
 검엽을 부르는 그녀의 호칭도 달라졌다.
 "예."
 짧게 대답하는 검엽의 분위기가 변하고 있었다.
 폭풍처럼 신화곡을 가득 채워 나가는 차갑고 강렬한 기세.
 하늘 아래 오직 그만이 존귀하다는 듯 오연한 기품.
 그것은 그녀의 마음속에 남아 있는 한 사내의 분위기와 너무나 비슷했다.
 여은향의 눈에 습기가 어렸다.
 '오라버니······.'
 검엽은 혼돈귀원대법이라 명명된 것이 아로새겨진 절벽을 마주하고 섰다.
 운려의 죽음은 그와 세계를 연결하고 있던 다리를 붕괴시켰다. 그리고 여은향은 붕괴된 그 다리를 다시 세워 그를 이 세계로 되돌아오게 했다.
 그러나 돌아온 검엽은 운려와 연결된 세계를 살던 그 검엽이 아니었다.
 그는 완전히 다른 사람이 되어 이 세계로 돌아왔다.
 검엽은 깨달았다.
 자신의 소년기가 끝이 났음을.
 이제 그는 어른이 되었다.

*　　　*　　　*

살을 에는 설풍이 천지를 휩쓸고 있었다.

보이는 것은 하늘과 맞닿은 수백여 개의 산봉우리와 그들을 은빛으로 빛나게 하는 만년설뿐인 곳.

우르르르―

곳곳에서 빙벽이 무너지며 내는 소리가 끊이지 않았다.

산봉우리들의 중앙.

가장 높은 산봉우리의 정상에 사방 십여 장 너비의 깊은 구멍이 있었다.

그 무저갱의 옆에 언제부터인가 사람의 그림자가 길게 드리워졌다.

해진 흑의.

눈이 두텁게 쌓이다 못해 얼어버린 머리와 어깨.

검엽은 무저갱을 내려다보았다.

이 끝없는 공동이 품고 있는 의미는 공포였다.

심마지해(心魔之海).

인간의 욕망이 만들어낸 마물들이 세상으로 뛰쳐나올 날들을 기다리며 살고 있는 또 다른 세상.

흔히 사람들이 마계(魔界) 혹은 지옥(地獄)이라 부르는 세상이 바로 그곳이었다.

이 공동의 이름은 심마지문.

무저갱은 심마지해와 이 세상을 연결하는 문의 역할을 하는 곳이었다.

'창룡신화종의 후예, 지존신마기를 타고난 자들은 인간의 욕망에서 피어난 마기를 다스릴 책임과 의무가 있다. 그것이 혼천무극문과 함께 봉황천 십방무맥을 만들어낸 본 종의 존재 이유다.'

검엽은 얼마 전 창룡신화종의 비전에서 읽은 내용을 떠올렸다.

여은향과 헤어지고 난 후 그가 찾은 곳은 신화종의 비전을 모아놓은 곳이었다.

그곳에서 그는 넉 달을 보낸 후 이곳으로 왔다.

그는 많은 것을 알게 되었다.

하지만 의문도 그만큼 늘었다.

검엽은 하늘을 보았다.

깨어질 듯 푸른 하늘.

대지는 하얗고 하늘은 푸르다.

운려의 얼굴이 떠올랐다.

검엽의 강철처럼 차갑던 눈에 처절한 아픔이 일렁였다.

운려가 전장에서 적과 싸우다 죽었다면 그는 운려의 무덤 앞에서 한 잔 술을 따르는 것으로 마음을 달래며 그녀의 죽음을 추억 속에 묻었으리라.

그러나 운려는 검엽이 결코 받아들일 수 없는 유형의 죽음을 맞았다.

복수를 생각하지 말라는 그녀의 유언.

그러나 어떻게 그럴 수 있으랴.

검엽은 손을 들어 가슴 섶을 움켜잡았다.

도톰하게 만져지는 물건은 그가 운려에게 선물했던 자수정 목걸이.

아직도 눈앞에서 산산이 으스러진 채 사라져 가던 운려의 모습이 생생하게 떠오른다.

그는 절대무적이 되어야 했다.

그가 추측한 것이 옳다면 그가 상대해야 할 적은 천하, 그 자체였으니까.

'려아를 납치한 그놈은 단목천에게 평대를 했다. 천하의 대륙무맹주에게… 그리고 단목천은 그 상황에서도 그자의 스승이라는 자들에게 경어를 사용했다. 대로한 상태에서조차 평어나 하대를 할 수 없을 정도로 그자들의 신분이 존귀하다는 뜻. 대륙무제의 공경을 받는 자들……. 사마결… 구주삼패세… 변황오패천… 절대로 용서하지 않는다.'

검엽은 천천히 호흡을 골랐다.

살아나올지 장담할 수 없는 길이었다.

그러나 그는 가야만 했다.

그의 상대는 신화종의 비전을 수습하는 것만으로는 상대할 수 없는 자들이었다.

그는 그들보다 강해져야 했다.

가히 영세무적이라 할 정도로.

그리고 그렇게 강해질 수 있는 방법은 심마지문 안으로 들어가는 것밖에 없었다.

움켜쥔 주먹 밑으로 핏방울이 하나둘 떨어졌다.

'단신으로 천하를 상대할 수 있을 만큼 강해지지 않는다면 다시 해를 보는 날은 없으리라.'

휘이이이이익!

장쾌한 휘파람 소리가 억겁의 침묵에 잠긴 설산의 창공을 갈랐다.

우르르르르르릉—

충격파에 무너진 빙벽들이 아득한 산 아래로 흘러내릴 때 검엽의 모습은 더 이상 보이지 않았다.

그리고,
세월이 흘렀다.

〈제5권 끝〉

대사부

임영기 新무협 판타지 소설

천하제일 사고뭉치며 천하제일 기세를 지닌
천하제일 사파 후계자가 천하제일 문파를 계승하여
천하제일 성녀와 사랑하고
천하제일 거대 음모와 맞선다

大邪夫

"누구든지 덤벼봐. 내가 바로 기개세야.
천하제일 기개세 말이야."

WWW.chungeoram.com
Book Publishing CHUNGEORAM